Zu diesem Buch

«Van de Wetering gelingt es, seine metaphysischen Ideen unaufdringlich und oft humorvoll und spielerisch mit den Strukturen des Kriminalromans in Einklang zu bringen.» Radio Bremen

Was ist ‹gut› und was ist ‹böse›? Auf diese philosophische Grundsatzfrage kennen japanische Krimiautoren keine eindeutige Antwort. Ob auf wahren Fällen basierend oder das Ergebnis ihrer blühenden Phantasie: allen Erzählungen liegt jene unnachahmliche fernöstliche Gelassenheit zugrunde. Sie durchbrechen den starren Dualismus von ‹Gut› und ‹Böse›, um vielmehr die Frage nach dem Sinn des Lebens zu stellen. Vielleicht beruht alles nur auf Illusion? «Existieren Sie? Existiere ich?» fragt bisweilen Janwillem van de Wetering selbstironisch seine Leser. In diesen kriminalliterarischen Verbrechen aus Fernost zeigt sich ohne folkloristische Verharmlosung, wie schnell das westliche Ordnungsdenken ins Wanken geraten kann.

In der dritten und letzten Anthologie japanischer Kriminalstories, die Janwillem van de Wetering exklusiv für die Reihe rororo thriller zusammengestellt hat, präsentiert der holländische Kosmopolit wieder neun «düstere Geschichten» japanischer Kriminalschriftsteller und eine eigene Story, ergänzt von kurzen biographischen Essays und einem Vorwort. Sein literarisches Credo lautet dabei wie immer:

«Kriminalschriftsteller sind Psychoanalytiker der menschlichen Schattenseite.»

Janwillem van de Wetering, 1931 in Rotterdam geboren, reiste fünfzehn Jahre durch die Welt. – In der Reihe rororo thriller liegen vor: Outsider in Amsterdam (Nr. 2414), Eine Tote gibt Auskunft (Nr. 2442), Der Tote am Deich (Nr. 2451), Tod eines Straßenhändlers (Nr. 2464), Ticket nach Tokio (Nr. 2483), Der blonde Affe (Nr. 2495), Massaker in Maine (Nr. 2503), Ketchup, Karate und die Folgen (Nr. 2601), Der Schmetterlingsjäger (Nr. 2646), Der Commissaris fährt zur Kur (Nr. 2653), Die Katze von Brigadier de Gier (Nr. 2693), Rattenfang (Nr. 2744), Inspektor Saitos kleine Erleuchtung (Nr. 2766), Der Feind aus alten Tagen (Nr. 2797), So etwas passiert doch nicht! (Nr. 2915), Kuh fängt Hase (Nr. 3017) und De Gier im Zwielicht (Nr. 3082). Außerdem hat Janwillem van de Wetering 1991 das rororo-thriller-Magazin 6 Schwarze Beute (Nr. 3000) sowie die Anthologien Drachen und tote Gesichter (Nr. 3036) und Totenkopf und Kimono (Nr. 3062) herausgegeben.

Janwillem van de Wetering (Hg.)

Blut in der Morgenröte

Japanische Kriminalstories III

Deutsch von Bernhard Straub

Rowohlt

rororo thriller
herausgegeben von Bernd Jost

Originalausgabe
Veröffentlicht im Rowohlt Taschenbuch Verlag GmbH,
Reinbek bei Hamburg, Januar 1994
Copyright © 1994 by Rowohlt Taschenbuch Verlag GmbH,
Reinbek bei Hamburg
Copyright © 1994 by Janwillem van de Wetering
Except as stated below, works of Japanese authors included in
this volume are published by special arrangement with the Tuttle-Mori
Agency, Inc., Tokyo.
The work of Edogawa Rampo is published by special arrangement
with Ryutaro Hirai through Japan Foreign-Rights Centre, Tokyo;
the work of Naoya Shiga and Junichiro Tanizaki,
by special arrangement with the Orion Literary Agency, Tokyo.
All rights reserved.
Umschlagfoto TAKE
Umschlagtypographie Peter Wippermann / Susanne Müller
Redaktion Peter M. Hetzel
Satz Sabon (Linotronic 500)
Gesamtherstellung Clausen & Bosse, Leck
Printed in Germany
1090-ISBN 3 499 43075 4

Inhalt

Janwillem van de Wetering
9   Eine Art Vorwort

Ryunosuke Akutagawa
11   Der Drache

Edogawa Rampo
25   Der psychologische Test

Shizuko Natsuki
57   Der Mord im Pfandleihhaus

Naoya Shiga
77   Das Rasiermesser

Shotaro Yasuoka
89   Böse Kameraden

Kyotaro Nishimura
117   Metro à gogo

Junichiro Tanizaki
143   Aguri

Mori Ogai
159   Blutrache

Ueda Akenari
195   Rittlings auf der Leiche

Janwillem van de Wetering
205   Die Reiherinsel

217   Bildnachweis

Janwillem van de Wetering
Eine Art Vorwort

In einer chinesischen Legende, aus der später eine japanische Legende wurde (die Japaner sind hervorragende Bewahrer chinesischer Antiquitäten und Traditionen), werden Staat und Religion miteinander konfrontiert. Der Gouverneur einer wichtigen Provinz hörte viel von einem Weisen, der auf einem Baum lebte. Offensichtlich war der weise Mann von der lokalen Politik so angewidert, daß er es vorzog, sie von hoch oben zu betrachten. Der Gouverneur war wütend, weil der Mann den Ruf genoß, echte Weisheit zu besitzen, sattelte also sein Pferd, ritt in den Wald und fand die Eiche, auf der der Weise lebte.

Dieser schaute aus seinem Nest herab und fragte, wer es dort in der Tiefe wage, seinen erhabenen Seelenfrieden zu stören.

Der Gouverneur stellte sich vor und sagte, er habe nur eine einzige, einfache Frage, nämlich welches Verhalten der Weise empfehle?

«Sei gut und tue nichts Böses!» lautete die Antwort.

Der Gouverneur war wütend. «Meint Ihr, ich sei hundert Meilen auf dem Pferd geritten, nur um etwas zu hören, das jedes kleine Kind weiß?»

«Das Kind weiß es», erwiderte der Weise, «aber meine einfache Wahrheit scheint erwachsenen Männern wie Euer Ehren große Schwierigkeiten zu bereiten.»

Genauso haben wir erwachsenen Leser, gewiefte Diplomaten, die wir sind, vielleicht vergessen, worauf es wirklich ankommt und was anständig ist. Japan, eines der höchstentwickelten, geschäftigsten und am dichtesten bevölkerten Länder der Erde, wird beherrscht von der Frage nach Gut und Böse. Die besten literarischen Geister wetteifern darin, dieses Problem zu lösen. Diese Schriftsteller analysieren Motivationen, schildern glaubwürdige Anlässe, schaffen Romancharaktere, die auf plausible Weise gegen realistische Widerstände und mit menschlichen

Problemen zu kämpfen haben, und streichen dabei königliche Tantiemen ein.

Millionen intelligenter Leser testen den kollektiven oder persönlichen Scharfsinn, indem sie sich mit literarischen Antihelden identifizieren und in der ihnen vertrauten Umgebung dilettantisch versuchen, Taten zu beurteilen, die in verschiedenen Abstufungen (nach dem *multiple choice*-Verfahren) von «böse» über «asozial, rebellisch, individualistisch» vielleicht bis «gut» reichen.

Wenn der Leser zuwenig Abstand hat, neigt seine Sicht dazu, unscharf zu werden; die vertraute Umgebung ist zuweilen von Schwierigkeiten belastet, angsteinflößend. Geschichten zu lesen, die in einem nicht vertrauten Rahmen spielen, könnte Distanz schaffen und deshalb Klarheit. Diesen Eindruck hatte ich wenigstens, als ich diese für mich ungewöhnlichen Geschichten sammelte und mit Genuß las. Und als ich diese Klarheit fand, wollte ich sie mit anderen teilen.

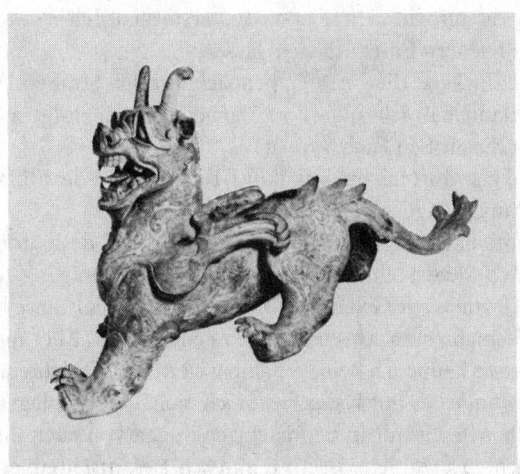

Ryunosuke Akutagawa
Der Drache

Ryunosuke Akutagawa (1892–1927) hatte Schwierigkeiten, mit seiner genialen Begabung umzugehen – er starb von eigener Hand. Akutagawa lebte und arbeitete auf der dunklen Seite der Seele. Seine Geschichten «von Geheimnis und Phantasie» können es mit denen von Edgar Allan Poe aufnehmen. Vielleicht erhöht ihr altjapanisches Ambiente den exotischen Reiz für westliche Leser – Gestalten in knisternden Kimonos, die langsam durch Moosgärten schreiten, der Duft von Räucherwerk, das Lächeln einer Buddhastatue, der weiche Ton einer Flöte in einer Vollmondnacht. So friedlich – bis der Drache schnaubt!

Gott steh mir bei!» sagte Uji Dainagon Takakuni. «Da wache ich wie im Traum aus meinem Nickerchen auf und muß spüren, daß es heute besonders heiß ist. Kein Lüftchen weht, nicht einmal die Glyzinienblüten zittern, die vom Kiefernzweig hängen. Das Frühlingsraunen, das zu anderen Zeiten ein Gefühl von Kühle erzeugt, wird vom Zikadengezirp beinahe übertönt und scheint die schwüle Hitze noch zu verstärken. Ich will mir von meinen Dienern Luft zufächeln lassen.»

«Oh, ihr sagt, die Leute haben sich auf den Straßen versammelt! Dann will ich auch hinausgehen. Diener, folgt mir, und vergeßt die großen Fächer nicht!»

«Seid gegrüßt! Ich bin Takakuni. Entschuldigt die Einfachheit meiner unzulänglichen Kleidung!»

«Heute habe ich eine Bitte an euch und ließ deshalb meinen Wagen vor dem Teehaus von Uji anhalten. Seit einiger Zeit trage ich mich mit dem Gedanken, hierherzukommen, um ein Buch mit Geschichten zu schreiben, wie es andere tun. Aber unglücklicherweise kenne ich keine erzählenswerten Geschichten. Träge wie ich bin, ist es mir lästig, wenn ich mein Gehirn plagen muß. Deshalb will ich mir in den nächsten Tagen von euch die alten Geschichten erzählen lassen, damit ich sie aufschreiben kann. Da ich, Takakuni, ständig am Kaiserlichen Hof verkehre, werde ich aus allen Kreisen der Gesellschaft ungewöhnliche Anekdoten und seltsame Geschichten sammeln können. Wollt ihr also, gute Leute, auch wenn es mühsam sein mag, meine Bitte erfüllen?»

«Ihr kommt alle meinem Wunsch nach? Tausendmal Dank! Dann will ich eure Geschichten der Reihe nach hören!»

«Diener, setzt eure großen Fächer in Bewegung, damit im ganzen Raum eine kühle Brise weht! Das wird uns etwas erfrischen. Du, Schmiedemeister, und du, Töpfer, geniert euch nicht! Kommt hierher an unseren Tisch! Du, *Sushi*-Verkäuferin*, stelle deinen Eimer in eine Ecke der Veranda, wenn es in der Sonne zu heiß ist! Priester, legt Eure goldene Handtrommel weg! Und Ihr, Samurai und Bergmönch, habt Ihr Eure Matten ausgerollt?»

«Seid ihr alle bereit? Wenn ihr bereit seid, erzähle du, Töpfer – du bist der älteste – die erste Geschichte, irgendeine, die dir gefällt!»

---

* *sushi*: gekochter, mit Essig gewürzter Reis, oft zu Kugeln geformt, der mit Fisch, Spiegeleiern usw. serviert wird.

«Wir sind Euch für Eure höfliche Begrüßung sehr zu Dank verpflichtet», erwiderte der Alte. «Eure Hoheit wollen so gnädig sein und die Geschichten in einem Buch aufschreiben, die wir einfachen Leute Euch erzählen. Eine unverdiente Ehre für einen alten Mann! Aber würde ich mich Eurem Wunsch verweigern, wären Eure Hoheit ungehalten. Also will ich eine törichte alte Geschichte erzählen. Sie mag etwas langatmig sein, trotzdem bitte ich Euch, mir eine Weile zuzuhören.»

Der Alte begann seine Geschichte.

In alten Tagen, als ich noch ein junger Mann war, lebte in Nara ein alter Mönch, der Kurodo Tokugyo genannt wurde und eine ungewöhnlich lange Nase hatte. Das ganze Jahr über leuchtete ihre Spitze in einem schrecklichen Rot, als sei sie von einer Wespe gestochen worden. Deshalb nannten ihn die Leute Ohana-no Kurodo Tokugyo*. Weil aber der Name zu lang war, nannte man ihn einfach Hanazo**. Ich selbst sah ihn mehrmals im Kofuku-Tempel in Nara. Seine Nase war so herrlich rot, daß auch ich den Spottnamen Hanazo sehr treffend fand.

Eines Nachts ging Hanazo, also der Mönch Ohana-no Kurodo Tokugyo, allein, ohne seine Schüler, zum Teich von Sarusawa und stellte bei der Trauerweide am Ufer ein Schild an, worauf in kühnen Lettern stand: «Am dritten März wird aus diesem Teich ein Drache zum Himmel aufsteigen.» Um die Wahrheit zu sagen, er wußte gar nicht, ob in dem Teich wirklich ein Drache wohnte oder nicht, und, ich brauche es nicht eigens zu betonen, die Himmelfahrt des Drachen am dritten März war eine absichtliche Lüge. Es wäre eine zuverlässigere Aussage gewesen, wenn er gesagt hätte, am dritten März würde *kein* Drache zum Himmel aufsteigen. Der Grund für derlei unnütze Possen war sein Zorn auf die Mönche von Nara, die sich über seine Nase lustig zu machen pflegten. Er wollte ihnen einen Streich spielen, um sich selbst nach Herzenslust über sie lustig machen zu können.

---

* *Ohana* bedeutet «große Nase», *Kurodo* «Beamter der Kaiserlichen Archive» und *Tokugyo* könnte «eine Person von vollendeter religiöser Strenge» bedeuten.
** *Hanazo* bedeutet etwa «Langnase».

Eurer Hoheit muß dies ziemlich närrisch erscheinen. Aber die Geschichte ist aus alter Zeit, und damals waren Leute, die solche Streiche ausheckten, keine Seltenheit.

Die erste Person, die am nächsten Morgen das Schild erblickte, war eine alte Frau, die jeden Morgen zum Kofuku-Tempel ging, um Buddha zu verehren. Als sie sich, auf einen Bambusstock gestützt und den Rosenkranz in der Hand, dem Teich näherte, über dem immer noch Nebelschleier lagen, gewahrte sie ein Schild unter der Trauerweide, das tags zuvor noch nicht dort gestanden hatte. Sie wunderte sich, warum die Ankündigung eines buddhistischen Gottesdienstes an einem so merkwürdigen Platz aufgestellt wurde. Aber da sie keinen einzigen Buchstaben lesen konnte, schickte sie sich an weiterzugehen, als glücklicherweise ein Mönch in einer Kutte des Weges kam. Ihn bat sie, ihr vorzulesen, was auf dem Schild stand. «Am dritten März wird aus diesem Teich ein Drache zum Himmel aufsteigen.» Beide waren darüber sehr verwundert.

Die alte Frau richtete sich überrascht aus ihrer gebückten Haltung auf, schaute zu dem Mönch auf und fragte: «Kann es möglich sein, daß in diesem Teich ein Drache wohnt?» Der Mönch bemühte sich, noch gleichmütiger als gewöhnlich zu erscheinen, und erwiderte: «In alten Zeiten lebte ein chinesischer Gelehrter. Er hatte eine Beule am Lid, die schrecklich juckte. Eines Tages bewölkte sich plötzlich der Himmel, ein Gewitter brach los und es regnete in Strömen. Da platzte die Beule, und man erzählt, daß ein Drache daraus hervorkam und, eine Wolke hinter sich herziehend, zum Himmel auffuhr. Wenn Drachen also selbst in Beulen leben können, dann ist es möglich, daß viele Dutzende von ihnen am Grunde eines großen Teiches wie diesem hier wohnen.» Mit diesen Worten erläuterte er ihr die Sache. Die Alte, die fest glaubte, daß Mönche niemals lügen, sagte, ganz außer sich vor staunendem Schrecken: «Tatsächlich! Jetzt, wo Ihr es sagt... Das Wasser sieht dort drüben wirklich seltsam aus!» Obwohl man noch nicht den dritten März schrieb, rannte sie davon, fast ohne ihren Stock zu gebrauchen, und stieß keuchend buddhistische Gebete hervor. Der Mönch blieb zurück.

Wären keine Leute gekommen, dann hätte sich der Mönch

halb tot gelacht. Dies war nur natürlich, denn er war kein anderer als der Urheber des Schildes, also Kurodo Tokugyo mit dem Spitznamen Hanazo. Er hatte sich mit der widersinnigen Erwartung in der Nähe des Teiches herumgetrieben, daß einfältige Leute auf das Schild hereinfallen würden. Nachdem die Alte fortgerannt war, kam eine frühe Reisende des Wegs, samt einem Diener, der ihr Gepäck schleppte. Sie trug ein Gewand mit einem Insektenmuster und hob den Riedgrashut, um die Nachricht zu lesen. Dann trat der Mönch, der, um keinen Verdacht zu erregen, mit großer Mühe das Lachen unterdrückte, vor das Schild und tat, als lese er, zog dann hörbar die rote Nase hoch und ging gemächlich zum Kofuku-Tempel. Am großen Südtor kam ihm zufällig der Mönch Emon entgegen, mit dem er die Zelle teilte.

«Du bist heute erstaunlich früh auf den Beinen», sagte Emon und runzelte die dunklen, dichten, widerspenstigen Brauen. «Vielleicht schlägt das Wetter um?»

«Das könnte tatsächlich sein», antwortete Hanazo eilfertig mit durchtriebenem Blick und blähte die Nasenflügel. «Wie ich hörte, soll am dritten März ein Drache aus dem Sarusawa-Teich zum Himmel aufsteigen.»

Als er das hörte, sah ihn Emon ungläubig an, räusperte sich dann und sagte mit sardonischem Grinsen: «Mir scheint, du hattest einen schönen Traum. Man sagt, daß Träume von Drachen, die zum Himmel aufsteigen, ein gutes Vorzeichen seien.» Damit wollte er, seinen mörserförmigen Kopf schüttelnd, an Hanazo vorbeigehen. Aber er mußte gehört haben, wie Hanazo vor sich hin brummte: «Verlorene Seelen finden keine Erlösung», denn er drehte sich so haßerfüllt und gewaltsam um, daß sich einen Moment lang die Stützen seiner hanfgefüllten Holzschuhe bogen, und fragte Hanazo so heftig, als wolle er ihn zu einem buddhistischen Disput herausfordern: «Gibt es etwa einen eindeutigen Beweis, daß ein Drache zum Himmel aufsteigen wird?»

Da zeigte Hanazo, vollkommene Gleichmut zur Schau tragend, zum Teich, über den bereits die Sonne ihr Licht ausgoß, und erwiderte herablassend: «Wenn du meine Worte bezweifelst, solltest du dir das Schild unter der Trauerweide ansehen.»

Bei allem Eigensinn mußte Emon doch etwas von seinem anfänglichen Ungestüm verloren haben. Blicklos, wie geblendet, fragte er mit unsicherer Stimme: «Ach, ist dort ein Schild aufgestellt worden?» und ging nachdenklich davon, den mörserförmigen Kopf zur Seite geneigt.

Ihr könnt euch wohl vorstellen, mit welchem Vergnügen Hanazo ihm nachschaute. Er fühlte seine ganze rote Nase jucken, und als er mit gespielt mürrischer Miene die Steinstufen zum Südtor hinaufstieg, mußte er wider Willen laut lachen.

Schon am ersten Morgen hatte also das Schild mit der Aufschrift «Am dritten März wird aus diesem See ein Drache zum Himmel aufsteigen» eine starke Wirkung gezeigt. Nach ein oder zwei Tagen sprach bereits die ganze Stadt von dem Drachen im Sarusawa-Teich. Natürlich sagten manche: «Das Schild wird ein übler Scherz sein.» Zur gleichen Zeit ging in Kioto das Gerücht um, der Drache im Shinsenen sei zum Himmel aufgestiegen. Selbst diejenigen, die behauptet hatten, die Prophezeiung auf dem Schild sei ein Scherz, wurden nun schwankend und wiesen den Gedanken nicht mehr von sich, daß etwas Derartiges vielleicht doch geschehen könnte.

Genau in dieser Zeit geschah ein unerwartetes Wunder. Keine zehn Tage später ruhte die neunjährige Tochter eines gewissen Shinto-Priesters, der am Kasuga-Schrein diente, mit dem Kopf im Schoß ihrer Mutter und träumte, ein schwarzer Drache stürze wie eine Wolke vom Himmel und spreche mit menschlicher Stimme: «Am dritten März werde ich endlich zum Himmel aufsteigen. Aber bleibt ruhig, denn ich habe nicht vor, euch Städtern ein Leid zuzufügen.» Als sie erwachte, erzählte sie ihrer Mutter von dem Traum. Die Kunde vom Traum des kleinen Mädchens erregte großes Aufsehen in der Stadt. Die Geschichte wurde in die eine oder andere Richtung übertrieben: ein Kind, von einem Drachen besessen, habe ein Gedicht geschrieben, ein Drache sei einem Priester in dem und dem Schrein im Traum erschienen und habe ihm göttliche Offenbarung geschenkt.

Nach einiger Zeit ging ein Mann sogar so weit zu behaupten, er habe tatsächlich einen Drachen gesehen, obwohl nach menschlicher Erwartung kein Drache auch nur den Kopf aus dem Wasser des Teichs erhoben hätte. Es war ein alter Mann, der jeden Morgen zum Markt ging, um Fische zu verkaufen. Eines Tages kam er im Morgengrauen zum Teich von Sarusawa. Im Morgennebel sah er, wie die weite Wasserfläche in einem schwachen Licht schimmerte, dort am Ufer unter der Trauerweide, wo er auch das Schild stehen sah. Es war genau zu der Zeit, als das Gerücht von dem Drachen in jedermanns Munde war, also dachte er, der Drachengott selbst zeige sich im Teich. Bei dieser halb freudigen, halb schrecklichen Vorstellung am ganzen Leibe zitternd, ließ er seinen Korb mit Flußfischen stehen, schlich näher, hielt sich an der Trauerweide fest und versuchte, in den Teich zu schauen. Dort erblickte er ein unbekanntes Ungeheuer, das wie eine aufgerollte schwarze Kette bedrohlich am Grunde des schwach erleuchteten Wassers verborgen lag. Wahrscheinlich hatte es die menschlichen Schritte gehört, denn das schreckliche Ungeheuer entrollte sich und verschwand augenblicklich. Dem Manne war bei dem Anblick der kalte Schweiß ausgebrochen, und als er zu seinen Fischen zurückkehrte, mußte er entdecken, daß einige davon verschwunden waren, darunter auch etliche Karpfen und Aale, die er auf dem Markt verkaufen wollte. Mancher lachte über das Gerücht und sagte: «Ein alter Otter wird ihn getäuscht haben.» Aber nicht wenige sagten auch: «Ein Otter kann unmöglich in einem Teich leben, den ein Drachenkönig beherrscht und schützt; der Drachenkönig wird wohl Mitleid gehabt und die Fische zu sich hinab in den Teich gerufen haben.»

In der Zwischenzeit wurde immer mehr über die Botschaft des Schildes «Am dritten März wird aus diesem Teich ein Drache zum Himmel aufsteigen» geredet, und Hanazo, voller Vergnügen über diesen Erfolg, lachte sich ins Fäustchen und blähte die Nasenflügel. Die Zeit verging, und der dritte März kam näher. Vier oder fünf Tage vor der angeblichen Himmelfahrt des Drachen kam zu Hanazos großer Verwunderung seine Tante, eine Nonne aus Sakurai in der Provinz Settsu, den ganzen langen Weg nach Nara gereist und sagte, sie wolle unter allen Umständen die Himmelfahrt des Drachen sehen. Ziemlich verlegen, versuchte er, ihr Angst zu machen und sie mit Überredungskunst und tausend verschiedenen Mitteln zur Rückkehr nach Sakurai zu bewegen. Aber sie weigerte sich hartnäckig und blieb, ohne auf seinen Rat zu hören. Sie sagte: «Ich bin sehr alt. Wenn ich einen Blick auf den Drachenkönig erhaschen und ihm meine Verehrung bezeigen kann, werde ich mit Freuden sterben.» Nun konnte er unmöglich gestehen, daß er selbst das Schild aus Boshaftigkeit aufgestellt hatte, gab also nach und erklärte sich nicht nur bereit, sie bis zum dritten März bei sich aufzunehmen, sondern versprach ihr auch, sie an diesem Tag zu begleiten, um zuzusehen, wie der Drachenkönig zum Himmel aufstieg.

Da also selbst seine Tante, die Nonne, von dem Drachen gehört hatte, war das Gerücht bis in die Provinzen Settsu, Izumi und Kawachi gedrungen und hatte sich möglicherweise schon bis in die Provinzen Harima, Yamashiro, Omi und Tamba, vielleicht sogar Yamato verbreitet. Mit dem Streich, den er ausgeheckt hatte, um die Leute von Nara zu nasführen, hatte er wider Erwarten Zehntausende in zahlreichen Provinzen hinters Licht geführt. Als ihm dies klar wurde, war er eher bestürzt als erfreut. Während er seine Tante, die Nonne, täglich in Naras Tempel führte, fühlte er sich wie ein Verbrecher, der sich vor dem Blick des Polizeikommissars verstecken muß. Als er auf der Straße erfuhr, man habe vor dem Schild Räucherwerk angezündet und Blumen gestreut, war ihm zwar nicht wohl in seiner Haut, andererseits fühlte er sich so glücklich, als hätte er eine große Tat vollbracht.

Die Tage vergingen, und schließlich brach der dritte März an, an dem der Drache zum Himmel aufsteigen sollte.

Da ihm sein Versprechen keine andere Wahl ließ, begleitete er seine Tante widerstrebend auf den obersten Absatz der steinernen Treppe am großen Südtor des Kofuku-Tempels, von wo aus man den Sarusawa-Teich überschauen konnte. Es war ein klarer und wolkenloser Tag, und nicht das geringste Lüftchen regte sich, das das Windspiel am Tor zum Klingen gebracht hätte.

Die Zuschauer, die sich schon auf den Tag gefreut hatten, strömten in Scharen aus den Provinzen Kawachi, Izumi, Settsu, Harima, Yamashiro, Omi, Tamba und anderen herbei, ganz zu schweigen von der Stadt Nara. Von seinem Ausguck am oberen Ende der steinernen Treppe sah Hanazo ein Meer von Menschen, so weit das Auge reichte, das sich nach allen Richtungen ausdehnte, bis zum Ende der Hauptverkehrsstraße von Nijo, die in der dunstigen Ferne lag. Zeremonielle Kopfbedeckungen aller Art raschelten laut; hier und dort ragten Ochsenkarren aus der Menge, kunstvoll mit Quasten in Blau, Rot oder dunklen Tönen verziert und die Dächer mit Gold und Silber beschlagen, das hell blendend in der herrlichen Frühlingssonne glänzte. Einige hatten Sonnenschirme aufgespannt, andere bauten flache Zelte oder kunstvolle Tribünen auf den Straßen auf. Der Anblick der Felder um den Teich, die sich unter ihm ausbreiteten, erinnerte, obwohl es nicht die richtige Jahreszeit war, an das Kamo-Fest. Der Mönch Hanazo, der dies alles betrachtete, hätte sich kaum träumen lassen, daß das bloße Aufstellen eines Schildes so großen Aufruhr bewirken könnte.

«Was für eine riesige Menschenmenge!» sagte Hanazo mit schwacher Stimme, wobei er sich in vorgeblicher Begeisterung nach seiner Tante umdrehte. Dann kauerte er sich an die Säule des großen Südtores und hatte augenscheinlich nicht einmal mehr Lust, Luft in seiner langen Nase hochzuziehen.

Aber seine Tante, die Nonne, war weit entfernt davon, seine innersten Gedanken zu lesen. Sie reckte den Hals so hoch, daß ihre Kapuze beinahe herabglitt, schaute sich nach allen Seiten um und schwatzte unentwegt: «Wirklich, die Aussicht auf den Teich des Drachenkönigs ist ausgezeichnet! Wenn schon so viele Menschen gekommen sind, wird der Drachenkönig ganz sicher erscheinen, nicht wahr?» und derlei mehr.

Hanazo konnte nicht weiter am Fuß der Säule kauern, also stand er widerwillig auf und sah, wie viele Menschen mit gefalteten oder dreieckigen Feiertagshüten die steinerne Treppe bevölkerten. Und wen erblickte er in der Menge? Den Mönch Emon, aufmerksam zum Teich spähend, während sein mörserförmiger Kopf auffällig aus der Menge herausragte. Bei diesem Anblick vergaß Hanazo sofort sein ungutes Gefühl. Erfreut und erregt von dem Gedanken, daß er sogar diesen Burschen hereingelegt hatte, rief er ihm zu: «He, Mönch!» und fragte ihn spöttisch: «Bist du auch hier, um den Drachen zum Himmel fahren zu sehen?»

«Ja», erwiderte Emon, der sich arrogant umdrehte. Dann setzte er eine ungewohnt ernste Miene auf, und seine dichten, dunklen Brauen sträubten sich. «Er läßt lange auf sich warten.»

Hanazo fühlte, daß sein Trick sich selbst übertraf; seine lebhafte Stimme verstummte, und er schaute geistesabwesend, hilflos wie noch nie, auf das Meer von Menschen. Aber obwohl eine lange Zeit verstrichen war, zeigte das friedliche Wasser, das sich anscheinend bereits etwas erwärmt hatte und klar die Kirschbäume und Weiden am Ufer widerspiegelte, keine Spur von einem Drachen. Der Teich wirkte, wahrscheinlich weil er meilenweit von Zuschauermassen umgeben war, an diesem Tag kleiner als sonst, was den Eindruck förderte, daß er keinen Drachen beherbergen könne.

Aber alle Zuschauer warteten geduldig, mit atemlosem Interesse, als vergingen die Stunden unbemerkt. Das Menschenmeer vor dem Tor wuchs und wuchs. Mit der Zeit wurden die Ochsenkarren so zahlreich, daß sie etliche Male mit den Radnaben zusammenstießen. Nach allem, was vorausgegangen war, kann man sich gut vorstellen, wie elend sich Hanazo bei diesem Anblick fühlte. Aber dann geschah etwas Merkwürdiges: Hanazo fühlte in seinem Herzen, daß wohl tatsächlich ein Drache aufsteigen könnte. Zunächst spielte er nur mit dem Gedanken, daß es einem Drachen vielleicht nicht unmöglich sein könnte, aufzusteigen. Natürlich war er selbst der Urheber des Mitteilungsschildes, und er hätte keine derart absurde Vorstellung hegen sollen. Aber als er über das wogende Meer der zeremoniellen Kopfbedeckungen blickte, fühlte er immer mehr, daß etwas Aufregendes geschehen könnte.

Vielleicht kam es deshalb dazu, weil sich die Spannung der Menschenmenge auf Hanazo übertrug, ohne daß er es selbst gewahr wurde. Oder er fühlte sich schuldig, mit seinem Trick eine solche allgemeine Aufregung verursacht zu haben, und in seinem Herzen keimte unmerklich der Wunsch auf, daß sich tatsächlich ein Drache aus dem Teich erheben möge. Was immer der Grund gewesen sein mag, sein elendes Gefühl schwand immer mehr, obwohl er recht gut wußte, daß er selbst den Satz auf das Schild geschrieben hatte, und auch er begann, mit derselben Spannung wie seine Tante auf die Teichoberfläche zu starren. In der Tat hätte er, wenn er nicht diese Leidenschaft verspürt hätte, nicht den ganzen Tag unter dem Südtor ausgehalten und auf den unmöglichen Aufstieg des Drachen gewartet.

Aber der Sarusawa-Teich, auf dem sich nicht die kleinste Welle kräuselte, spiegelte nur das Licht der Frühlingssonne. Der Himmel war hell und klar, kein Wölkchen zeigte sich. Und doch warteten die Zuschauer, enger zusammengedrängt denn je, unter Sonnenschirmchen, Sonnendächern und hinter den Balustraden der Tribünen auf das Erscheinen des Drachenkönigs, voller Spannung, und bemerkten gar nicht, wie die Zeit verging und der Morgen zum Nachmittag und der Nachmittag zum Abend wurde.

Fast ein halber Tag war vergangen, seit Hanazo dort angekommen war. Dann kräuselte sich plötzlich freischwebend in der Luft ein Wolkenstreifen, wie der Rauch eines Räucherstäbchens. Er wurde größer und größer, und der Himmel, der hell und klar gewesen war, verdunkelte sich. Im selben Augenblick fegte ein Windstoß aus der Höhe herab über den Teich und peitschte die glasklare Wasserfläche zu unzähligen Wellen auf. Ein silberner Platzregen rauschte hernieder und ließ den Gaffern, unvorbereitet wie sie waren, kaum Zeit, Hals über Kopf wegzurennen. Obendrein krachten schreckliche Donnerschläge, und Blitze sausten hin und her, wie Weberschiffchen bei der Arbeit. Dann sah es aus, als rissen hakenförmige Hände einen Wolkenhaufen auseinander und höben dabei im Übermaß ihrer Kraft eine Wasserfontäne aus dem Teich. In diesem Moment erschien vor Hanazos Augen die verschwommene Vision eines schwarzen, über hundert Fuß langen Drachen, der direkt zum Himmel auffuhr, und seine goldenen Krallen blitzten. Aber dies geschah schneller als ein Lidschlag. Danach sah man, wie ein Wirbel von Kirschblüten um den Teich herum zum dunklen Himmel emporflog. Es muß wohl kaum gesagt werden, daß die aufgeschreckten Zuschauer beim Wegrennen wie die Wellen des Teiches durcheinanderwogten.

Endlich hörte der Regen auf, und ein Stückchen blauer Himmel lugte allmählich durch die Wolken. Hanazo schaute um sich, als hätte er seine lange Nase vergessen. War die Gestalt des Drachen, die er gerade gesehen hatte, eine Sinnestäuschung gewesen? Während er überlegte – er, der selbst das Schild aufgestellt hatte –, spürte er immer mehr, daß die Himmelfahrt des Drachen ein Ding der Unmöglichkeit war. Nichtsdestoweniger hatte er sie tatsächlich gesehen. Daher wurde das Ereignis um so mysteriöser, je mehr er darüber nachsann. Als er seiner Tante beim Aufstehen half, die mehr tot als lebendig neben ihm am Fuß der Säule kauerte, war er unfähig, seine Verwirrung und Angst zu verbergen. Er fragte sie ängstlich: «Hast du den Drachen gesehen?» Seine Tante, die eine Zeitlang wie betäubt gewesen war, stieß einen tiefen Seufzer aus und konnte nicht mehr, als wiederholt und voll heiliger Angst zu nicken. Aber bald antwortete sie mit zitternder Stimme: «Sicher habe ich das! War er nicht ganz schwarz, und nur seine goldenen Krallen blitzten?»

So waren es wahrscheinlich doch nicht allein die Augen von Hanazo – oder Kurodo Tokugyo –, die den Drachen erblickt hatten. Ja, später hieß es, die meisten Leute, Männer und Frauen, Alte und Junge, hätten gesehen, wie der schwarze Drache in einer dunklen Wolke zum Himmel aufstieg.

Später gestand Hanazo, daß das Schild seiner eigenen boshaften Phantasie entsprungen war. Aber, wie ich hörte, schenkte keiner seiner Mitmönche, nicht einmal Emon, seinem Geständnis Glauben. Hatte sein Schild also die Wahrheit verkündet? Oder nicht? Fragt Hanazo oder Kurodo Tokugyo, «den Langnasigen», und er wird wohl selbst keine Antwort darauf wissen.

«Wirklich eine rätselhafte Geschichte!» sagte Uji Dainagon Takakuni. «In alten Tagen scheint also ein Drache in diesem Teich von Sarusawa gewohnt zu haben. Was! Du kannst nicht sagen, ob das wirklich so war, nicht einmal in den alten Tagen? Doch, in den alten Tagen muß dort einer gewohnt haben. Damals glaubten die Leute, daß Drachen auf dem Grund der Gewässer hausen. Also müssen Drachen auch zwischen Himmel und Erde hin und her geflogen und bisweilen in geheimnisvoller Gestalt von Göttern erschienen sein! Aber lieber will ich eure

Geschichten hören, als irgendwelche Bemerkungen dazu zu machen. Als nächster ist der Wandermönch an der Reihe, nicht wahr?»

«Was?» Takakuni fuhr fort. «Deine Geschichte handelt von einem langnasigen Mönch, der Ikeno-no-Zen-chinaigu genannt wurde? Das wird um so interessanter sein, nach der Geschichte von Hanazo. Also los, erzähle!»

Edogawa Rampo
Der psychologische Test

Edogawa Rampo (1894–1965) hatte das Glück, als Sohn eines erfolgreichen Geschäftsmanns und Anwalts geboren zu werden. Viele von uns wollen den eigenen Vater übertreffen und ihn in seinem eigenen Spiel schlagen, oder noch besser, in unserem Spiel, in etwas, das gar nicht Papas Art ist, aber mit denselben Prämien von Reichtum und Ruhm belohnt wird. Gewöhnlich gelingt es uns nicht, denn dieser Planet begünstigt das Scheitern, liebt den Mißerfolg und stellt unzählige Fallen auf, um die Ehrgeizigen zu fangen. Allerdings muß die Schicksalsgöttin auch Ausnahmen zulassen, um uns zu ermutigen. Rampo war eine solche Ausnahme.

Er schlug jegliche Unterstützung von seinem Vater aus und durchstöberte dunkle Ecken und Winkel, bis er im Alter von neunundzwanzig Jahren einen Kriminalroman schrieb, der ihm sofort literarische Anerkennung brachte. Er hinterließ ungefähr dreißig Romane, in denen das Unterbewußtsein des kriminellen Geistes auf brillante Weise analysiert wird, während er einen (im nachhinein) logisch nachvollziehbaren Handlungsfaden spinnt und zu ganz unerwarteten Lösungen gelangt.

Fukiya hätte es weit bringen können, wenn er von seiner beträchtlichen Intelligenz besseren Gebrauch gemacht hätte. Er war jung, gescheit, fleißig und der Stolz seiner Professoren an der Waseda-Universität – jeder konnte sehen, daß diesem Mann eine vielversprechende Zukunft bevorstand. Aber, ach! im Bunde mit den Schicksalsmächten entschied sich Fukiya, alle Beobachter an der Nase herumzuführen. Anstatt einer normalen wissenschaftlichen Laufbahn zu folgen, zerstörte er sie und beging einen... *Mord*!

Heute, viele Jahre nach seinem erschütternden Verbrechen, werden immer noch Spekulationen angestellt, welcher seltsame, schauerliche Grund diesen begabten jungen Mann tatsächlich dazu trieb, sein gewaltsames Vorhaben auszuführen. Manche beharren immer noch darauf, daß Geldgier – das häufigste aller Motive – dahinter steckte. Bis zu einem gewissen Grad ist diese Erklärung einleuchtend, denn es stimmt, daß dem jungen Fukiya, der sich durch die Hochschule kämpfte, die Leere seines Geldbeutels stets quälend bewußt war. Auch könnte die Tatsache, daß er so viel seiner kostbaren Zeit der Arbeit opfern mußte, einen Intellektuellen wie ihn so tief in seinem Stolz verletzt haben, daß ihm das Verbrechen als einziger Ausweg erschien. Aber genügen diese allesamt naheliegenden Gründe, um die schier unvergleichliche Lasterhaftigkeit eines Verbrechens wegzuerklären, die kaum ihresgleichen hat? Andere haben die weitaus wahrscheinlichere Theorie vorgebracht, Fukiya sei ein geborener Verbrecher gewesen und habe die Tat lediglich um ihrer selbst willen begangen. Aber was auch immer seine verborgenen Motive gewesen sein mögen, die Tatsache bleibt unbestreitbar, daß er, wie viele andere intellektuelle Verbrecher vor ihm, sich vorgenommen hatte, den perfekten Mord zu begehen.

Seit dem Tag, an dem Fukiya die ersten Seminare an der Waseda-Universität besuchte, war er rastlos und nervös. Eine schädliche Kraft schien an seinem Geist zu nagen und ihn schmeichelnd zu drängen, anzustacheln, ein «Ding zu drehen», von dem er zunächst nicht mehr als eine vage Vorstellung hatte – wie von einem Schatten im Nebel. Ob er Vorlesungen hörte, sich mit seinen Freunden unterhielt oder Gelegenheitsarbeiten nachging, um seine Kosten zu decken – tagaus, tagein brütete er rastlos über dem Thema, das ihn so nervös machte. Dann schloß er eines Tages Freundschaft mit einem Studienkollegen namens Saito, und das «Ding» begann, feste Gestalt anzunehmen.

Saito war ein ruhiger Student von etwa demselben Alter wie Fukiya und ähnlich knapp bei Kasse. Seit fast einem Jahr wohnte er zur Miete bei einer Witwe, die ihr Mann, ein Regierungsbeamter, in recht komfortablen Verhältnissen zurückgelassen hatte. Die fast sechzigjährige Frau war äußerst habgierig und knauserig. Trotz der Tatsache, daß ihr Einnahmen aus der Vermietung mehrerer Häuser ein sorgenfreies Leben sicherten, vermehrte sie ihren Reichtum gierig, indem sie zuverlässigen Bekannten kleine Kredite gab. Sie war kinderlos und betrachtete seit Beginn ihrer Witwenschaft das Geld immer mehr als Trost und Ersatz. Was jedoch Saito betraf, so hatte sie ihn eher zu ihrem Schutz als aus finanziellen Gründen als Mieter aufgenommen: Wie alle Menschen, die Geld horten, hielt sie eine große Summe in ihrem Haus versteckt.

Kaum hatte Fukiya dies von seinem Freund Saito erfahren, führte ihn das Geld der Witwe in Versuchung. «Und überhaupt, welchen Nutzen wird es ihr jemals bringen?» fragte er sich selbst des öfteren, nachdem er zwei- oder dreimal dort gewesen war. «Jeder sieht doch, daß die verschrumpelte alte Hexe nicht mehr lange zu leben hat! Aber schaut mich an! Ich bin jung, voller Leben und Ehrgeiz und kann mich auf eine glänzende Zukunft freuen!»

Seine Gedanken kreisten unaufhörlich um dieses Thema und führten nur zu einer Schlußfolgerung: *Er mußte dieses Geld haben!* Aber wie sollte er es bekommen? Die Antwort auf diese Frage wuchs sich aus zu einem schrecklichen Plan. Aber in erster Linie, fand Fukiya, kam es bei jedem erfolgreichen «Ding» auf einen wichtigen Faktor an – geschickte und gründliche Vorbereitung. Also machte er sich auf scharfsinnige und unauffällige Weise daran, bei seinem Studienkameraden Saito soviel wie möglich über die alte Frau und ihr verstecktes Geld in Erfahrung zu bringen.

Eines Tages machte Saito nebenbei eine Bemerkung, die Fukiya beinahe die Sprache verschlug, denn es war genau das, was er schon lange sehnlichst wissen wollte.

«Weißt du, Fukiya», bemerkte Saito lachend und ohne im geringsten etwas von dem gemeinen Plan zu ahnen, der im Geist seines Freundes heranreifte, «die alte Frau ist wirklich verrückt mit ihrem Geld. Fast jeden Monat denkt sie sich ein neues Versteck aus. Heute stieß ich ganz zufällig auf ihre neueste ‹Sicherheits-Stahlkammer›, und ich muß sagen, sie ist ungemein originell. Du rätst nicht, was es ist?»

Fukiya verbarg mit dem Geschick eines Schauspielers seine Erregung, gähnte und bemerkte gleichgültig: «Ich fürchte, mir fällt nichts ein, auf das ich tippen könnte.»

Saito ging bereitwillig in die geschickt gestellte Falle. «Na, dann will ich's dir erzählen», sagte er schnell, etwas enttäuscht vom geringen Interesse des anderen. «Wie du wahrscheinlich weißt, versteckt man Geld gewöhnlich unter den Fußbodenbrettern, in einem geheimen Hohlraum oder einem Loch in der Wand. Aber meine gute Vermieterin ist viel raffinierter. Erinnerst du dich an die Zwergkiefer in der Nische des Gästezimmers? Also, das ist das neueste Versteck für ihr Geld – einfach in der Erde des Topfes. Wirklich schlau, findest du nicht? Kein Dieb würde je darauf kommen, an einem solchen Ort nachzusehen.»

Als die Tage vergingen, schien Saito das Gespräch vergessen zu haben, nicht aber Fukiya. Er hatte gierig jedes Wort von Saito verschlungen und war nun entschlossen, das Geld der alten Frau in seinen Besitz zu bringen. Aber es gab immer noch gewisse Details, die geplant werden mußten, bevor er die erste Aktion unternehmen konnte. Dazu gehörte das entscheidende Problem, wie er jeden, auch den geringsten Verdacht von sich ablenken konnte. Andere Fragen, wie Reue und die damit verbundenen Gewissensbisse, beschäftigten ihn nicht im geringsten. Das ganze Geschwätz von Raskolnikow in Dostojewskis *Schuld und Sühne*, der von den unsichtbaren Schrecken eines gequälten Herzens gefoltert wird, war für ihn barer Unsinn. Schließlich kam es allein auf die eigene Einstellung an, fand er. Sollte man Napoleon als Massenmörder verurteilen, weil er für den Tod so vieler Menschen verantwortlich war? Sicherlich nicht. Tatsächlich empfand er eher Bewunderung für den ehemaligen Unteroffizier, der zum Kaiser aufgestiegen war, und mit welchen Mitteln, war ihm völlig egal.

Nun, da er sich endgültig der Tat verschrieben hatte, wartete Fukiya ruhig auf seine Gelegenheit. Da er Saito häufig besuchte, kannte er die Anlage des Hauses, und weitere Besuche lieferten ihm alle Einzelheiten, die er benötigte. So fand er beispielsweise bald heraus, daß die alte Frau nur selten das Haus verließ. Das war eine Enttäuschung. Tagaus, tagein saß sie in ihrem privaten Empfangszimmer in einem Flügel des Hauses in vollkommener Stille. Wenn sie jedoch durch reine Notwendigkeit gezwungen war, die Geborgenheit ihrer Muschelschale zu verlassen, schickte sie zuerst ihre Dienerin, ein einfaches Mädchen vom Lande, auf «Posten», um das Haus zu bewachen. Fukiya wurde bald klar, daß sein geplantes «Abenteuer im Verbrechen» unter diesen Umständen nicht leicht sein würde. Im Gegenteil, wenn er je Erfolg haben wollte, würde er seinen ganzen Scharfsinn aufbieten müssen.

Einen ganzen Monat lang überlegte sich Fukiya verschiedene Varianten, verwarf aber eine nach der anderen. Schließlich, als er sein Gehirn bis zur Erschöpfung zermartert hatte, kam Fukiya zu dem Schluß, daß es nur eine Lösung gab: *Er mußte die alte Frau töten.* Er dachte auch, daß das versteckte Vermögen der Alten sicherlich groß genug war, um ihre Ermordung zu rechtfertigen, und erinnerte sich selbst daran, daß die bekanntesten Einbrecher der Geschichte nach der gut fundierten Theorie «Tote reden nicht» ihre Opfer stets ausgeschaltet hatten.

Nun begann Fukiya, sorgfältig die sicherste Vorgehensweise auszuarbeiten. Dies brauchte Zeit, aber durch den unschuldigen Saito erfuhr er, daß das Versteck nicht geändert worden war, und er spürte, er konnte es sich leisten, bis hin zu den banalsten Dingen jedes winzige Detail vollkommen durchzuplanen.

Eines Tages stellte Fukiya ganz unerwartet fest, daß der lang erwartete Moment gekommen war. Erstens hatte er erfahren, daß Saito den ganzen Tag in Studienangelegenheiten unterwegs sein würde. Das Hausmädchen war ebenfalls weggeschickt worden, um einen Botengang zu erledigen, und würde nicht vor dem Abend zurückkehren. Ganz zufällig hatte Fukiya sich zwei Tage zuvor die Mühe gemacht, nachzuprüfen, ob das Geld immer noch im Topf der Zwergkiefer verborgen war. Es war nicht schwer gewesen. Während eines Besuches bei Saito war er beiläufig ins Zimmer der Vermieterin gegangen, um ihr «seine Aufwartung zu machen», und hatte im Verlauf des Gesprächs naive Anspielungen auf ihr Geldversteck eingeflochten. Als listiger Psychologiestudent hatte er jedesmal, wenn er das Wort «Versteck» gebrauchte, ihre Augen beobachtet, und ihr Blick war erwartungsgemäß jedesmal unbewußt zu dem Bäumchen in der Nische gewandert.

Am Tag des Mordes zog Fukiya seine gewöhnliche Studentenuniform an, setzte die Mütze auf und warf den schwarzen Studentenmantel über. Außerdem trug er Handschuhe, um sicherzugehen, daß er keine Fingerabdrücke hinterließ. Schon vor langer Zeit hatte er sich gegen eine Verkleidung entschieden, denn er hatte erkannt, daß die Spur aller Dinge, mit denen man sich maskierte, leicht zu verfolgen war. Er war der festen Überzeugung, daß das Verbrechen um so schwieriger aufzudecken sein würde, je einfacher und offener er vorging. In seinen Taschen trug er ein ziemlich langes, aber gewöhnliches Klappmesser und eine große Brieftasche. Diese alltäglichen Gegenstände hatte er in einem kleinen Gemischtwarengeschäft zu einer Tageszeit erstanden, als dort reger Kundenverkehr herrschte, und er hatte den verlangten Preis bezahlt, ohne zu feilschen. Daher war er zuversichtlich, daß sich keiner an ihn erinnern würde.

In seine Gedanken versunken begab sich Fukiya zum Schauplatz des beabsichtigten Verbrechens. Als er sich dem Stadtteil näherte, erinnerte er sich selbst zum zehntenmal daran, daß er beim Betreten keinesfalls gesehen werden durfte. Aber was wäre, wenn er einen Bekannten treffen würde, bevor er die Haustür erreichte? Nun, das wäre nicht schlimm, solange der Bekannte und vergewisserte sich im übrigen, daß keine Spuren zurückgeblieben waren. Dann verließ er das Zimmer, schloß die Tür und schlich auf Zehenspitzen zur Seitentür. Als er dort seine Schnürsenkel band, fragte er sich, ob seine Schuhe verräterische Spuren hinterlassen könnten. Aber er sah, daß keine Gefahr bestand, denn der Weg zum Haus war mit Zement ausgegossen. Als er in den Garten hinaustrat, fühlte er sich sogar noch sicherer, denn der Tag war sonnig und der Boden hart und trocken. Nun brauchte er nur noch zum Eingangstor zu gehen, es zu öffnen und vom Schauplatz zu verschwinden.

Sein Herz klopfte heftig, denn ihm war klar, daß ein falscher Schritt tödlich sein konnte. Er horchte angestrengt auf das leiseste Anzeichen von Gefahr – zum Beispiel, ob sich Schritte näherten –, aber das einzige, was er hören konnte, waren die melodischen Töne einer japanischen Harfe, die in der Ferne erklang. Fukiya straffte die Schultern, schritt zum Tor, öffnete es beherzt und ging hinaus.

Vier oder fünf Blöcke vom Haus der alten Frau entfernt stand eine hohe steinerne Mauer, die einen alten Shintoschrein umgab. Fukiya ließ sein Klappmesser und seine blutbeschmierten Handschuhe durch eine Mauerritze in einen Wassergraben fallen und schlenderte dann gemächlich zu einem kleinen Park, wo er oft spazierenging. Dort setzte er sich auf eine Bank und schaute beiläufig den Kindern zu, die an den Spielgeräten spielten.

Nach beträchtlicher Zeit erhob er sich, gähnte und reckte sich, um dann zu einer nahegelegenen Polizeiwache zu gehen. Nachdem er den Sergeanten mit vollkommen unschuldiger Miene begrüßt hatte, zückte er seine wohlgefüllte Geldbörse.

«Herr Wachtmeister, ich habe eben diese Brieftasche auf der Straße gefunden. Weil sie eine Menge Geld enthält, dachte ich, ich sollte sie bei Ihnen abgeben.»

Der Polizist nahm die Geldbörse, prüfte ihren Inhalt und stellte einige Routinefragen. Fukiya beantwortete sie freimütig, vollkommen ruhig und kontrolliert, und gab an, wo und wann er seinen «Fund» gemacht habe. Natürlich war alles, was er sagte, frei erfunden, mit einer Ausnahme: Name und Adresse stimmten.

Nachdem er verschiedene Formulare ausgefüllt hatte, gab ihm der Sergeant eine Empfangsbestätigung. Fukiya steckte sie ein und überlegte noch einmal kurz, ob er klug handelte. Es war jedoch in jeder Hinsicht der sicherste Weg. Niemand wußte, daß vom Geld der alten Dame die Hälfte fehlte. Außerdem lag es auf der Hand, daß keiner kommen und nach der Geldbörse fragen würde. Nach japanischem Gesetz würde das ganze Geld ihm gehören, wenn sich innerhalb eines Jahres kein Besitzer meldete. Sicherlich war es eine lange Wartezeit, aber was machte es schon? Es war genau wie Geld auf der Bank – etwas, worauf er sich verlassen und freuen konnte.

Hätte er dagegen das Geld versteckt und einen günstigen Zeitpunkt abgewartet, um es auszugeben, hätte er in jedem Moment des Tages seinen Hals riskiert. Der Weg, für den er sich entschieden hatte, schloß auch die geringste Gefahr einer Entdeckung aus, selbst wenn die alte Dame irgendwo eine Liste der Seriennummern der Banknoten aufbewahrt hatte.

Als er von der Polizeiwache nach Hause ging, sonnte sich Fukiya weiterhin im Bewußtsein der meisterhaften Ausführung seines Verbrechens. «Ein glatter Geniestreich!» sagte er kichernd zu sich selbst. «Und wie ich die Polizei an der Nase herumgeführt habe! Man stelle sich vor! Ein Dieb, der seine Beute beim Fundbüro abgibt! Wie sollte mich unter diesen Umständen irgendwer verdächtigen? Nicht einmal der Große Buddha selbst würde je die Wahrheit erraten!»

Am folgenden Tag schaute Fukiya nach einem tiefen und ungetrübten Schlaf in die Morgenzeitung, die ihm das Hausmädchen seiner Pension ans Bett brachte. Ein Gähnen unterdrückend, schaute er sich die Seite mit den Rühr- und Greuelgeschichten an. Plötzlich stieß er auf eine kurze Notiz und riß die Augen weit auf. Im ersten Teil wurde von der Entdeckung der Leiche der alten Frau berichtet, was für Fukiya weder überraschend noch alarmierend war. Aber der Bericht fuhr mit der Enthüllung fort, daß sein Freund Saito von der Polizei als Hauptverdächtiger festgenommen worden war. Er habe, als man ihn anhielt, eine große Geldsumme bei sich getragen.

Fukiya dachte, diese Tatsache sei ebenfalls kein Grund, die

Ruhe zu verlieren. Im Gegenteil, die Entwicklung war entschieden von Vorteil für seine eigene Sicherheit. Als einer von Saitos engsten Freunden mußte er sich jedoch, das wurde ihm ebenfalls klar, bei der Polizei nach ihm erkundigen.

Er kleidete sich rasch an und ging dann zu der Polizeiwache, die in der Zeitung angegeben war. Wie sich zeigte, war es genau dieselbe Wache, wo er den «Fund» der Geldbörse zu Protokoll gegeben hatte. «Verdammtes Pech!» fluchte er vor sich hin, als er diese peinliche Entdeckung machte. Warum hatte er sich keine andere Wache ausgesucht, um das Geld abzugeben? Nun, daran war jedenfalls nichts mehr zu ändern.

Geschickt heuchelte er tiefe Besorgnis über die unglückliche Zwangslage seines Freundes. Er fragte, ob er seinen Freund besuchen dürfe, und bekam ein höfliches Nein zur Antwort. Dann versuchte er, etwas über die Umstände zu erfahren, die zur Festnahme seines Freundes geführt hatten, aber man verweigerte ihm jede Auskunft.

Dies störte ihn nicht sonderlich, denn auch ohne daß man es ihm erzählte, konnte er sich vorstellen, was passiert war. An jenem schicksalsträchtigen Tag mußte Saito vor dem Dienstmädchen nach Hause gekommen sein. Um diese Zeit hatte er selbst bereits seine schreckliche Tat ausgeführt und das Haus verlassen. Dann mußte Saito die Leiche gefunden haben. Bevor er jedoch das Verbrechen der Polizei meldete, hatte er sich wohl an das Geld im Topf erinnert und sich gesagt, wenn es ein Raubüberfall gewesen war, wäre es sicherlich nicht mehr da. Neugierig zu erfahren, ob seine Überlegung richtig war, hatte er den Topf kontrolliert und das in Ölpapier eingeschlagene Geld gefunden. Was dann geschah, konnte sich Fukiya ohne Mühe vorstellen.

Saito war zweifellos versucht gewesen, das Geld für sich zu behalten. Eine natürliche Reaktion, obwohl er natürlich ein Narr gewesen war, es wirklich zu tun. In der Meinung, jeder würde glauben, der Mörder habe das Geld gestohlen, hatte Saito die ganze Summe eingesteckt. Und dann? Auch dies war leicht zu erraten. Er war unbekümmert losgegangen und hatte die Entdeckung der Leiche gemeldet, wobei er das Geld immer noch bei sich trug – er hätte nie geargwöhnt, daß er als einer der ersten verhört und durchsucht werden würde. Was für ein ausgemachter Narr!

Aber, Moment mal! überlegte Fukiya weiter. Saito würde sicherlich verzweifelt kämpfen, um sich selbst von dem Verdacht zu befreien. Was dann? Konnten seine Aussagen ihn, Fukiya, irgendwie belasten? Wenn Saito einfach darauf beharrte, daß das ganze Geld sein Eigentum war, konnte alles gut gehen. Aber da war die Tatsache, daß der Betrag außergewöhnlich hoch war – viel zu hoch für einen Studenten wie Saito –, und sie konnte eine derartige Aussage Lügen strafen. Saito blieb nur die Wahl, die Wahrheit zu sagen – die ganze Wahrheit. Dies würde, bei einem klugen Verhör durch den Staatsanwalt, zu der Enthüllung führen, daß Saito auch Fukiya erzählt hatte, wo die alte Dame ihr Geld versteckt hielt.

«Erst zwei Tage vor dem Tag des Verbrechens» – Fukiya konnte sogar hören, was Saito vor Gericht aussagen würde – «unterhielt sich mein Freund Fukiya mit dem Opfer, genau in dem Zimmer, in dem sie umgebracht wurde. Er wußte, daß sie das Geld in dem Topf mit dem Baum versteckt hatte – kommt er etwa nicht als Täter in Frage? Und ich darf Sie, Hohes Gericht, daran erinnern, daß Fukiya schon immer für seine ständigen Geldsorgen bekannt war!»

Obwohl er sich nach diesem Selbstgespräch entschieden unwohl fühlte, überwand Fukiyas Optimismus bald den ersten Schreck. Er verließ die Polizeiwache mit vollkommen ausdrucksloser Miene, kehrte zu seiner Pension zurück und nahm ein ziemlich spätes Frühstück ein. Beim Essen fand er zurück zu seinem ursprünglichen Draufgängertum, und er legte sogar Wert darauf, dem Dienstmädchen, die ihm das Essen auftrug, verschiedene Aspekte des Falles auseinanderzusetzen.

Kurz darauf ging er zur Universität, wo er auf dem Campus und in den Seminaren feststellte, daß Saitos Verhaftung unter Mordverdacht das Hauptthema der Gespräche war. Der Mann, dem die Untersuchung dieses aufsehenerregenden Falles oblag, war Staatsanwalt Kasamori, bekannt nicht nur als ein hervorragender Jurist, sondern auch für bedeutende eigene Leistungen, vor allem auf dem Gebiet der psychologischen Forschung, berühmt. Wenn ihm ein Fall begegnete, der mit den Standardmethoden der Verbrechensaufklärung nicht aufgeklärt werden konnte, griff er auf seine psychologischen Kenntnisse zurück und erzielte erstaunliche Ergebnisse. Als ein Mann von der Berühmtheit Kasamoris den Mordfall übernahm, war die Öffentlichkeit sofort überzeugt, daß das Rätsel bald aufgeklärt sein würde.

Auch Kasamori selbst war zuversichtlich, daß er den Fall schließlich knacken würde, so schwierig er auch in dieser frühen Phase der Ermittlungen aussah. Er begann zunächst, alles zu überprüfen, was mit dem Fall in Verbindung stand, um später, wenn es zur öffentlichen Verhandlung kam, jede einzelne Phase eindeutig geklärt zu haben. Je weiter die Ermittlungen gediehen, um so schwieriger erwies es sich jedoch, die Sache in den Griff zu bekommen. Gleich von Anfang an beharrte die Polizei darauf, daß kein anderer als Saito als Schuldiger in Frage komme. Kasamori selbst räumte die Plausibilität der polizeilichen Theorie ein, denn schließlich war jede Person, die auch nur entfernt mit der ermordeten alten Frau in Verbindung stand, überprüft und von jedem Verdacht befreit – das heißt natürlich, mit Ausnahme des studentischen Mieters, des glücklosen Saito. Mit den Schuldnern der alten Frau, ihren Mietern und sogar Zufallsbekanntschaften war auch Fukiya verhört worden, aber bald ausgeschieden.

In Saitos Fall wirkte sich ein wichtiger Umstand zu seinem Nachteil aus, nämlich daß er von Natur aus ungemein schwach und, von der strengen Atmosphäre im Gerichtssaal vollkommen eingeschüchtert, nicht in der Lage war, auch nur die einfachsten Fragen zu beantworten, ohne zu stottern und zu stammeln und alle Symptome eines Mannes zu zeigen, der sich schuldig fühlt. Zudem widerrief er in seinem erregten Zustand häufig Aussagen, die er bereits gemacht hatte, vergaß wichtige Einzelheiten und flüchtete sich dann in andere widersprüchliche Behauptungen, die ihn nur noch mehr und noch mehr belasteten. Außerdem gab es einen weiteren Faktor, der ihn quälte und ihn an den Rand des Wahnsinns trieb, und zwar, daß er *tatsächlich* schuldig war, denn er hatte die Hälfte des Geldes gestohlen, genau wie Fukiya angenommen hatte.

Der Staatsanwalt addierte sorgfältig die Beweise gegen Saito, die ja nur Indizienbeweise waren, und bemitleidete ihn zutiefst. Man mußte zugeben, daß alles gegen ihn sprach. Aber, so fragte sich Kasamori wieder und wieder, wie sollte dieser schwache, plärrende Dummkopf imstande gewesen sein, einen so heimtückischen, kaltblütigen Mord zu begehen? Er hatte seine Zweifel. Saito hatte bisher noch kein Geständnis abgelegt, und ein stichhaltiger Beweis seiner Schuld fehlte immer noch.

Ein Monat verging, aber die Voruntersuchung war noch nicht abgeschlossen. Der Staatsanwalt wurde deutlich ungehalten über den langsamen Gang der Ermittlungen.

«Verflucht seien die langsam mahlenden Mühlen des Gesetzes!» explodierte er eines Tages gegenüber einem Untergebenen, während er seine Unterlagen über den Fall, vielleicht zum hundertstenmal, durchging. «Bei diesem Tempo brauchen wir hundert Jahre, bis wir den Fall gelöst haben.» Dann ging er erbost zu einem anderen Schreibtisch und nahm ein Bündel Routineformulare zur Hand, die der Hauptmann jener Polizeistation ausgefüllt hatte, in deren Zuständigkeitsbereich der Mord an der alten Dame gehörte. Als er beiläufig eines der Protokolle überflog, stellte er fest, daß genau am Tag der Tat ganz in der Nähe des Hauses der alten Dame eine Geldbörse mit fünfundneunzigtausend Yen in Tausendernoten gefunden worden war. Der Finder war, wie er dem Bericht entnahm, ein Student namens Fukiya, ein guter Freund von Saito, dem Hauptverdächtigen des Falles! Aus irgendeinem Grund – vielleicht wegen der Dringlichkeit anderer Pflichten – hatte der Polizeihauptmann versäumt, dieses Protokoll schon früher einzureichen.

Nachdem er den Bericht zu Ende gelesen hatte, leuchtete eine seltsame Glut in seinen Augen auf. Einen ganzen Monat hatte er das Gefühl gehabt, im dunkeln zu tappen. Und nun diese Information, wie ein feiner Lichtstrahl! War es möglich, daß sie mit dem vorliegenden Fall in Zusammenhang stand und für ihn von Bedeutung war? Er beschloß, dies unverzüglich in Erfahrung zu bringen.

Fukiya war rasch herbeizitiert, und der Staatsanwalt befragte ihn ausführlich. Aber nachdem er ihn eine geschlagene Stunde verhört hatte, stellte Kasamori fest, daß er zu keinem Ergebnis kam. Auf die Frage, warum er bei der ersten Befragung den Fund der Geldbörse nicht erwähnt habe, blieb Fukiya ruhig dabei, die Sache habe seiner Meinung nach in keinem Zusammenhang mit dem Mordfall gestanden.

Diese freimütig gegebene Antwort klang sehr vernünftig, denn das Geld, das vermutlich der alten Dame gehört hatte, war in Saitos Besitz gefunden worden. Wer hätte also auf die Idee kommen sollen, daß das auf der Straße gefundene Geld ebenfalls von der alten Dame stammte?

Nichtsdestoweniger stand Kasamori vor einem großen Rätsel. Sollte es nichts als purer Zufall sein, daß ausgerechnet der Mann, der mit dem Hauptverdächtigen eng befreundet war – genau derjenige, der nach Saitos Aussage vor Gericht ebenfalls gewußt hatte, wo die alte Dame ihr Geld versteckt hatte –, eine so große Summe ganz in der Nähe des Tatorts gefunden hatte? Das war in der Tat ein Rätsel, das des Geistes eines Meisterdetektivs würdig war.

Während er sich mit dem Problem herumschlug, verfluchte der Staatsanwalt den unglücklichen Umstand, daß die alte Frau die Seriennummern der Banknoten nicht festgehalten hatte. Hätte sie es getan, wäre nichts einfacher gewesen, als nachzuprüfen, ob das von Fukiya gefundene Geld aus derselben Quelle stammte.

«Wenn ich doch wenigstens einen einzigen Anhaltspunkt finden könnte!» sagte er immer wieder vor sich hin.

In den folgenden Tagen besuchte Kasamori noch einmal den Tatort und sprach mit den Verwandten des Opfers, ging wieder und wieder über dasselbe Gelände, aber alles umsonst. Er mußte sich eingestehen, daß er gegen eine Mauer rannte und keine einzige Spur besaß, die er verfolgen konnte.

Soweit er die Sache überblickte, war die einzig mögliche Erklärung für Fukiyas Fund, daß er die Hälfte der Ersparnisse der alten Dame gestohlen und die andere Hälfte im Versteck belassen hatte, um das gestohlene Geld in eine Geldbörse zu stecken und vorzugeben, er habe sie auf der Straße gefunden. Aber war es wirklich möglich, daß jemand sich eine derartige Überspanntheit ausdachte? Die Geldbörse war selbstverständlich der genauesten Untersuchung unterzogen und sogar unter dem Mikroskop auf kleinste Spuren untersucht worden, aber alle Mühe war vergeblich geblieben. Außerdem hatte Fukiya nach eigener Aussage am Tag des Mordes einen Spaziergang gemacht; tatsächlich hatte er sogar zugegeben, daß er am Haus der alten Dame vorbeigegangen war. Würde ein Schuldiger die Kühnheit besitzen, ein so gefährliches Eingeständnis zu machen? Und was war mit der Waffe, mit der die alte Dame erstochen worden war? Das gesamte Anwesen mitsamt der Umgebung war in weitem Umkreis genau unter die Lupe genommen worden, ohne eine Spur davon zu finden.

Da das Gegenteil nicht schlüssig zu beweisen war, fand es Kasamori gerechtfertigt, daß die Polizei Saito für den wahrscheinlichsten Verdächtigen hielt. Anderseits wiederum, so überlegte der Staatsanwalt, konnte Fukiya, wenn Saito als Schuldiger in Frage kam, genauso der Schuldige sein! So war nach Ermittlungen, die sich über anderthalb Monate hingezogen hatten, nichts geklärt außer dem einen Punkt, daß zwei Personen als Verdächtige in Frage kamen, aber ohne den Schimmer eines konkreten Beweises, um den einen oder den anderen zu überführen.

Als er diesen toten Punkt erreicht hatte, fiel Kasamori ein, daß er immer noch über andere Methoden verfügte, um den Fall zu lösen. Er konnte die beiden Verdächtigen einem psychologischen Test unterziehen – eine Methode, die sich schon des öfteren als nützlich erwiesen hatte.

Bei seiner ersten Vernehmung durch die Polizei, zwei oder drei Tage nach dem Mord, hatte Fukiya erfahren, daß der Staatsanwalt, der den Fall bearbeitete, kein anderer war als der bekannte Amateurpsychologe Kasamori, und diese Nachricht hatte ihn mit Panik erfüllt. So kühl und gelassen er bis dahin gewesen war, nun begann er sich bald zu fürchten, wenn er nur den Namen des Staatsanwalts hörte, vor allem nachdem er zum zweitenmal auf die Wache zitiert und von Kasamori selbst verhört worden war. Angenommen, nur angenommen, er würde einem psychologi-

DER PSYCHOLOGISCHE TEST

schen Test unterzogen. Was dann? Würde er sich bei einem solchen Experiment behaupten können, über dessen Charakter er absolut nichts wußte?

Der Schock dieser Entdeckung war so niederschmetternd, und er fühlte sich beklommen, daß er seine Seminare nicht mehr besuchen konnte. Er vergrub sich in seinem Zimmer, eine Krankheit vorschützend, und versuchte verzweifelt herauszufinden, wie er Intelligenz mit Intelligenz begegnen konnte. Natürlich gab es keine Möglichkeit, die Art von Test vorauszusehen, die Kasamori anwenden würde. Fukiya wandte deshalb alle Testmethoden, die irgendwie in Frage kamen, auf sich selbst an, um herauszufinden, wie er sie am besten wirkungslos machen konnte. Da ein psychologischer Test so angelegt war, daß er jede Falschaussage entlarven konnte, dachte Fukiya zunächst, es sei schlicht unmöglich, sich aus einem solchen Test herauszulügen.

Wie er wußte, gab es psychologische Tests, bei denen Lügendetektoren verwendet wurden, um die körperlichen Reaktionen zu erfassen. Er hatte auch von einer einfacheren Methode gehört, bei der eine Stoppuhr verwendet wurde, um die Zeit zu messen, die der Verdächtigte brauchte, um Fragen zu beantworten. Während er über die vielen und vielfältigen psychologischen Methoden der Verbrechensaufklärung nachdachte, wurde Fukiya immer deprimierter. Angenommen, man würde ihm überraschend eine unverblümte Frage entgegenschleudern, etwa «Sie sind derjenige, der die alte Frau umgebracht hat, stimmt's?» Er traute sich zu, mit der kaltblütigen Gegenfrage zu kontern: «Welche Beweise haben Sie für diese absurde Annahme?» Wenn aber ein Lügendetektor benutzt würde, mußte dieser nicht sein innerliches Erschrecken registrieren? War es für ein normales menschliches Wesen nicht völlig unmöglich, derartige körperliche Reaktionen zu verhindern?

Fukiya versuchte es, indem er sich selbst verschiedene Fragen stellte. Seltsamerweise konnte er sich, wenn er dies tat – und die Fragen mochten noch so unerwartet sein –, nicht vorstellen, daß sie irgendeine körperliche Reaktion auslösen würden. Nach und nach gelangte er zu der Überzeugung, daß er, solange er jede nervliche Erregung vermied, selbst vor dem empfindlichsten Meßinstrument sicher war.

Während er diese verschiedenen Experimente mit sich selbst anstellte, kam er zu der Überzeugung, daß die Wirkungen eines psychologischen Tests durch Training neutralisiert werden könnten. Er war sich sicher, daß die Reaktion der menschlichen Nerven auf eine gezielte Frage jedesmal, wenn die Frage wiederholt wurde, abnahm. Angenommen, diese Überlegung wäre richtig, sagte sich Fukiya, dann gab es nichts Besseres, als sich an die Frage zu gewöhnen. Er schloß durch logische Überlegungen, daß seine eigenen Fragen an sich selbst aus dem Grund keine Reaktion hervorriefen, weil er Frage und Antwort schon kannte, bevor er sie aussprach.

Fukiya begann nun, jede einzelne Seite eines dicken Lexikons aufs sorgfältigste zu studieren und diejenigen Wörter herauszuschreiben, die möglicherweise in Fragen vorkamen, mit denen man ihn konfrontierte. Eine volle Woche brachte er die meiste Zeit, die er nicht schlief, auf diese Art zu und stählte seine Nerven gegen jede denkbare Frage. Dann, als er fühlte, daß sein Geist in dieser Hinsicht ziemlich gut gewappnet war, wandte er sich einem anderen Gebiet zu: dem Assoziationstest, den Psychiater, wie er wußte, ausgiebig für ihre Diagnosen verwendeten.

Wie Fukiya verstanden hatte, würde der Patient – oder Angeklagte – die Anweisung bekommen, auf jedes beliebige Wort, das man ihm sagte, mit dem ersten Wort zu antworten, das ihm dazu einfiel. Dann würde der Prüfer eine Liste von Wörtern abfragen, die zunächst überhaupt nichts mit dem Fall zu tun hatten – «Wand», «Schreibtisch», «Tinte», «Federhalter» und dergleichen. Der Test war deshalb so aufschlußreich, weil das Wort, das man assoziierte, in irgendeinem geistigen Zusammenhang mit dem vorher genannten stand. Wenn man etwa «Wand» sagte, antwortete der Beschuldigte mit Wörtern wie «Fenster», «Fensterbank», «Tapete» oder «Tür». Im Lauf des Tests wurden dann so belastete Wörter wie «Messer», «Geld» oder «Geldbörse» eingeflochten, um den Angeklagten in seiner Gedankenassoziation zu verwirren.

Wenn Fukiya nicht auf der Hut war, würde er beispielsweise

«Geld» auf «Zwergbaum» antworten und dadurch unbewußt zugeben, daß er wußte, daß Geld aus dem Topf mit dem Baum gestohlen worden war. Wenn er sich aber vorher schon auf die Nervenprobe vorbereitete, konnte er ein harmloses Wort wie «Tongeschirr» statt «Geld» nennen. Dann wäre er natürlich entlastet.

Fukiya wußte, daß bei der Durchführung der «Wortdiagnose» die genaue Zeitspanne zwischen Frage und Antwort gemessen wurde. Wenn der Angeklagte etwa auf «Wand» nach einer Sekunde «Tür» sagte, aber drei Sekunden für «Tongeschirr» als Antwort auf «Geld» brauchte, konnte man vermuten, daß er deshalb für die zweite Antwort mehr Zeit gebraucht hatte, um die erste Assoziation, die ihm in den Sinn kam, zu unterdrücken. Eine solche Zeitdifferenz würde natürlich Verdacht erregen.

Fukiya überlegte auch, daß es, sollte man ihn einem Worttest unterziehen, weitaus sicherer war, auf die nächstliegende, natürlichste Art zu antworten. Daher beschloß er, auf «Zwergbaum» entweder «Kiefer» oder «Geld» zu antworten, denn, wenn er auch nicht der Angeklagte war, so wußte die Polizei doch, daß er genügend mit den Fakten vertraut war und daher eine derartige Antwort zu erwarten war.

Eine Frage jedoch erforderte gründlicheres Nachdenken, die Frage der Reaktionszeit. Aber er fand, auch das könne durch sorgfältiges Training geschafft werden. Es kam darauf an, daß er, wenn ihm ein Wort wie «Zwergbaum» entgegengeschleudert wurde, ohne einen Moment zu zögern, «Geld» oder «Kiefer» antworten konnte.

Fukiya arbeitete mehrere Tage hart daran, sich selbst so gut zu trainieren, bis er schließlich das Gefühl hatte, dem härtesten Test trotzen zu können. Im übrigen tröstete es ihn ungeheuer, daß Saito, obwohl er den Mord nicht begangen hatte, derselben Salve von Fragen ausgesetzt werden und sicherlich einen ähnlichen Grad von Nervosität an den Tag legen würde.

Je mehr Fukiya all diese Möglichkeiten überlegte, um so mehr Sicherheit und Selbstvertrauen fühlte er. In der Tat konnte er nun, da er sich wieder rundum wohl fühlte, auch wieder pfeifen und singen und sogar die Vorladung zu Staatsanwalt Kasamori herbeiwünschen.

Am Tag, nachdem der Staatsanwalt beide Verdächtige psychologischen Tests unterzogen hatte, saß Kasamori bei sich zu Hause in seinem Büro und ging mit Eifer die Testergebnisse durch, als plötzlich sein Dienstmädchen einen Besucher anmeldete.

Buchstäblich unter seinen Papieren begraben, war der Staatsanwalt ganz und gar nicht in der Stimmung, den Gastgeber zu spielen, und fuhr seine Angestellte ungeduldig an: «Bitte sag ihm, egal, wer es ist, ich sei heute zu beschäftigt, um jemanden zu empfangen.»

«Ja, Herr», erwiderte das Mädchen gehorsam, aber als sie sich zum Gehen wandte, ging plötzlich die Tür auf und der Besucher steckte schelmisch den Kopf herein.

«Schönen guten Nachmittag, Herr Staatsanwalt!» sagte er fröhlich, den erschrockenen Blick der Dienstmagd ignorierend. «Sagen Sie nicht, Sie seien zu beschäftigt, um Ihren alten Freund Akechi zu empfangen!»

Kasamori ließ seinen Kneifer fallen und schaute verärgert auf. Aber sofort verzog sich sein Gesicht zu einem breiten Lächeln.

«Ach, Sie sind's, Dr. Akechi!» antwortete er. «Ich wußte nicht, daß Sie es sind. Entschuldigen Sie bitte! Kommen Sie nur gleich herein und machen Sie es sich bequem! Ich hatte in der Tat schon gehofft, Sie würden vorbeischauen.»

Kasamori entließ das Dienstmädchen mit einem Grunzen und winkte seinem Gast, Platz zu nehmen. Dr. Kogoro Akechi, ein Detektiv mit messerscharfem Verstand und einzigartigem Geschick beim Lösen kniffliger Probleme, war der einzige Mensch, dessentwegen der Staatsanwalt stehengeblieben wäre, um sich mit ihm zu unterhalten, selbst wenn er auf dem Weg zum Bahnhof war und seinen Zug verpassen würde. Bei mehreren früheren Anlässen hatte er Dr. Akechi gebeten, ihm beim Lösen angeblich «unmöglicher» Fälle zu helfen, und jedesmal war Dr. Akechi seinem Ruf gerecht geworden, einer von Japans bemerkenswertesten Detektiven zu sein.

Nachdem er sich eine Zigarette angezündet hatte, nickte Dr. Akechi bedeutungsvoll in Richtung der Papierstapel, die den Schreibtisch des Staatsanwalts bedeckten.

«Ich sehe, Sie sind sehr fleißig», bemerkte er obenhin. «Geht es um die alte Frau, die kürzlich ermordet wurde?»

«Jawohl», antwortete der Staatsanwalt. «Ehrlich gesagt, ich bin mit meinem Latein am Ende.»

«Pessimismus steht Ihnen nicht, Herr Staatsanwalt», sagte Dr. Akechi mit trockenem Lachen. «Kommen Sie, erzählen Sie mir mal, was bei den Tests herauskam, die Sie Ihren beiden Verdächtigen vorgelegt haben.»

Kasamori hob die Augenbrauen. «Woher zum Teufel wissen Sie von meinen Tests?» fragte er scharf.

«Einer Ihrer Assistenten erzählte es mir», erklärte Dr. Akechi. «Wie Sie sehen, interessiere ich mich ebenfalls brennend für den Fall, daher dachte ich, ich sollte herkommen und Ihnen meine bescheidenen Dienste anbieten.»

«Es war sehr liebenswürdig von Ihnen zu kommen», erwiderte Kasamori dankbar und stürzte sich sofort in die Erläuterung seiner komplizierten Experimente. «Die Ergebnisse sind, wie Sie feststellen werden, ziemlich eindeutig, aber an einem Punkt stehe ich vor einem Rätsel: Gestern ließ ich jeden Verdächtigen zwei Tests machen, einen Lügendetektortest auf der Basis von Pulsmessungen und einen Assoziationstest. In Fukiyas Fall war die Pulsmessung fast über jeden Verdacht erhaben. Aber als ich die Ergebnisse des Assoziationstests verglich, zeigte sich ein gewaltiger Unterschied zwischen Fukiya und Saito. Tatsächlich liegen die Ergebnisse so weit auseinander, daß ich, wie ich gestehen muß, wirklich vor einem Rätsel stehe. Sehen Sie sich bitte den Testbogen und die unterschiedlichen Antwortzeiten der beiden Verdächtigen an!»

Damit gab Kasamori Dr. Akechi folgende Tabelle mit den Ergebnissen des Assoziationstests:

Genanntes	Fukiya		Saito	
Wort	Anwort	Gemessene Zeit	Antwort	Gemessene Zeit
Kopf	Haare	0,9 sec	Schwanz	1,2 sec
grün	Gras	0,7 sec	Gras	1,1 sec
Wasser	kochend	0,9 sec	Fisch	1,3 sec
singen	Lieder	1,1 sec	Geisha	1,5 sec
lang	kurz	1,0 sec	Strick	1,2 sec
* töten	Messer	0,8 sec	Verbrechen	3,1 sec
Boot	Fluß	0,9 sec	Wasser	2,2 sec
Fenster	Tür	0,8 sec	Glas	1,5 sec
Essen	Steak	1,0 sec	Fisch	1,3 sec
* Geld	Banknoten	0,7 sec	Bank	3,5 sec
kalt	Wasser	1,1 sec	Winter	3,2 sec
Krankheit	Schnupfen	1,6 sec	Tuberkulose	2,3 sec
Nadel	Faden	1,0 sec	Faden	1,2 sec
* Kiefer	Zwergbaum	0,8 sec	Baum	2,3 sec
Berg	hoch	0,9 sec	Fluß	1,4 sec
* Blut	fließen	1,0 sec	rot	3,9 sec
neu	alt	0,8 sec	Anzug	3,0 sec
Haß	Spinne	1,2 sec	Krankheit	1,5 sec
* Zwergbaum	Kiefer	0,6 sec	Blume	6,2 sec
Vogel	fliegen	0,9 sec	Kanarienvogel	3,6 sec
Buch	Buchhandlung	1,0 sec	Roman	1,3 sec
* Ölpapier	Versteck	1,0 sec	Paket	4,0 sec
Freund	Saito	1,1 sec	Fukiya	1,8 sec
Kiste	Holz	1,0 sec	Puppe	1,2 sec
* Verbrechen	Mord	0,7 sec	Polizei	3,7 sec
Frau	Geliebte	1,0 sec	Schwester	1,3 sec
Bild	Wandschirm	0,9 sec	Landschaft	1,3 sec
* stehlen	Geld	0,7 sec	Halskette	4,1 sec

Anm.: mit einem Sternchen (*) gekennzeichnete Wörter beziehen sich direkt auf das Verbrechen

«Wie Sie sehen, ist alles ganz eindeutig», sagte der Staatsanwalt, nachdem Dr. Akechi die Papiere studiert hatte. «Demnach muß Saito vorsätzlich versucht haben, mich zu täuschen. Dies geht aus der Tatsache hervor, daß er so lange für seine Antworten brauchte, nicht nur bei den belastenden Begriffen, sondern auch bei den unwichtigen Füllwörtern. Außerdem scheint die lange

Zeit, die er zur Beantwortung des Wortes ‹Zwergbaum› brauchte, darauf hinzuweisen, daß er versuchte, so naheliegende, aber seiner Meinung nach belastende Wörter wie ‹Geld› oder ‹Kiefer› zu unterdrücken. Nehmen Sie dagegen Fukiyas Antworten! Er sagte ‹Kiefer› auf ‹Zwergbaum›, ‹Versteck› auf ‹Ölpapier› und ‹Mord› auf ‹Verbrechen›. Wäre er wirklich schuldig, hätte er vermieden, diese Wörter auszusprechen. Er antwortete jedoch in vollkommen sachlicher Weise, ohne das leiseste Zögern. Aufgrund dieser Fakten bin ich daher sehr geneigt, ihn als Verdächtigen auszumustern. Zugleich kann ich mich jedoch trotz dieser Ergebnisse einfach nicht dazu durchringen, Saito positiv als den Schuldigen zu bezeichnen!»

Dr. Akechi lauschte ruhig den Erörterungen des Staatsanwalts, ohne ihn zu unterbrechen. Aber nachdem dieser seine Zusammenfassung abgeschlossen hatte, leuchteten Dr. Akechis Augen hell auf, und er begann zu sprechen.

«Haben Sie sich mal die Zeit genommen, über die Schwachpunkte psychologischer Tests nachzudenken?» begann er. «De Quiros stellte in seiner Kritik der Ansichten Muensterbergs, eines Befürworters des psychologischen Tests, fest, daß das System zwar als Ersatz für die Folter gedacht sei, im Ergebnis aber den Unschuldigen ebenso belasten könne wie seinerzeit die Befragung unter Folter, und so dem wirklichen Schuldigen zu entkommen gestatte. Muensterberg selbst erklärte in seinen Büchern, daß ein psychologischer Test für den Nachweis, daß eine verdächtige Person gewisse andere Personen, Orte oder Dinge kennt, durchaus geeignet, für andere Zwecke aber sehr gefährlich sei. Es ist sicherlich völlig überflüssig, aber ich wollte nur Ihre Aufmerksamkeit auf diese Grundtatsachen lenken.»

Der Staatsanwalt erwiderte mit einer Spur Verdrossenheit in der Stimme, diese Tatsachen seien ihm wohlbekannt.

«Nun, dann lassen Sie uns den vorliegenden Fall einmal aus einem völlig anderen Blickwinkel betrachten», fuhr Dr. Akechi fort. «Angenommen – nur angenommen –, ein Unschuldiger, der äußerst nervös ist, wird eines Verbrechens verdächtigt. Er wird am Schauplatz des Verbrechens festgenommen und kennt daher alle Umstände und ihren makabren Hintergrund. Könnte er in diesem Fall seine Ruhe bewahren, wenn er einem strengen psychologischen Test unterworfen wird? Er könnte sich sehr wohl sagen: ‹Man wird mich testen. Was soll ich sagen, um dem Verdacht zu entgehen?› Wenn man bedenkt, daß er innerlich ungeheuer erregt ist, dann müßte doch ein unter solchen Umständen durchgeführter Test darauf hinauslaufen, den Unschuldigen zu belasten, wie De Quiros sagt, nicht?»

«Ich nehme an, Sie reden von Saito», sagte der Staatsanwalt, immer noch verärgert.

«Ja», erwiderte Dr. Akechi. «Wenn meine Überlegungen richtig sind, wäre er also völlig unschuldig, wobei natürlich die Möglichkeit offenbleibt, daß er tatsächlich das Geld gestohlen hat. Aber nun kommt die große Frage: Wer tötete die alte Frau?»

Kasamori unterbrach ihn an dieser Stelle abrupt. «Spannen Sie mich nicht auf die Folter! Sind Sie zu einem endgültigen Schluß gekommen, wer der wirkliche Mörder ist?»

«Ja, ich denke schon», erwiderte Dr. Akechi mit breitem Lächeln. «Nach den Testergebnissen zu urteilen ist Fukiya unser Mann, obwohl ich es natürlich noch nicht beschwören kann. Könnten Sie ihn herbringen lassen? Wenn ich ihm noch ein paar Fragen stellen könnte, bin ich sicher, daß ich diesen höchst faszinierenden Fall aufklären kann.»

«Aber wie steht es mit Beweisen?» fragte der Staatsanwalt. «*Wie* wollen Sie denn zu Ihrem Beweis kommen?»

«Gib einem Schuldigen genug Seil», erwiderte Dr. Akechi, «und er wird genug Beweise liefern, um sich selbst zu erhängen.»

Dann erläuterte Dr. Akechi seine Theorie in allen Einzelheiten. Als er sie gehört hatte, klatschte Kasamori in die Hände, um sein Hausmädchen zu rufen. Dann nahm er von seinem Schreibtisch Feder und Papier und schrieb folgende Worte an Fukiya:

«Ihr Freund Saito ist des Verbrechens überführt worden. Da ich noch ein paar Punkte mit Ihnen besprechen möchte, bitte ich Sie, mich unverzüglich in meiner Privatwohnung aufzusuchen.»

Fukiya war eben von der Universität heimgekehrt, als er die Nachricht erhielt. Nicht ahnend, daß es der Köder einer sorgfältig gestellten Falle war, war er begeistert. Ohne auch nur sein Abendessen einzunehmen, eilte er zum Haus des Staatsanwalts.

Sobald Fukiya das Büro betrat, begrüßte ihn Staatsanwalt Kasamori herzlich und bat ihn, Platz zu nehmen.

«Ich muß mich bei Ihnen entschuldigen, Fukiya-san», sagte er, «daß ich Sie so lange verdächtigt habe. Jetzt, da ich weiß, daß Sie unschuldig sind, dachte ich, Sie würden gerne etwas über die Umstände erfahren, denen Sie Ihre vollständige Entlastung verdanken.»

Der Staatsanwalt bestellte einen kleinen Imbiß für alle und stellte dann den Studenten feierlich Dr. Akechi vor, den er jedoch mit einem ganz anderen Namen ansprach.

«Yamamoto-san», erklärte er, wobei er auf Dr. Akechi zeigte, ohne mit der Wimper zu zucken, «ist der Rechtsanwalt, den die Erben der alten Frau beauftragt haben, ihren Nachlaß zu regeln.»

Nach dem Imbiß aus Tee und Reiskeksen diskutierten sie verschiedene unwichtige Themen, wobei Fukiya sehr freimütig sprach. Tatsächlich war er der Gesprächigste von allen, und die Zeit verging wie im Flug. Plötzlich schaute er jedoch auf seine Armbanduhr und stand unvermittelt auf.

«Ich wußte gar nicht, daß es so spät ist», verkündete er entschuldigend. «Wenn Sie verzeihen – ich glaube, ich sollte gehen.»

«Natürlich, selbstverständlich», sagte der Staatsanwalt trokken.

Dr. Akechi jedoch warf plötzlich ein: «Einen kleinen Moment noch, bitte», sagte er zu Fukiya. «Ich möchte Ihnen, bevor Sie gehen, noch eine belanglose Frage stellen. Ich weiß nicht, ob Sie wissen, daß in dem Zimmer, wo die alte Frau ermordet wurde, ein aufklappbarer goldener Wandschirm stand? Er wurde leicht beschädigt, und ein kleiner Rechtsstreit ist darüber entbrannt. Sehen Sie, der Wandschirm gehörte anscheinend gar nicht der alten Frau, sondern wurde von ihr als Sicherheit für ein Darlehen einbehalten. Nun fordert der Eigentümer Schadensersatz. Meine Klienten zögern jedoch mit ihrer Einwilligung und machen geltend, daß der Wandschirm schon beschädigt gewesen sein könnte, bevor er zu der alten Frau gebracht wurde. Es ist natürlich eine sehr geringfügige Sache, aber wenn Sie mir – rein zufällig – helfen könnten, sie zu klären, wäre ich Ihnen mehr als dankbar! Der Anlaß für meine Frage ist, daß Sie, wie ich hörte, häufig dort waren, um Ihren Freund Saito zu besuchen. Vielleicht haben Sie den Wandschirm bemerkt? Saito wurde selbstverständlich dazu befragt, aber bei seinem erregten Zustand schien nichts, was er sagte, viel Sinn zu machen. Ich versuchte auch, mit dem Hausmädchen der alten Frau zu sprechen, aber sie ist bereits in ihren Heimatort auf dem Lande zurückgekehrt, und ich hatte noch keine Gelegenheit, ihr zu schreiben.»

Obwohl dies alles in vollkommen sachlichem Ton vorgetragen wurde, fühlte Fukiya sein Herz leicht flattern. Aber er beruhigte sich selbst rasch mit dem Gedanken: Warum sollte ich mich aufregen? Der Fall ist bereits abgeschlossen. Dann fragte er sich, was er antworten sollte. Nach kurzer Pause dachte er, der beste Weg sei, so offen zu sprechen, wie er es immer getan hatte.

«Wie der Herr Staatsanwalt weiß», begann er mit unschuldigem Lächeln, «betrat ich das Zimmer nur bei einer Gelegenheit. Das war zwei Tage vor dem Mord. Allerdings erinnere ich mich jetzt, wo ich daran denke, genau an diesen Wandschirm, und ich kann sagen, daß er *nicht* beschädigt war, als ich ihn sah.»

«Sind Sie sich dessen ganz sicher?» fragte Dr. Akechi rasch. «Erinnern Sie sich, der Schaden, von dem ich spreche, ist ein Kratzer auf dem Gesicht von Komachi, deren Bildnis sich auf dem Wandschirm befindet.»

«Ja, ja, das weiß ich», sagte Fukiya mit Nachdruck. «Und ich bin ganz sicher, das sage ich Ihnen, daß nirgends ein Kratzer war, weder auf dem Gesicht der schönen Komachi noch irgendwo anders. Wenn es auf irgendeine Weise beschädigt gewesen wäre, wäre es mir ganz bestimmt nicht entgangen.»

«Gut, wären Sie also bereit, eine eidesstattliche Erklärung abzugeben?» fragte Dr. Akechi. «Sehen Sie, der Eigentümer des Wandschirms besteht hartnäckig auf seiner Forderung, und ich finde es sehr schwierig, mit ihm zu verhandeln.»

«Selbstverständlich», sagte Fukiya in äußerst entgegenkommendem Ton. «Ich wäre jederzeit bereit, eine eidesstattliche Erklärung abzugeben.»

Dr. Akechi dankte dem Studenten mit einem Lächeln und kratzte sich dann am Kopf, was er immer tat, wenn er erregt war. «Und jetzt», fuhr er fort, «finde ich, könnten Sie ruhig zugeben, daß Sie eine ganze Menge über den Wandschirm wissen, denn aus den Aufzeichnungen über Ihren psychologischen Test fiel mir auf, daß Sie ‹Wandschirm› mit ‹Bild› assoziierten. Ein Wandschirm ist nämlich, wie Sie wissen werden, eine Seltenheit in einer Studentenpension.»

Fukiya war über Dr. Akechis veränderte Tonart überrascht. Er hätte gern gewußt, worauf zum Teufel der Mann hinauswollte.

Wieder wandte sich der als Rechtsanwalt vorgestellte Mann an ihn. «Übrigens», sagte er, «da war noch ein anderer Punkt, der mir auffiel. Als gestern der psychologische Test durchgeführt wurde, waren acht hochsignifikante, ‹gefährliche› Wörter auf der Liste. Sie haben den Test natürlich ohne Probleme bestanden. Tatsächlich verlief er, meiner Meinung nach, allzu glatt. Wenn Sie gestatten, hätte ich gerne, daß Sie sich das Protokoll Ihrer Antworten auf diese acht Wörter ansehen.»

Dr. Akechi legte die Tabelle mit den Ergebnissen auf den Tisch und sagte: «Sie brauchten kaum weniger Zeit für die Beantwortung der Schlüsselwörter als für die der belanglosen. So antworteten Sie auf ‹Zwergbaum› in nur sechs Zehntelsekunden ‹Kiefer›. Dies spricht für eine bemerkenswerte Unschuld. Beachten Sie, daß Sie eine Zehntelsekunde länger brauchten, um das Wort ‹grün› zu beantworten, das im allgemeinen von allen achtundzwanzig Wörtern der Liste am leichtesten zu beantworten ist.»

Fukiya, der Dr. Akechis Gründe nicht ganz verstand, fragte sich allmählich, worauf dieser mit dem ganzen Gespräch hinauswollte. Was führt dieser geschwätzige Anwalt eigentlich im Schilde, fragte er sich schaudernd. Er mußte es herausfinden, und zwar schnell, denn es konnte eine Falle sein.

«‹Zwergbaum›, ‹Ölpapier›, ‹Verbrechen› oder jedes andere der acht Schlüsselwörter sind nicht annähernd so leicht mit anderen Wörtern zu assoziieren wie ‹Kopf› oder ‹grün›», fuhr Dr. Akechi hartnäckig fort. «Und doch gelang es Ihnen, die schwierigen Wörter schneller zu beantworten als die leichteren. Was bedeutet das alles? Das war es, was mir die ganze Zeit nicht aus dem Kopf ging. Aber lassen Sie mich jetzt versuchen, genau zu erraten, was Sie sich gedacht hatten. Es könnte wirklich ganz amüsant sein. Sollte ich unrecht haben, bitte ich Sie selbstverständlich untertänigst um Verzeihung!»

Fukiya spürte, wie ihm ein kalter Schauer über den Rücken lief. Dieses unheimliche Gespräch begann, wirklich an seinen Nerven zu zerren. Aber bevor er auch nur den Versuch eines Einwands machen konnte, sprach Dr. Akechi weiter.

«Sicherlich waren Ihnen die Gefahren eines psychologischen Tests schon lange bekannt», fuhr er beharrlich fort. «Ich nehme daher an, daß Sie sich gut vorbereitet haben. Sie legten sich für alle Wörter, die mit dem Verbrechen in Verbindung stehen, sorgfältig passende Antworten zurecht, um sie sofort parat zu haben. Aber mißverstehen Sie mich bitte nicht, Fukiya-san! Ich versuche nicht, die Methode zu tadeln, die Sie anwandten. Ich will lediglich aufzeigen, daß ein psychologischer Test gelegentlich gefährlich sein kann. Es kommt vor, daß er den Unschuldigen verdammt und den Schuldigen freispricht.»

Dr. Akechi machte eine Pause, um die versteckten Implikationen seiner Feststellungen wirken zu lassen, dann fuhr er fort:

«Fukiya-san, Sie machten den entscheidenden Fehler, daß Sie bei Ihren Vorbereitungen allzu raffiniert vorgingen. Als Sie während des Tests antworten mußten, sprachen Sie zu schnell. Dies war sicherlich nur natürlich, denn Sie befürchteten, sich verdächtig zu machen, wenn Sie sich zuviel Zeit ließen. Aber... Sie taten zuviel des Guten!»

Wieder pausierte Dr. Akechi und stellte mit grimmiger Freude fest, daß Fukiyas Gesicht eine kränkliche, graue Färbung annahm. Dann setzte er sein Plädoyer fort.

«Nun komme ich zu einer weiteren wichtigen Phase des Tests. Warum beschlossen Sie, mit Begriffen wie ‹Geld›, ‹Versteck› und ‹Mord› zu antworten – ausnahmslos Wörter, die Sie wahrscheinlich belasten würden? Ich will es Ihnen sagen: Sie taten es absichtlich, um den Anschein zu erwecken, Sie seien naiv. Habe ich nicht recht, Fukiya? Meine Gedankengänge sind richtig, nicht wahr?»

Mit glasigen Augen starrte Fukiya ins Gesicht seines Folterers. Er gab sich große Mühe, wegzuschauen, dem kalten, anklagenden Blick Dr. Akechis auszuweichen; aber er stellte fest, daß er es aus irgendeinem Grund nicht konnte. Es schien Kasamori, als sei Fukiya in einer hypnotischen Trance gefangen und unfähig, ein anderes Gefühl als Furcht zu zeigen.

«Diese Ihre scheinbare Naivität», fuhr Dr. Akechi fort, «schien mir einfach nicht echt zu sein. Deshalb überlegte ich mir, Sie nach dem goldenen Wandschirm zu fragen, und Sie antworteten natürlich genau, was ich erwartet hatte.»

Dr. Akechi wandte sich unvermittelt an den Staatsanwalt. «Nun will ich Ihnen eine einfache Frage stellen, Herr Staatsanwalt: Wann genau wurde der Wandschirm ins Haus der alten Frau geschafft?»

«Am Tag vor der Tat, am Vierten des letzten Monats.»

«*Am Tag vor der Tat,* sagen Sie?» wiederholte Dr. Akechi laut. «Das ist doch sehr merkwürdig. Fukiya-san stellte soeben fest, er habe ihn *zwei Tage* vor dem Verbrechen gesehen, also am Dritten des letzten Monats. Außerdem war er ganz sicher, wo er ihn gesehen hatte – genau in dem Zimmer, in dem die alte Frau ermordet wurde! Das ist wirklich ein Widerspruch. Einer von Ihnen beiden muß sich geirrt haben!»

«Es muß Fukiya-san sein, der sich irrt», bemerkte der Staatsanwalt mit listigem Grinsen. «Bis zum Nachmittag des Vierten stand der Wandschirm im Hause seines Eigentümers. Daran gibt es keinen Zweifel.»

Dr. Akechi beobachtete Fukiyas Gesicht mit gespanntem Interesse, denn der Ausdruck, den dieser nun zeigte, glich dem eines kleinen Mädchens, das gleich in Tränen ausbricht.

Plötzlich wies Dr. Akechi mit anklagendem Finger auf den Studenten und fragte scharf: «Warum behaupten Sie, etwas gesehen zu haben, was Sie gar nicht gesehen haben können? Wirklich schade, daß Sie sich an das klassische Gemälde erinnern mußten, denn dadurch haben Sie sich selbst verraten! In Ihrem

Eifer, uns glauben zu machen, daß Sie die Wahrheit sagen, haben Sie sogar Einzelheiten erfunden. Stimmt es etwa nicht, Fukiya? Konnte Ihnen aufgefallen sein, daß kein Wandschirm in dem Zimmer stand, als Sie es zwei Tage vor dem Verbrechen betraten? Nein, einem solchen Detail hätten Sie sicherlich keine Aufmerksamkeit geschenkt, denn es hatte nichts mit Ihren Plänen zu tun. Außerdem, denke ich, er wäre Ihnen, selbst wenn er dort gestanden hätte, kaum aufgefallen, denn der Raum war mit verschiedenen Gemälden und Antiquitäten derselben Art ausgestattet. Also war die Annahme naheliegend, daß der Wandschirm, den Sie am Tag der Tat gesehen hatten, zwei Tage zuvor ebenfalls dort gewesen sei. Meine Frage hat Sie verwirrt, also akzeptierten Sie Ihre Implikationen. Wären Sie ein gewöhnlicher Krimineller, hätten Sie nicht in der Weise geantwortet, wie Sie es taten. Sie hätten bestritten, von irgend etwas zu wissen. Aber ich hielt Sie von Anfang an für einen echten Intellektuellen, und als solcher, das wußte ich, würden Sie versuchen, so offen wie möglich zu sein, solange Sie keine gefährlichen Punkte berührten. Aber ich sah Ihre Absicht voraus und spielte meine Karten entsprechend aus.»

Dann brach Dr. Akechi in lautes, ausgelassenes Gelächter aus. «Zu schade», sagte er sarkastisch zu dem am Boden zerstörten Fukiya, «daß Sie einem bescheidenen Anwalt wie mir in die Falle gehen mußten.»

Fukiya schwieg. Er wußte, es war nutzlos, wenn er versuchte, zu argumentieren und sich herauszureden. Intelligent wie er war, wußte er, daß jeder Versuch, seinen fatalen Ausrutscher zu korrigieren, ihn nur tiefer und tiefer in den Abgrund des Verderbens führen würde.

Nach langem Schweigen sprach Dr. Akechi wieder. «Hören Sie, wie die Feder übers Papier kratzt, Fukiya? Ein Polizeistenograph im Nebenzimmer hat alles mitgeschrieben, was wir hier gesprochen haben.»

Er rief etwas in den anschließenden Raum, und kurz darauf erschien ein junger Mann im Büro, der einen Stapel Papier trug.

«Lesen Sie Ihre Notizen vor!» forderte ihn Dr. Akechi auf.

Der Schreiber las das gesamte Protokoll vor. Er hatte Wort für Wort festgehalten.

«Jetzt, Fukiya-san», sagte Dr. Akechi, «wäre ich Ihnen dankbar, wenn Sie freundlicherweise unterzeichnen und Ihren Fingerabdruck daruntersetzen würden! Sie haben sicherlich nichts dagegen, denn Sie versprachen, in der Sache mit dem Wandschirm jederzeit auszusagen.»

Unterwürfig unterschrieb Fukiya das Protokoll und setzte seinen Daumenabdruck darunter. Kurz darauf führten Kriminalbeamte vom Polizeipräsidium, die der Staatsanwalt hatte kommen lassen, den geständigen Mörder ab.

Nun, da die Vorstellung vorbei war, wandte sich Dr. Akechi an den Staatsanwalt. «Wie ich schon sagte, Muensterberg hatte recht, als er sagte, das wahre Verdienst eines psychologischen Tests liege darin, festzustellen, ob ein Verdächtiger eine andere Person oder Sache an einem bestimmten Ort gesehen hat oder nicht. In Fukiyas Fall hing alles davon ab, ob er den Wandschirm gesehen hatte oder nicht. Außer dem Nachweis dieser Tatsachen hätte kein Test, den Sie Fukiya vorgelegt hätten, irgendein nennenswertes Resultat gebracht. Als intellektueller Schurke, der er ja ist, war er zu gut vorbereitet, um durch Routinefragen überführt werden zu können.»

Shizuko Natsuki
Der Mord im Pfandleihhaus

Shizuko Natsuki (*1933) ist eine jener glücklichen Schriftstellerinnen, die regelmäßig jedes Jahr einen Roman veröffentlichen. Außerdem schreibt sie alle drei Wochen eine Kurzgeschichte. Als «japanische Agatha Christie» etikettiert, ist sie die fruchtbare Schöpferin des «psychologischen Verbrechens für Frauen», was aber nicht unbedingt heißt, daß die Verbrechen von Frauen begangen werden. Doch genau das will uns die Werbeabteilung ihres Verlages weismachen – eine Beleidigung in gewisser Weise, denn Frau Natsuki ist eine großartige Autorin, die nicht bloß versucht, die Neugier von Millionen gelangweilter Hausfrauen in kleinen vollautomatisierten Wohnungen zu befriedigen. Was diese Geschichte zeigen wird!

Ich gehe dann.»

Eiko Horikoshi war zweiundvierzig Jahre alt und Besitzerin eines gutgehenden Pfandleihhauses. Wie gewöhnlich lächelte sie, als sie sich von Angestellten verabschiedete.

«Auf Wiedersehen», riefen sie ihr zu und sahen ihrer ziemlich molligen Gestalt nach, wie sie zur Tür hinausging. Es war zwanzig Minuten vor acht, und da das Pfandleihhaus Horikoshi um acht Uhr abends schloß, begann die junge Angestellte Naomi, die Juwelen und Uhren wegzupacken.

Tsunemoto, der Geschäftsführer, verhandelte am Ladentisch mit einem jungen Mann in einer Lederjacke, anscheinend ein Student oder Arbeiter. Vor ihm auf dem Tisch lag eine Kamera, und Tsunemotos Augen funkelten hinter der Goldrandbrille, als er das Formular studierte, das der junge Mann ausgefüllt hatte.

Tsunemoto war erst sechsunddreißig Jahre alt und bereits Geschäftsführer des Ladens. Er war schlau und energisch, ganz anders als der Zweite Geschäftsführer, Tsuji, der wahrscheinlich nie über seine jetzige Position hinausgelangen würde.

«Was dachten Sie denn, wieviel Sie dafür bekommen?» fragte der Geschäftsführer, nahm die Kamera und schaute sie sich genau an.

«Etwa vierzigtausend Yen.»

«Nein, soviel kann ich Ihnen nicht geben. Sehen Sie, dieses Modell wird nicht mehr hergestellt, das setzt den Wert erheblich herab. Fünfzehntausend kann ich Ihnen anbieten – mehr geht wirklich nicht!»

Nachdem sie wenige Minuten gefeilscht hatten, fand sich der junge Mann mit der gebotenen Summe ab, stopfte sich die Fünfzehntausend abzüglich der Zinsen für einen Monat in die Jakkentasche und schlurfte mit hängenden Schultern hinaus.

An einer Wand des Ladens hing ein Plakat mit den Zinssätzen für Darlehen von fünf- bis fünfzigtausend Yen, wobei der Zinssatz mit steigender Summe abnahm. Wegen seiner guten Geschäftslage, nicht weit von einem der Hauptbahnhöfe Tokios entfernt, hatte das Pfandleihhaus Horikoshi eine weit bessere Art von Kundschaft als die Konkurrenz in den Vorstädten und belieh vornehmlich Aktienzertifikate, Juwelen und andere kleine, aber wertvolle Gegenstände.

Über dem Plakat mit den Zinssätzen hing, gut sichtbar, eine Liste der Geschäftsregeln:

*Höchstpreise für gängige Wertsachen
und leicht umsetzbare Ware
Niedrigpreise für schwer verkäufliche Gegenstände*

Der Geschäftsraum war nicht größer als dreizehn Quadratmeter, und ein Ladentisch teilte ihn in der Nähe der Tür in der ganzen Breite ab. Der hintere Teil des Raumes diente als Tresorraum.

«Ich muß heute abend die Bücher durchgehen», sagte Tsunemoto, als Tsuji und Naomi mit Mühe die schweren Metalljalousien herabließen. Als sie aufblickten, konnten sie seine große, schlanke Gestalt in der offenen Tür des Tresorraums stehen sehen.

Die Stahlkammer war nur etwa fünf Quadratmeter groß. Über zwei Wände liefen Regale mit Fernsehern, Kameras, Golfschlägern, Mah-Jong-Spielen und verschiedenen anderen Dingen, die die Leute versetzt hatten. Eine dicke Tür in der Rückwand führte zu einem weiteren Tresorraum von ungefähr derselben Größe. Dort standen Schränkchen, die die wertvolleren Gegenstände enthielten – Aktienzertifikate und Schmuckstücke aller Art.

Als Naomi und Tsuji die Jalousien herabließen, standen diese Türen beide offen. Das war nicht weiter ungewöhnlich, denn Tsunemoto blieb oft abends noch da und prüfte nach, ob die Gegenstände in den Tresorräumen mit den Eintragungen im Hauptbuch übereinstimmten.

Tsuji verabschiedete sich und eilte davon. Naomi folgte ihm, nachdem sie noch einmal hineingegangen war, um ihre Tasche zu holen. Aufgrund der Nähe des Ikebukuro-Bahnhofs waren Grund und Boden sehr gefragt, und die Gebäude in dieser Gegend drängten sich eng zusammen. Der Eingang des Pfandleihhauses lag in einer dunklen Gasse. Im Haus gegenüber befand sich eine fensterlose, ziemlich heruntergekommene Cafébar, die rund um die Uhr geöffnet hatte. Vor sechs Monaten waren dort alle Gäste wegen Sauerstoffmangels ohnmächtig geworden.

Naomi hatte im Vorjahr im Bezirk Saitama die High School abgeschlossen. Als sie noch zur Schule ging, hatte sie davon geträumt, in einer der großen Firmen Karriere zu machen. Sie hatte sich auch bei Banken und großen Finanzunternehmen beworben, aber die Konkurrenz war für Leute von ihrer Unbeschwertheit zu groß gewesen. So war sie bei Horikoshi gelandet, wo sie seit einem Jahr arbeitete, und oft entfuhr ihr ein Seufzer der Enttäuschung, wenn sie aus dem Geschäft hinaus in diese muffige, schmutzige Gasse trat.

Sie bedauerte sich selbst, während sie die Edelstahltür des Ladens hinter sich schloß, hielt jedoch plötzlich mit einem Aufschrei inne, und ihr ganzer Körper zuckte zurück zum Eingang.

Irgendwie war ihr linker Mittelfinger in die Tür geraten und tat so weh, daß sie eine Minute lang kaum Luft bekam.

Als der Schmerz allmählich nachließ, ging sie mit einem weiteren mutlosen Seufzer zum Bahnhof.

Es war Mitte Oktober, und beim Gehen fühlte sie, wie die Kälte durch ihre Schuhsohlen drang. Sie hatte sich für acht Uhr dreißig mit ihrem Freund Kumazaki im Café am Shinjuku-Bahnhof verabredet.

Kumazaki war bei weitem nicht der brillante Geschäftsmann ihrer Träume, sondern ein freiberuflicher Reporter, den sie bei seinen häufigen Besuchen im Pfandleihhaus kennengelernt hatte. Er war ein langgliedriger, stark behaarter junger Mann und führte sie gewöhnlich zweimal im Monat zum Essen oder ins Kino aus und schien ernsthafte Absichten zu hegen.

Naomi eilte zu ihrer Verabredung.

Am nächsten Morgen kam sie etwas später als sonst zur Arbeit und bog gegen acht Uhr vierzig in die Gasse ein, die zum Geschäft führte. Es öffnete erst um neun Uhr, aber Naomi mußte schon um halb neun da sein, um sauberzumachen. Als dort noch ein zweites Mädchen beschäftigt gewesen war, waren sie abwechselnd früher gekommen, aber seit die andere Angestellte gegangen war, mußte Naomi mehr arbeiten.

Auf halbem Weg zum Laden entdeckte sie Tsuji, der gebückt vor der Stahltür des Ladens stand und seine Tasche nach dem Schlüssel durchwühlte. Tsuji kam stets um acht Uhr vierzig, pünktlich wie ein Uhrwerk.

Als sie hinter sich Schritte hörte, schaute sie sich um und sah Eiko Horikoshi, die in einem hellblauen Kostüm hinter ihr herkam.

«Guten Morgen, Horikoshi-san», sagte sie. «Sie kommen heute früh.»

Eiko wohnte seit dem Tod ihres Mannes allein in einer Wohnung in Mejiro und besuchte gewöhnlich ihr anderes Geschäft, bevor sie zur Filiale von Ikebukuro kam. In der Regel tauchte sie dort nicht vor elf Uhr auf.

Eiko antwortete unbestimmt und eilte zum Geschäft. Sie sah besorgt aus, und etwas in ihrem Benehmen veranlaßte Naomi, schneller zum Geschäft zu gehen, wo Tsuji endlich seinen Schlüssel gefunden hatte.

Er steckte ihn ins Schlüsselloch und versuchte, ihn zu drehen.

«Komisch», sagte er und schüttelte ungläubig den Kopf. «Die Tür ist nicht abgeschlossen.»

Er drehte den Türknauf, drückte, und die Edelstahltür schwang auf.

«Tsunemoto wird gestern abend wohl vergessen haben abzuschließen.»

«Vielleicht ist er noch hier», sagte Eiko schnell. «Ich habe heute früh einen Anruf von seiner Frau bekommen.»

«Seiner Frau?»

«Ja, sie sagt, er sei gestern abend nicht nach Hause gekommen, aber als sie im Geschäft anrief, habe keiner den Hörer abgenommen.»

Drinnen herrschte pechschwarze Dunkelheit; die Jalousien waren immer noch geschlossen.

Am Eingang lagen Tsunemotos Schuhe.

Tsuji beeilte sich, die Jalousien hochzuziehen. Im Tageslicht, das durch die Fenster und die offene Tür hereindrang, sahen sie eine leere Nudelschale auf dem Ladentisch stehen. Daran war nichts Ungewöhnliches, sie stammte offensichtlich aus dem Geschäft, bei dem Tsunemoto stets Nudeln bestellte, wenn er spät abends noch arbeitete. Unheimlich war jedoch, daß nirgends in dem engen Ladenraum des Pfandleihgeschäfts eine Spur von Tsunemoto selbst zu sehen war.

Nein, es war zu früh, um dies festzustellen. Da waren immer noch die hinteren Tresorräume. Ihre Tür war verschlossen.

Eiko ging zu Tsunemotos Pult, öffnete die oberste Schublade und nahm einen Schlüssel heraus, an dem ein langer hölzerner Anhänger hing. Er gehörte zur Tür des vorderen Tresorraums – und Tsunemoto hätte ihn am Feierabend wie immer mit nach Hause nehmen sollen.

Eiko wandte sich einen Moment lang zu Naomi und Tsuji um, dann ging sie zur Tür des Tresorraums.

Um sie zu öffnen, mußte sie zuerst den Schlüssel ins Schloß stecken und die Kombination einstellen, bevor sie aufschließen konnte. Die einzigen Menschen, die Zugang zu dem Schlüssel hatten und die Kombination kannten, waren Eiko und Tsunemoto.

Eiko stellte die Kombination ein, drehte den Schlüssel und öffnete dann mit Tsujis Hilfe die schwere Tür.

Drinnen brannten die Lichter, und die Tür zum hinteren Tresorraum stand offen, so daß man hineinsehen konnte.

Beide Räume waren in unordentlichem Zustand, eine der Schubladen des Schmuckschranks war halb herausgezogen, und eine Uhr lag vor dem Regal am Boden. Im vorderen Tresorraum war eine der großen Taschen für Golfschläger umgefallen, und daneben lag, wie um sie zu umarmen, Tsunemoto.

Beim Anblick seiner bleichen, verzerrten Gesichtszüge fühlte sich Naomi einer Ohnmacht nahe – sie dachte an die Leute, die damals in der Cafébar gegenüber beinahe erstickt wären.

«Ein klarer Fall, Tod durch Ersticken. Der Tresorraum ist absolut feuersicher, und sobald man die Tür schließt, unterbricht man die Sauerstoffzufuhr.»

Kriminalinspektor Danto erklärte Eiko mit tiefer, sonorer Stimme, wie es geschehen sein mußte. Die Polizei hatte ihre Untersuchung noch nicht beendet, aber Tsunemotos Leiche war in die Leichenhalle geschafft worden. Als man ihn gefunden hatte, war er bereits erkaltet gewesen, und die Sanitäter des Rettungswagens konnten nicht mehr tun, als seinen Tod zu bestätigen.

«Wir hatten in letzter Zeit eine Menge solcher Fälle. Es ist ja auch gar nicht so lange her, daß die Geschichte in der Cafébar gegenüber passierte.»

Damals waren in dem fensterlosen Raum fünf Menschen, das Personal eingeschlossen, plötzlich umgekippt. Einer der Gäste, der es mit angesehen hatte, konnte sich noch zum Telefon schleppen und einen Rettungswagen rufen, bevor auch er das Bewußtsein verlor. Glücklicherweise erholten sich nach einigen Tagen im Krankenhaus alle, und die Polizei nahm es als Unfall zu Protokoll. Es war spät nachts gewesen, und die Gäste hatten seit mehreren Stunden dort gesessen. Da währenddessen niemand hereingekommen und auch keiner hinausgegangen war, war die Tür geschlossen geblieben, so daß die Luft im Raum nach kurzer Zeit verbraucht war.

«Damals starb niemand, aber im selben Monat erstickten zwei Seeleute auf einem chinesischen Schiff im Hafen von Kobe, nachdem jemand die Luken über ihnen geschlossen hatte. Und der Frachtraum des Schiffes war viel größer als Ihr Tresorraum.»

Inspektor Danto hatte die Untersuchung in der Cafébar geführt und schien ein besonderes Interesse für derartige Fälle entwickelt zu haben.

«Übrigens, hat Tsunemoto-san gestern abend, als Sie alle nach Hause gingen, bereits im Tresorraum gearbeitet?»

Er blickte über Eiko hinweg, hinter der Naomi und Tsuji standen.

«Jawohl», sagte Tsuji mit unnatürlicher Stimme.

«Und wo befand sich zu diesem Zeitpunkt der Schlüssel zum Tresorraum?»

«Er müßte wie üblich in Tsunemoto-sans Schreibtisch gewesen sein.»

Im allgemeinen schloß Tsunemoto, wenn er kurz vor neun Uhr kam, den ersten Tresorraum mit seinem Schlüssel auf. Die mittlere Tür jedoch – die Tür zwischen den beiden Tresorräumen – blieb stets geschlossen, bis Eiko um elf Uhr kam. Im zweiten Tresorraum befanden sich die wertvolleren Gegenstände und die Zertifikate, und nur die Besitzerin allein hatte den Schlüssel dazu.

Um beide Tresorräume zu schließen, brauchte man keinen

Schlüssel. Jeder konnte die Türen schließen, man brauchte sie nur zuzudrücken und die Kombinationsschlösser zu verdrehen. Während der Geschäftszeiten lag der Schlüssel zur Tür des ersten Raums in Tsunemotos Schreibtisch, und wenn das Kombinationsschloß dieser Tür nicht verdreht wurde, brauchte man nur den Knauf zu drehen, um sie zu öffnen.

«Heißt das, die Tür hätte von selbst zufallen können, während Tsunemoto-san dort drinnen gearbeitet hat? Schließlich ist es unmöglich, die Tür von innen zu öffnen, auch wenn sie nur eingeklinkt ist.»

«Von selbst? Nein, ich denke nicht. Die Tür ist viel zu schwer, um sich von selbst zu bewegen.»

Eiko, Tsuji und Naomi, alle sagten dasselbe.

«Ich denke, es ist unmöglich, daß er irrtümlich eingeschlossen wurde. Für solche Notfälle gibt es nämlich eine Alarmklingel im zweiten Tresorraum. Aber weil es Nacht war, konnte nicht einmal das den armen Tsunemoto-san retten.» Eikos Stimme klang belegt.

«Was? Sie sagen, Sie haben eine Alarmanlage?»

«Ja, die Idee dazu kam mir, als letzten Monat jemand in der Kühlkammer einer Metzgerei eingeschlossen wurde und starb. Ich las in der Zeitung davon und ließ daraufhin die Alarmglocke installieren.»

Der Knopf war in einer Ecke des hinteren Raumes angebracht, und wenn man ihn drückte, schrillte eine große Alarmglocke im Geschäftsraum. Als ihn der Polizist jedoch ausprobierte, geschah gar nichts, und als sie die Leitungen überprüften, fanden sie, daß sie mit einem Drahtschneider an der Stelle gekappt worden waren, wo die Drähte aus der Wand kamen.

In diesem Moment dachte der Polizist zum erstenmal an Mord; und als Eiko die Schränke und Regale kontrollierte, stellte sich heraus, daß zwei wertvolle Ringe fehlten, einer mit einem Diamanten und einer mit einem Rubin. Plötzlich sah alles danach aus, daß jemand in der Nacht, als Tsunemoto allein bei der Arbeit war, eingebrochen hatte, den Geschäftsführer, wahrscheinlich mit einem Revolver, in Schach gehalten hatte, die beiden Ringe aus dem hinteren Tresorraum genommen und dann

Tsunemoto eingeschlossen hatte, als er ging. Dann hatte der Verbrecher die Drähte zur Alarmglocke durchschnitten und war in der Nacht verschwunden.

«Wie lange mag die Luft wohl ausgereicht haben?» fragte Eiko.

Und ich wüßte gerne, um welche Uhrzeit er eingesperrt wurde, dachte Inspektor Danto, bevor er ihr antwortete.

«Wie lange die Luft ausreiche? Das ist anhand der Autopsie leicht in Erfahrung zu bringen. Es läßt sich feststellen, wann seine Nudeln gebracht wurden, und dann kann man die Todeszeit berechnen, indem man untersucht, wie weit die Nudeln verdaut waren.»

Nach einem Blick zu der Schale auf dem Ladentisch fuhr er fort: «Wenn der Zeitpunkt seines Todes bekannt ist, kann man berechnen, wann er eingeschlossen wurde, indem man sein Lungenvolumen feststellt und die Sauerstoffmenge errechnet, die im Raum zur Verfügung steht. Ich habe noch nie von einem derartigen Fall gehört, aber glücklicherweise ist einer der Assistenzprofessoren für forensische Medizin an der J-Universität auf Erstickungstod spezialisiert. Ich denke, wir werden ihn um Hilfe bitten.»

Es war Assistenzprofessor Miyahara. Selbst Naomi kannte seinen Namen, seit er nach dem Unglücksfall in der Cafébar von den Zeitungen interviewt worden war. In dem Artikel war von seinen Rattenversuchen die Rede gewesen, aufgrund derer er mit einer sehr kleinen Fehlerquote berechnen konnte, wie lange ein menschliches Wesen in einem bestimmten Raum am Leben blieb, bevor die Luft verbraucht war.

«Wir können sicher sein, daß Tsunemoto-san gestern abend um acht Uhr wohlauf war, aber sicherheitshalber wüßte ich gerne von Ihnen allen, was Sie gestern abend getan haben.»

Bei diesen Worten musterte er die drei Leute vor ihm. Plötzlich blieb sein Blick an Naomis Mittelfinger hängen – der Nagel war gesplittert und der Finger geschwollen.

«Wie haben Sie Ihre Hand verletzt?» fragte er.

«Oh, das... Ich habe sie in der Tür eingeklemmt... dort drüben.»

Naomi wandte sich aufgeregt um und zeigte auf die stählerne Eingangstür.

«Wann war das?»

«Gestern abend, als ich wegging.»

«Sie sagten doch, Sie seien mit Tsuji-san gegangen, oder nicht?»

«Ja, aber ein paar Sekunden nach ihm, und ich war in Eile, als ich die Tür zumachte...» Naomis Stimme war immer leiser geworden, bis sie mitten im Satz abbrach. Eiko und Tsuji starrten entsetzt auf ihre Hand, als beweise sie, daß Naomi die Tür vor Tsunemoto zugeschlagen und dabei ihren Finger eingeklemmt hatte.

«Die Leute vom Kiyuken-Nudelgeschäft sagten aus, daß Tsunemoto die Nudeln um acht Uhr fünfzehn bestellte und sie gegen acht Uhr dreißig bekam. Angenommen, er aß sie sofort, dann dürfte er, wenn man den Stand der Verdauung und verschiedene andere Körperfunktionen berücksichtigt, gegen zwei Uhr morgens gestorben sein.»

Naomi erzählte Kumazaki alles, was sie beim zweiten Besuch von Inspektor Danto erfahren hatte. Kumazaki hatte sich am Morgen nach dem Mord beruflich in Sendai aufgehalten, und erst am nächsten Tag gegen sechs Uhr war es ihr endlich gelungen, ihn zu erreichen. Nachdem sie ihm erzählt hatte, was geschehen war, verabredeten sie sich sofort für den Feierabend.

«Weil sie eine ziemlich genaue Todeszeit haben, sagte Danto, wollen sie Professor Kazutoshi Miyahara von der J-Universität bitten, die ungefähre Tatzeit zu ermitteln.»

«Tatzeit?» fragte Kumazaki. Er war siebenundzwanzig Jahre alt, gut gebaut, dunkelhäutig und sah stets unrasiert aus. Seine Stimme war allerdings sein größter Vorzug, sie war weich und kultiviert und entsprach überhaupt nicht seinem Aussehen. Als er ins Leihhaus gekommen war, um seine Uhr oder seinen Kassettenrekorder zu versetzen, war seine sanfte Stimme das erste gewesen, was Naomi attraktiv fand.

«Ja, der Zeitpunkt, zu dem die Tür geschlossen wurde. Wenn sie zu war, konnte er keine frische Luft mehr bekommen.»

«Oh, verstehe. Haben sie die Antwort schon rausgerückt?»

«Es war anscheinend sehr schwierig. Der Professor soll die ganze Nacht gearbeitet und sogar eine neue Versuchsreihe mit einer Ratte angestellt haben.»

Zunächst hatte die Polizei das Volumen der beiden Tresorräume berechnet. Die Zwischentür teilte sie in zwei fast gleich große Teile, von denen jeder 1,5 m breit, 3 m tief und 2 m hoch war. Also 9 Kubikmeter. Zur Tatzeit stand die Zwischentür offen, also waren es insgesamt 18 Kubikmeter. Das Hauptproblem war jedoch, daß sich in beiden Räumen sehr viele Gegenstände befanden. Entlang der Wände des hinteren Raums standen die Schränke für Schmuck und Aktienzertifikate, während der vordere mit Fernsehgeräten, Golftaschen und anderen Dingen vollgestopft war. Nachdem man alles vermessen hatte, zeigte sich, daß sie etwa 20 Prozent des Gesamtvolumens ausmachten, so daß 14,4 Kubikmeter Luft übrigblieben.

Professor Miyahara benutzte diese Zahlen, als er das Problem anging, und berücksichtigte sowohl die physiologischen als auch die physikalischen Erkenntnisse, die er bei seinen Versuchen gewonnen hatte.

«Er sagt, der erwachsene Durchschnittsmann inhaliere mit jedem Atemzug vier- bis fünfhundert Milliliter Luft, stoße aber einhundert bis einhundertfünfzig Milliliter ungenutzt wieder aus. Er atme durchschnittlich zwölfmal pro Minute, aber das hänge von der Temperatur und der Art der Betätigung ab. Wenn man all dies in Betracht zieht, könnte die Luft in den Tresorräumen vier bis sechs Stunden ausgereicht haben.»

«Bedeutet das, daß man selbst mit 14,4 Kubikmeter Luft nur vier bis sechs Stunden überleben kann?»

«Ja, der Versuch mit den Ratten ergab dasselbe. Man setzte Ratten in verschieden große Glastanks und maß die Zeit, bis sie zappelten und zusammenbrachen. Da sie jedoch nicht wußten, wieviel Luft eine Ratte einatmet, machten sie verschiedene Experimente, maßen die Größe von Ratte und Behälter und verglichen die Werte mit beim Menschen gewonnenen Daten.»

Die Ratten überlebten in Behältern vom fünffachen Volumen ihres Körpers ungefähr fünfundvierzig Minuten lang. War der

Tank zehnmal so groß wie der Körper, brachten sie es auf zwei bis zweieinhalb Stunden. Egal, wie oft das Experiment wiederholt wurde, sie hielten alle diese Zeitspanne durch.

Wenn man also einen Mann mit einem Volumen von 0,7 bis 1 Kubikmeter nimmt, müßte er mit sieben Kubikmetern Luft zwei Stunden überleben können, mit vierzehn Kubikmetern sogar über vier Stunden.

Inspektor Danto hatte dies alles sehr eingehend erklärt, nicht nur, weil es ihn professionell interessierte, sondern weil er die Alibis aller Beschäftigten haben wollte.

Professor Miyaharas Ergebnisse stimmten fast genau mit den Werten überein, die nach dem Unglücksfall in der Cafébar von den Zeitungen veröffentlicht worden waren, und sie alle gaben zu, den Bericht gelesen zu haben.

«Tsunemoto starb gegen zwei Uhr morgens, und weil das Verbrechen vier bis sechs Stunden früher geschah, muß es zwischen acht und zehn Uhr abends verübt worden sein.»

«Aber er bekam doch die Nudeln um acht Uhr dreißig, nicht wahr?»

«Ja, wir haben die Mitarbeiter des Nudelgeschäfts noch einmal befragt, aber sie blieben alle bei ihrer ursprünglichen Aussage. Sie fügten jedoch hinzu, daß man gehört habe, wie er, nachdem er die Nudeln entgegengenommen hatte, die Tür von innen abschloß.»

Demnach mußte Tsunemoto seinen Mörder gekannt haben. Die Tür war mit einem Guckloch versehen, und es war extrem unwahrscheinlich anzunehmen, er habe sie um diese Nachtzeit einem Fremden geöffnet.

«Der Inspektor sagte, es könnte auch ein Außenstehender gewesen sein, aber da der Mörder innerhalb des Tresorraums war und genau über die Alarmklingel Bescheid wußte, habe er vor allem uns in Verdacht.»

Naomi klang ziemlich verstört.

«Das heißt, es liegt nahe, daß jemand vom Geschäft zwischen acht Uhr dreißig und zehn Uhr zurückkam und Tsunemoto umbrachte.»

«Ja, deshalb wurden wir alle nach unserem Alibi gefragt.»

Am Vortag hatte die Polizei bereits danach gefragt, aber da noch nicht feststand, um welche Zeit das Verbrechen begangen worden war, waren sie nicht allzusehr in die Details gegangen. Jetzt aber, da man wußte, daß der Mörder zwischen acht Uhr dreißig und zehn Uhr zugeschlagen hatte, konzentrierte man sich auf diese Zeitspanne.

«Ich sagte ihnen, ich sei fast die ganze Zeit über hier bei dir gewesen.»

Naomi schaute sich in dem dunklen Gastraum um; aus der Jukebox dröhnte Musik.

«Das stimmt zwar», sagte Kumazaki, «aber leider gibt die Polizei nie viel auf Alibis von Freunden.»

«Ich glaube auch kaum, daß sich die Bedienung an uns erinnert», fügte Naomi hinzu und klang noch mutloser.

Naomi war nicht die einzige Verdächtige. Aufgrund der Art des Geschäfts, das er betrieb, hatte Tsunemoto wahrscheinlich viele Feinde. Bei überfälligen Krediten war es für ihn nichts Ungewöhnliches, sich an die Firmen der Schuldner zu wenden und Bezahlung zu fordern, wodurch seine Kunden gegenüber ihren Kollegen das Gesicht verloren.

Es bestand auch die Möglichkeit, daß Tsunemoto Diebesgut bekommen und den Dieben, nachdem er dies entdeckt hatte, mit der Polizei gedroht hatte.

Im Laden wurde gemunkelt, Eiko und Tsunemoto ständen in einer gewissen Art von Beziehung zueinander, und seit seinem Tod waren diese Gerüchte so oft wiederholt worden, bis sogar Tsuji Eiko zu verdächtigen schien. Eines Tages sagte er zu Naomi: «Wenn du mich fragst, ich glaube nicht, daß die Chefin ohne Tsunemotos Geschäftstalent den neuen Laden in Ekoda hätte aufmachen können. Ich weiß auch nicht, wahrscheinlich haben sie gemeinsam dem Finanzamt Sand in die Augen gestreut und eine Menge schwarzes Geld gemacht. Wenn das so war, dann wollte die Chefin bestimmt nicht, daß er darüber redete. Es muß dir doch auch aufgefallen sein, daß Tsunemoto in letzter Zeit immer eingebildeter wurde und sich aufspielte, als sei er der Chef. Ich glaube, er war der Chefin allmählich im Weg.»

Allerdings hatten Eiko Horikoshi und Tsuji solide Alibis für die Zeit von acht Uhr dreißig bis zehn Uhr.

Am Abend des Mordes hatte Eiko das Geschäft in Ikebukuro um sieben Uhr vierzig verlassen und war mit dem Auto zu der Filiale in Ekoda gefahren, wo sie um acht Uhr fünfzehn angekommen war. Dort war sie lange geblieben und kurz vor elf in ihre Wohnung in Mejiro zurückgekehrt. Die Eltern ihres verstorbenen Mannes sowie Angestellte, die hinter dem dortigen Geschäft wohnten, bezeugten bereitwillig, daß sie nicht früher weggegangen war.

Tsuji hatte mit zwei Freunden eine Bar besucht und war bis zehn Uhr vierzig geblieben. Dann war er nach Hause gegangen, er wohnte in der Neubausiedlung in Takashimadaira.

Die einzige, die kein Alibi hatte, war Naomi.

An diesem Abend tauchte ein neuer Hinweis auf. Tsunemotos Frau entdeckte, daß das Notizbuch, das Tsunemoto stets bei sich trug, nicht bei seinen Sachen war. Sie wohnte mit ihrem kleinen Sohn in Fujimidai und hatte nach dem Begräbnis seine Sachen durchgesehen. Sie rief im Geschäft an und fragte, ob das Notizbuch dort sei. Naomi nahm den Anruf entgegen.

«Ja, ein längliches Notizbuch aus braunem Leder. Mein Mann hatte es immer in der hinteren Hosentasche und notierte alles mögliche darin. Er war ein sehr methodischer Mensch, wissen Sie. Ich bin jedenfalls sicher, daß er es an diesem Tag mitgenommen hatte, als er zur Arbeit ging.»

Naomi erinnerte sich daran, das braune Notizbuch gesehen zu haben. Tatsächlich war sie sicher, es in Tsunemotos Gesäßtasche gesehen zu haben, als er in der Tür des vorderen Tresorraums stand – an jenem Abend, als sie weggegangen war. Als man die Leiche fand, stand zwar das Hauptbuch auf einem der Regale, aber von dem Notizbuch fehlte jede Spur.

Tsunemotos Frau setzte sich auch mit der Polizei von Ikebukuro in Verbindung, und als man dort von dem Buch hörte, nahm die offizielle Untersuchung eine andere Richtung.

War es nicht wahrscheinlich, daß der sterbende Tsunemoto, im Tresorraum eingeschlossen, versucht hatte, eine Abschiedsbotschaft zu schreiben?

Angenommen, er hätte gewußt, wer die Ringe genommen und ihn eingeschlossen hatte, dann wäre es ziemlich logisch gewesen, daß er, nach dem vergeblichen Versuch, die Tür zu öffnen und die Alarmklingel zu betätigen, anderen mitteilen wollte, wer sein Mörder war. Die beste Art, dies zu tun, war, eine Nachricht zu hinterlassen, und wo hätte er sie besser aufschreiben können als in seinem Notizbuch, das er jeden Tag viele Male benutzte?

Der Mörder mußte dies erkannt haben und später in den Tresorraum zurückgekehrt sein, um es zu entfernen, bevor es von jemandem entdeckt werden konnte. An den Tatort zurückzukehren, wäre ein Leichtes gewesen, wenn der Mörder, nachdem er Tsunemoto eingesperrt hatte, das Kombinationsschloß der Tür so gelassen hatte, wie es war, und wußte, wo der Schlüssel aufbewahrt wurde.

Infolge dieser neuen Wendung wurde eine Überprüfung der Alibis für die Zeit ab zehn Uhr erforderlich. Dies hob Naomis Stimmung. Sie hatte, nachdem sie sich von Kumazaki verabschiedet hatte, eine Freundin in Akabane besucht, bei der sie um zehn Uhr dreißig angekommen war und übernachtet hatte. Ihre Freundin und deren Schwester, die sich die Wohnung teilten, beschworen beide, daß Naomi die Wohnung während der Nacht unmöglich unbemerkt hätte verlassen können.

Weder Eiko Horikoshi noch Tsuji konnten der Polizei für die Zeit nach zwei Uhr morgens ein gesichertes Alibi liefern. Tsuji war, wie er sagte, zu Hause bei seiner Familie gewesen, aber das war kein brauchbares Alibi, und Eiko war, nachdem sie das Geschäft in Ekoda um elf Uhr verlassen hatte, allein gewesen.

Naomis Erleichterung war nicht von langer Dauer. Die Polizei zog nämlich nun die Möglichkeit in Betracht, daß Eiko und Naomi zusammengearbeitet hätten. Sie dachten, Eiko habe Naomi bestochen, Tsunemoto im Tresorraum einzuschließen, und sei dann später gekommen, um das Notizbuch an sich zu nehmen. Naomi konnte sich denken, was sie dachten, denn Inspektor Dantos Fragen zielten immer mehr in diese Richtung.

Naomi jedoch wußte besser als irgend jemand sonst, daß sie unschuldig war, und verdächtigte daher auch Eiko nicht wirklich. Warum auch, sogar Kumazaki konnte es getan haben; er war ein regelmäßiger Kunde des Geschäfts und kannte die Einrichtung; er konnte das Verbrechen ausgeführt haben, bevor er ins Café gekommen war. Schließlich hatte er sich etwas verspätet. Aber Naomi verabscheute sich selbst dafür, daß sie sogar ihn verdächtigte. Ihr wurde klar, daß der Streß sie aufrieb.

Zwei Tage später rief Kumazaki bei ihr an. Er klang sehr aufgeregt und sagte, er habe eine neue Theorie über den Fall. Sie verabredeten sich im Café, und als Naomi zu später Stunde kam, schien er kaum in der Lage, seine Ungeduld zu beherrschen, und begann sogleich zu reden.

«Das Ungewöhnliche an diesem Fall liegt darin, daß zwischen der Tat und dem Tod des Opfers mehrere Stunden vergingen. Um die Tatzeit zu bestimmen, mußte man von der Todeszeit aus zurückrechnen, noch dazu nach einem sehr komplizierten System.»

«Das stimmt», sagte Naomi. «Damals, bei dem Unglück in der Cafébar gegenüber, wurde dasselbe gesagt, und wir diskutierten an der Arbeit sehr viel darüber.»

«Professor Miyaharas Berechnungen wurden doch in den Zeitungen veröffentlicht, nicht? Ich denke, wer es auch immer war, muß den Artikel gelesen und errechnet haben, daß Tsunemoto nur vier bis sechs Stunden im Tresorraum überleben konnte. Aber der Verbrecher konnte, obwohl Professor Miyahara sehr wahrscheinlich hinzugezogen und um ein Gutachten gebeten werden würde, nicht sicher sein, daß die Ergebnisse dieselben sein würden.»

«Aber er muß nach einem Plan vorgegangen sein – ich meine, nur so konnte sich der Mörder ein Alibi besorgen», sagte Naomi. «Tsunemoto wurde vier bis sechs Stunden vor seinem Tod, also zwischen acht und zehn Uhr, eingeschlossen, und jeder, der für diese Zeit ein Alibi hat, ist entlastet.»

«Natürlich», sagte Kumazaki. «Ich will nicht behaupten, daß Professor Miyahara unrecht hat, aber was wäre, wenn sich das Verbrechen gar nicht so abgespielt hätte, wie sich die Polizei das vorstellt? Dann wären alle Berechnungen hinfällig.»

Naomi hielt vor Aufregung einen Augenblick den Atem an. Es

war das erste Mal, daß jemand den Fall aus einem anderen Blickwinkel betrachtete, und es konnte sein, daß Kumazaki den blinden Fleck in jedermanns Überlegungen gefunden hatte.

Kumazaki saß da, tief in Gedanken versunken, und sie sah zu, wie er etwas Zucker in seinen kalten Kaffee schüttete und umrührte.

«Du hast gesagt, die Chefin hätte die Alarmanlage im letzten Monat anbringen lassen, nicht?»

«Ja, nachdem sie von dem Metzgerjungen gelesen hatte, der aus Versehen in der Kühlkammer eingeschlossen wurde.»

«Haben die anderen Leihhäuser ähnliche Alarmanlagen in ihren Tresorräumen?»

«Nicht daß ich wüßte. Manche haben einen Alarmknopf unter dem Ladentisch, aber die Arbeiter, die die Klingel installierten, lachten und sagten, wir seien bestimmt das einzige Pfandhaus, das so etwas besitzt. Die Chefin bestand trotzdem darauf. Sie sagte, sie müsse sofort eingebaut werden, bevor sie es wieder vergessen würde.»

«Es könnte sein, daß sie sie extra für den Mord anbringen ließ.»

«Was? Um die Kabel durchzuschneiden?»

Kumazaki nickte zum Zeichen, daß sie auf der richtigen Spur war.

«Aber das bewiese doch nur, daß der Verbrecher jemand aus der Belegschaft gewesen sein müßte, der die Anlage kannte.»

«Nein, nicht nur das.»

«Was denn noch?»

Beide starrten einander an, vertieft in diesen Gedankengang, und schlürften ihren Kaffee.

«Was dachte die Polizei, als man das durchschnittene Kabel entdeckte? Sie nahm an, es sei durchschnitten worden, damit niemand die Alarmklingel hören und Tsunemoto retten konnte. Das würde bedeuten, daß er Zugang zum hinteren Tresorraum hatte, um auf den Knopf zu drücken.»

«Ja, aber er konnte ihn doch drücken, oder? Schließlich ist er ja nicht niedergeschlagen worden, bevor man ihn einschloß, und als ich damals nach Hause ging, sah ich, daß die Tür zum hinteren Tresorraum offenstand. Am nächsten Morgen, als wir die Leiche fanden, war sie immer noch offen, also...»

«Ja, und vor allem war das Kabel durchgeschnitten. Dies legt den Gedanken nahe, daß die Zwischentür die ganze Zeit offen war. Aber vielleicht war genau das der Grund, warum als erstes die Klingel installiert wurde – um eben diesen Gedanken zu bekräftigen.»

«Willst du damit sagen, daß die Zwischentür nicht offen, sondern *geschlossen* war?» Naomis Stimme bebte.

«Versuch mal, es so zu sehen! Wenn die Tür von dem Moment an, als Tsunemoto im vorderen Tresorraum eingesperrt wurde, geschlossen blieb, bis er erstickt war, *hätte er nur die Hälfte der Luft zur Verfügung gehabt*. Das heißt, er wäre innerhalb von *zwei bis drei* Stunden gestorben, nicht in *vier bis sechs*. Demnach wurde das Verbrechen nicht zwischen acht und zehn, sondern *zwischen elf und zwölf* Uhr begangen.»

Naomi schloß ihre Augen und versuchte, die Überlegung nachzuvollziehen.

Angenommen, Tsunemoto hätte, als er in jener Nacht noch arbeitete, einen Anruf von Eiko Horikoshi bekommen, die ihn bat, zu bleiben, bis sie herüberkommen könne.

Eiko verließ das Geschäft in Ekoda vor elf Uhr, konnte also ohne Schwierigkeiten um elf Uhr dreißig in Ikebukuro gewesen sein. Nach ihrer Ankunft wäre sie dann mit Tsunemoto in den vorderen Tresorraum gegangen und hätte, nachdem sie die Zwischentür geschlossen hatte, auf eine Gelegenheit gewartet, ihn einzusperren. Dann hätte Tsunemotos Sauerstoffvorrat lediglich zwei bis drei Stunden ausgereicht, obwohl es, da im vorderen Raum die größeren Sachen standen, wahrscheinlich noch weniger waren.

Eiko hätte kalkuliert, daß er um zwei Uhr morgens tot sein müßte, und wäre bis dahin in ihrer Wohnung geblieben. Zum Geschäft zurückgekehrt, hätte sie wohl an die vordere Tür geklopft, sich versichert, daß keine Antwort kam, und sie geöffnet. Neben Tsunemoto, der neben der Golftasche am Boden lag, das Gesicht im Todeskampf verzerrt, mußte das Notizbuch gelegen haben.

Dann hätte Eiko nur noch die Zwischentür öffnen, aus dem hinteren Raum die beiden Ringe holen, damit es nach einem Einbruch aussah, und, bevor sie ging, die Nachricht im Notizbuch entdecken und mitnehmen müssen.

Nachdem sie den Klingeldraht durchgeschnitten hätte, wäre sie gegangen und hätte die Außentür unverschlossen gelassen.

Damit hätte sie dafür gesorgt, daß die Polizei am nächsten Morgen, wenn man die Leiche fand und die Zwischentür offenstand, zu dem Schluß kam, der Geschäftsführer habe noch vier bis sechs Stunden gelebt und die Tatzeit sei zwischen acht und zehn Uhr gewesen – eine Zeit, für die Eiko ein perfektes Alibi hatte.

Betrachtete man den Fall in diesem neuen Licht, mußten die Personen mit Alibis für die Zeit von acht bis zehn Uhr als die Hauptverdächtigen erscheinen. Naomi erkannte jetzt, daß sie die Wahrheit wußten: Eiko war die Mörderin. Beweis? Während jeder beliebige die Türen zu beiden Tresorräumen zumachen konnte, war sie die einzige, die *die Zwischentür wieder aufschließen konnte*.

Gegen zehn Uhr, als die Telefonzellen im Café frei waren, nickte Kumazaki Naomi zu, und sie standen auf.

Sie gingen zu dem Telefon in der hintersten Ecke, Naomi nahm den Hörer ab und wählte die Nummer des Geschäfts in Ekoda, da sie wußte, daß Eiko dort hingefahren war, um die Schreibarbeit des Tages zu erledigen. Kumazaki stand hinter Naomi und schirmte sie mit seinem Körper gegen den Caféraum ab.

Am anderen Ende wurde der Hörer abgenommen.

«Hallo, hier Horikoshi.» Eikos kräftige Stimme drang aus dem Hörer.

«Horikoshi-san? Ich bin's, Naomi.»

Naomi leckte sich nervös die Lippen, bevor sie weitersprach. «Es geht um den Unfall von Tsunemoto-san. Mir ist gerade etwas Wichtiges eingefallen, das ich der Polizei nicht gesagt habe. Ich will sie gleich anrufen, aber ich dachte mir, ich sollte zuerst mit Ihnen reden.»

«Etwas Wichtiges?» Eiko flüsterte beinahe.

«Ja. An dem Tag, als er starb, war Tsunemoto, als ich ging, bereits im Tresorraum und kontrollierte, ob im Hauptbuch alles richtig eingetragen war. Die Sache ist die, daß die Zwischentür, als ich nachsah, geschlossen war. Er sagte auch, daß er nur die Sachen im vorderen Raum kontrollieren wolle. Aber als wir die Leiche fanden, stand die Zwischentür offen, und ich hatte die ganze Sache vergessen, als ich verhört wurde.»

«Quatsch, die Zwischentür war die ganze Zeit offen!»

«Oh? Woher wissen Sie das?»

«Ich – ich... sie war jedenfalls offen, als ich ging.»

«Aber ich bin an diesem Tag als letzte gegangen – bis auf Tsunemoto-san, natürlich – und da war die Tür geschlossen.»

«Das kann doch nicht sein...»

Eiko brach mitten im Satz ab, als hätte sie erkannt, daß es nicht genügen würde, einfach auf ihrer Meinung zu beharren. Dann sprach sie mit kühler Stimme weiter.

«Sind Sie sicher, daß Sie sich nicht geirrt haben, Naomi?»

«Ja, ganz sicher. Der Inspektor sagte heute beim Verhör etwas, das mich daran erinnerte. Er sagte, er könne keine Fingerabdrücke von Tsunemoto auf dem Klingelknopf im hinteren Raum finden, und wunderte sich.»

«Seinen Fingerabdruck auf dem Knopf?» murmelte Eiko, wie überrumpelt.

«Ich gehe jetzt jedenfalls zur Polizeiwache in Ikebukuro und erzähle, was ich weiß.»

Naomi hielt inne und lauschte dann angestrengt in den Hörer. Aber sie hörte nur Eikos Atem. Gerade, als sie aufblickte und Kumazaki ansah, begann Eiko zu sprechen.

«Ich würde mich gerne vorher mit Ihnen unterhalten – bevor Sie zur Polizei gehen.»

Naomi nickte Kumazaki zu. Sie würde an einen dunklen, ruhigen Ort gehen, um zu hören, was Eiko zu sagen hatte, aber er würde sich in der Nähe versteckt halten und alles bezeugen können, was gesprochen wurde.

Naoya Shiga
Das Rasiermesser

Naoya Shiga (1883–1971) schrieb nur einen Roman, der hoch gelobt wurde (*A Dark Night's Passing*, 1937). Darin lotet er den Konflikt zwischen Vater und Sohn, Über-Ich und Ich aus. Mit seinen weiteren Werken profilierte er sich als meisterhafter Erzähler von Kurzgeschichten, bei denen er gewöhnlich von seinen persönlichen Erfahrungen ausging. «Das Rasiermesser» bildet eine Ausnahme. Fiktive Protagonisten agieren und reagieren aufeinander, um ein moralisches Dilemma zu durchleuchten: angenommen, eine Person begeht ein Verbrechen, ohne zu wissen, daß sie es tut – angenommen, die Motivation ist unbewußt, liegt zu tief, um das Niveau einer Willensentscheidung zu erreichen. Wird der Leser den Angeklagten schuldig sprechen?

Yoshisaburo, der Chef des Friseurgeschäfts *Tatsu* in Roppongi, hatte sich mit einer Erkältung ins Bett gelegt. Er, der fast nie krank war! Und ausgerechnet jetzt, kurz vor den Feierlichkeiten zu Ehren der kaiserlichen Ahnen, der Spitzensaison für Geschäfte mit den Militärs! Auf dem Krankenbett liegend, bereute er nun, daß er seine beiden Gehilfen Gen und Jita vor nicht langer Zeit entlassen hatte.

Yoshisaburo war nur wenig älter als die beiden und hatte selbst im Salon *Tatsu* seine Lehre gemacht. Später hatte ihm der frühere Meister, sehr beeindruckt von seiner Geschicklichkeit mit dem Rasiermesser, seine einzige Tochter zur Frau gegeben und ihn gleichzeitig zum Geschäftsführer gemacht. Der Gehilfe Gen, der im stillen selbst ein Auge auf die Tochter geworfen hatte, kündigte nicht lange danach. Jita, ein viel gutmütigerer Bursche, lernte schnell, seinen früheren Kollegen «Chef» zu nennen, und blieb. Ein halbes Jahr später starb der frühere Besitzer, und seine Frau folgte nach wenigen Monaten ins Grab.

Yoshisaburo war wirklich ein Meister des Rasiermessers. Dazu äußerst penibel. Fühlte sich das Gesicht eines Kunden nach der Rasur auch nur ein bißchen rauh an, ruhte er nicht, bis er die stehengebliebenen Barthaare einzeln ausgezupft hatte. Er rasierte so glatt, daß die Kunden sagten, er erspare ihnen das Bartwachstum eines ganzen Tages, und doch klagten sie nie über Hautreizung, und in zehn Arbeitsjahren hatte er keinem Kunden auch nur die Haut geritzt. Sein Ruf war makellos.

Zwei Jahre, nachdem Yoshisaburo das Geschäft übernommen hatte, war sein ehemaliger Kollege Gen wieder aufgetaucht. Angesichts ihrer langen Zusammenarbeit blieb ihm nichts anderes übrig, als seine Entschuldigungen zu akzeptieren und ihn wieder ins Geschäft aufzunehmen. Gen hatte sich aber inzwischen ziemlich verändert, und nicht zum Guten. Er neigte dazu, seine Pflichten zu vernachlässigen, und verleitete Jita dazu, ihn zu Damen von zweifelhafter Tugend zu begleiten, drüben in Kasumi-cho, wo die Soldaten hingingen. Als Jita schließlich, von Gen angestiftet, für diese Eskapaden Geld aus der Ladenkasse nahm, sagte ihm Yoshisaburo gründlich die Meinung und warnte den gutmütigeren und leicht zu beeindruckenden Gehilfen wiederholt. Aber es war zu spät. Der Griff in die Ladenkasse war ihm bereits zur Gewohnheit geworden, und so hatte er alle beide vor etwa einem Monat entlassen.

DAS RASIERMESSER

Yoshisaburo behalf sich inzwischen mit Kanejiro, einem blassen jungen Mann um die zwanzig, dem es auf einzigartige Weise an Energie mangelte, und einem dreizehnjährigen Jungen namens Kin, dessen abnorm in die Länge gezogener Kopf kaum mehr Vertrauen einflößte. Als er nun so fiebrig im Bett lag und seinen Kopf hin und her warf, sagte sich Yoshisaburo voller Sorge, daß diese beiden Leuchten jetzt, in dieser arbeitsreichen Zeit vor dem Feiertag, kaum in der Lage sein würden, seinen Platz auszufüllen.

Gegen Mittag strömte eine Menge Kundschaft ins Geschäft. Das Scheppern der auf- und zugehenden Glastür und das Schlurren von Kins ausgelatschten Holzschuhen zerrten an Yoshisaburos strapazierten Nerven. Wieder ging die Ladentür, und man hörte, wie sich eine Frau als Dienstmädchen der Familie Yamada in Ryudomachi vorstellte. «Der Herr will morgen abend verreisen», sagte sie. «Bitte schärft das Rasiermesser bis heute abend. Ich hole es später ab.» Als Kanejiro erwiderte, sie seien sehr beschäftigt und würden es bis zum nächsten Morgen machen, wenn's recht wäre, stimmte sie zögernd zu: «Na gut, wenn Sie es versprechen!»

Kaum hatte sie die Tür hinter sich zugemacht, öffnete sie sie noch einmal und rief Kanejiro zu: «Es tut mir leid, ihn zu belästigen, aber würden Sie den Chef bitten, es selbst zu machen?»

«Ich glaube kaum, daß er ...»

«Kane! Das geht in Ordnung!» rief Yoshisaburo vom Bett aus mit brüchiger, heiserer Stimme.

«Jawohl, meine Dame, wir werden uns darum kümmern», sagte der Gehilfe. Wieder schloß sich die Tür hinter ihr.

Yoshisaburo fluchte leise vor sich hin. Er streckte seinen bleichen, schmutzigen Unterarm auf dem Seidenbezug der Tagesdecke aus und betrachtete ihn eine Weile. Er empfand seinen vom Fieber ausgezehrten Körper wie ein totes Gewicht, das mit ihm selbst nichts zu tun hatte. Sein Blick konzentrierte sich auf den rußgeschwärzten Papierhund, der von der Decke hing. Er war mit Fliegen überkrustet.

Mit halbem Ohr lauschte er dem Gespräch vorn im Laden. Ein paar Soldaten unterhielten sich über die verschiedenen Vorzüge der Restaurants am Ort und stöhnten über die scheußliche Verpflegung in der Kaserne – «...obwohl, seit das Wetter so kalt geworden ist, bringt man das Zeug gerade noch runter», räumte einer von ihnen ein. Etwas entspannt durch das alltägliche Gespräch, drehte sich Yoshisaburo träge um.

Er genoß seine neue Ruhe und sah zu, wie seine Frau Oume im milchigen Zwielicht, das durch die Tür der anstoßenden kleinen Küche drang, hin und her ging und das Essen zubereitete, wobei sie das Baby auf dem Rücken trug. Ich sollte mich lieber zusammenreißen und aufstehen, sagte er sich. Aber als er versuchte, seinen bleiernen Körper aufzurichten und in eine sitzende Position zu bringen, schwindelte ihm von der Anstrengung, und er fiel aufs Kissen zurück.

Oume kam aus der Küche, die feuchten Hände vor ihrem Leib schlenkernd, und fragte ihn liebevoll, ob sie ihm helfen solle, zur Toilette zu gehen. Yoshisaburo versuchte «Nein» zu sagen, konnte aber kaum seine eigene Stimme hören. Als seine Frau die Decken zurückschlug und die Waschschüssel und Medizinfläschchen vor dem Bett beiseite rückte, sagte er wieder: «Nein, das ist es nicht.» Aber auch diesmal schien seine heisere Stimme sie nicht zu erreichen. Sein kurzer Moment der Ruhe war zerstört.

«Komm, ich helfe dir hoch», sagte Oume in schmeichelndem Ton. Mit allem, was er an Kraft aufbieten konnte, sagte Yoshisaburo: «Bring mir sofort den Riemen und das Rasiermesser von Yamada-san!»

Nach kurzem Schweigen sagte Oume: «Schaffst du das denn?»

«Mach dir keine Sorgen! Los, bring die Sachen her!»

«Also, wenn du aufstehen willst, mußt du wirklich eine Bettjacke anziehen...»

«Hörst du nicht, was ich dir sage!» sagte er gepreßt, zum Zerreißen angespannt vor Ärger und Verdruß.

Unbeeindruckt legte Oume die Bettjacke von hinten um seine Schultern, als er sich aufsetzte und sich für die schwierige Aufgabe vorbereitete. Yoshisaburo hob ungelenk eine Hand zum Kragen der Jacke und warf sie ab.

Wortlos schob Oume die Papiertür auf und ging in den Laden hinunter, kam mit dem Abziehriemen zurück und klopfte, da er nirgends aufgehängt werden konnte, einen kleinen Haken in den Stützbalken neben dem Bett.

Selbst wenn es ihm gut ging, fand Yoshisaburo diese Arbeit lästig, wenn er nicht in der richtigen Stimmung war. Jetzt kam er mit seinen fiebrig zitternden Händen überhaupt nicht zu Rande. Oume, die voll Kummer seine steigende Gereiztheit registrierte, drängte ihn wiederholt, dem Gehilfen Kane die Aufgabe zu überlassen. Ihr Mann gab keine Antwort. Aber nach ungefähr fünfzehn Minuten verließen ihn seine Kräfte. Mit der Miene völliger Erschöpfung sank er aufs Bett zurück und nickte ein.

Yamadas Magd kam unter dem Vorwand, zufällig gerade in der Gegend zu sein, am frühen Abend, um das Rasiermesser abzuholen.

Oume kochte Reisschleim für ihren kranken Mann, brachte es aber nicht über sich, ihn aus dem Schlaf zu wecken, den er so dringend brauchte – und ziemlich sicher erneut seinen Zorn zu erregen. So stellte sie das Essen beiseite und ließ ihn in Ruhe, bis sie sich gegen acht Uhr allmählich Sorgen wegen der Arznei machte, die er einnehmen mußte. Als sie ihn durch ausdauerndes Rütteln aus einem tiefen Schlaf weckte, war Yoshisaburo unerwartet gefügig. Kaum hatte er gegessen, legte er sich hin und schlief wieder ein.

Kurz vor zehn wurde er wieder geweckt und bekam wieder Medizin. Träge Gedanken drifteten durch seinen Geist. Sein eigener warmer Atem störte ihn, der sich unter der bis unter die Augen hochgezogenen Decke um sein Gesicht herum staute. Er schaute sich mit starrem, teilnahmslosem Blick um. Der schwarze Lederriemen hing immer noch am Pfosten, derb, reglos. Die Lampe verbreitete ein widerlich trübes orangefarbenes Licht, das auf den Rücken seiner Frau fiel, während sie in der Ecke saß und das Baby stillte. Der ganze Raum schien in Fieberschwaden erstickt.

Über den schmalen, klinkergefliesten Flur zwischen Wohnung und Geschäft schallte die kicksende Stimme des Lehrlings Kin. Yoshisaburos Antwort, heiser und von der Decke gedämpft, war zuerst unhörbar und mußte wiederholt werden.

«Da ist wieder ein Rasiermesser von Yamada-san.»

«Noch eins?»
«Nein, dasselbe. Er sagte, er hätte es sofort ausprobiert und es schneide nicht gut. Er braucht es nicht vor morgen mittag, also bittet er Sie, Sie möchten es sich noch einmal ansehen.»

Als er hörte, daß das Mädchen der Yamadas wieder nach Hause gegangen war, sagte er: «In Ordnung, ich nehm's mir mal vor.» Er streckte seine Arme über die Decken hinweg nach dem Kasten mit dem Rasiermesser aus, den ihm der Junge reichte, der auf Händen und Füßen am Fußende des Bettes kauerte.

«Aber deine Hände sind nicht ruhig genug», sagte Oume, die, ihr Gewand raffend, zu ihm kam. «Wäre es nicht besser, Yoshi-kawa-san in Kasumi-cho darum zu bitten?»

Ohne sie einer Antwort zu würdigen, streckte Yoshisaburo die Hand aus, um den Docht der Gaslampe höher zu drehen. Er nahm das Rasiermesser aus dem Kasten und drehte es im Licht hin und her. Oume setzte sich auf sein Kissen und legte ihm eine Hand auf die Stirn, er stieß sie mit seiner freien Hand voller Ärger beiseite. Er befahl Kin, der immer noch am Fußende des Bettes wartete, ihm unverzüglich den Wetzstein zu bringen.

Als der Wetzstein bereit war, stand Yoshisaburo auf. Ein Knie auf die Fußmatte gestützt, begann er, das Messer zu schärfen. Die Uhr schlug mit langsamen, gleichmäßigen Schlägen zehn. Oume saß und schaute schweigend zu. Sie wußte, es war zwecklos, noch irgend etwas zu sagen.

Nachdem er das Messer eine Zeitlang am Wetzstein geschliffen hatte, ging er wieder zum Riemen. Das klatschende Geräusch des Abziehens belebte die träge Atmosphäre des Raumes wieder. Vergebens bemühte sich Yoshisaburo, seine zitternde Hand zu beruhigen und seinen Arbeitsrhythmus zu finden. Da löste sich plötzlich der Haken, den Oume in den Balken geschlagen hatte; der Riemen wirbelte durch die Luft und wickelte sich um das Messer.

«Vorsicht!» rief Oume mit einem angstvollen Blick auf ihren Mann. Er furchte die Brauen, und sein Gesicht verfinsterte sich vor Spannung. Er löste den Riemen vom Messer und ging, obwohl er nur die dünne Bettjacke trug, zum Laden.

«Aber das *darfst* du nicht!» Oume schluchzte beinahe.

Yoshisaburo achtete nicht auf sie. Er ging über den schmalen Korridor hinunter zum Laden; Oume folgte ihm. Kein einziger Kunde war mehr da, und der Lehrling Kin hatte sich in einen der Friseurstühle vor dem Spiegel gelümmelt.

Als Oume fragte, wo Kane sei, antwortete der Junge fast feierlich: «Er ist weg, um Tokiko den Hof zu machen.»

«Hat er dir das selbst gesagt?»

Oume kicherte. Ihr Gatte blieb angespannt.

Tokiko war eine Frau von dubioser Vergangenheit – auch wenn es hieß, sie sei früher ein braves kleines Schulmädchen gewesen. Ein paar Haustüren weiter betrieb sie ein sogenanntes «Militärversorgungsgeschäft». Ständig saßen bei ihr junge Männer herum, Soldaten, Studenten oder Arbeiter aus der Nachbarschaft.

«Also, geh und sag ihm, er soll zurückkommen und den Laden abschließen!» bestimmte Oume.

«Nein, dafür ist es zu früh!»

Auf diesem reflexartigen Widerspruch ihres Mannes hin verstummte Oume.

Yoshisaburo nahm das Abziehen wieder auf, das ihm nun, da er im Geschäft saß, etwas besser von der Hand ging. Seine Frau zog von irgendwo eine gefütterte Baumwolljacke hervor und schaffte es nach einer Weile, seine Arme in die Ärmel zu stopfen, als sei er ein ungebärdiges Kind. Dann setzte sie sich mit erleichterter Miene auf die erhöhte Türschwelle, von wo sie den Kranken im Auge behalten konnte, der verbissen seiner Aufgabe nachging.

Kin, der es sich mittlerweile auf der Bank am Fenster gemütlich gemacht hatte, streckte ein Bein aus und übte sich im Rasieren, indem er das Rasiermesser über die weiche, unbehaarte Haut führte.

Kurz darauf ging rasselnd die Ladentür auf, und ein kleiner, untersetzter Arbeiter trat ein, der seinem Aussehen nach Anfang Zwanzig sein mochte. Er trug ein dicht gewebtes, ungefüttertes Gewand mit einem gewöhnlichen Gürtel aus billigem Stoff und ging auf wackligen Holzschuhen, deren alte, verschrumpelte Riemen durch keine Reparatur mehr zu retten waren.

«Sie haben doch mal ein, zwei Minuten übrig, daß Sie kurz drübergehen können?»

Der Mann stand vor dem Spiegel, reckte das Kinn vor und rieb es mit den Fingerspitzen. Sein Akzent ließ erkennen, daß er trotz der Fassade städtischer Umgangsformen nichts anderes als ein Bauer war. Seine starken Fingerknöchel und die grobe, dunkle Gesichtshaut zeugten von harter Tagelöhnerarbeit.

«Hol lieber Kane!» flehte Oume mit Worten und mit den Augen.

«Das mach ich selbst.»

«Aber ich bitte dich! Du bist heute nicht auf der Höhe!»

«Ich hab gesagt, ich mach's!»

Damit war die Diskussion abgebrochen. Oume brummte etwas vor sich hin. Als Yoshisaburo ihr befahl, seinen weißen Kittel zu bringen, antwortete sie ausweichend: «Aber er sagte doch, er will nur eine schnelle Rasur – dafür brauchst du ihn doch nicht.» Sie hoffte, wenigstens zu erreichen, daß er die wattierte Jacke anbehielt.

Der junge Mann verfolgte den Wortwechsel mit einem sonderbaren spöttischen Ausdruck; er blinzelte in gespielter Besorgnis mit den kleinen, tiefliegenden Augen und fragte, ob denn der Chef krank sei.

«Oh, nur etwas erkältet», sagte Yoshisaburo.

«Es soll ja ein scheußliches Fieber umgehen, wie die Leute sagen, also passen Sie bloß auf sich auf!»

«Danke für Ihre Anteilnahme», antwortete Yoshisaburo frostig.

Als er den weißen Kittel anzog, grinste ihm der junge Mann vielsagend zu und wiederholte, er sei in großer Eile. «Mal kurz drüber», das sei genug.

Yoshisaburo sagte nichts und gab der Klinge den letzten Schliff, indem er sie auf der Innenfläche seines Armes polierte.

«Mal sehen» – der junge Mann plapperte gedankenlos weiter – «wenn ich um halb elf fertig bin, schaff ich's noch bis halb zwölf...»

Yoshisaburo hätte seinem Kunden gern ein paar nette Dinge gesagt.

DAS RASIERMESSER

Er sah die Gestalt einer häßlichen Frau in einer kleinen Bruchbude von Freudenhaus vor sich. Ihre Stimme klang unangenehm männlich. Die Vermutung, daß sie bald von diesem vulgären kleinen Trottel aufgesucht würde, beschwor in seiner fieberzerrütteten Phantasie eine Folge abstoßender Szenen herauf. Er tauchte einen Riegel Seife ins Wasser, das mittlerweile eiskalt war, und begann dann, das Gesicht des Mannes sorgfältig einzuseifen, zunächst den Hals herauf bis zum Kinn, dann die Wangen. Selbst jetzt versuchte der Bursche ständig, einen Blick auf sein Gesicht im Spiegel zu erhaschen. Yoshisaburo mußte ungeheuer an sich halten, um seine Empörung nicht herauszuschreien.

Nachdem er mit dem Rasiermesser noch ein paarmal über den Riemen gestrichen hatte, begann er die Kehle des Mannes zu rasieren. Die Klinge schnitt nicht gut. Seine Hand zitterte. Und als er sich über den Stuhl beugte, begann seine Nase zu tropfen, was sie vorhin im Bett nicht getan hatte. Er hielt ab und zu inne, um sie abzuwischen, aber sobald er wieder zum Rasiermesser griff, spürte er, wie sich in den Nasenhöhlen neue Tropfen bildeten.

Als sie das Baby schreien hörte, ging Oume zurück in die Wohnung. Yoshisaburo wurde von einer neuen Welle des Abscheus durchflutet. Der Mann schien überhaupt nicht zu bemerken, daß er mit einem stumpfen Messer rasiert wurde; sein Gesicht zeigte nicht das geringste Anzeichen von Schmerz oder Ärger. Als seien seine Nervenenden tot. Im Laden gab es noch andere, schärfere Rasiermesser, die Yoshisaburo hätte benutzen können. Aber warum sollte er sich die Mühe machen – wen kümmerte es schon? Also arbeitete er mit seinem stumpfen Werkzeug weiter. Allerdings begann er, es fast gegen seinen Willen mit einer gewissen Vorsicht zu handhaben. Denn er ahnte, daß der kleinste Einschnitt in die Haut des Mannes in ihm selbst weiterschwären und ihn letzten Endes zu noch größerem Haß aufstacheln würde. Erneut fühlte er sich körperlich und geistig ausgelaugt, und das Fieber schien zurückgekehrt zu sein.

Nachdem er mehrmals vergeblich versucht hatte, ein Gespräch anzuknüpfen, hatte das abweisende Verhalten des Barbiers den jungen Mann schließlich zur Einsicht gebracht, und er hatte mit seinem Geplapper aufgehört. Bis Yoshisaburo den oberen Teil seines Gesichts erreicht hatte, war der Kunde seiner Erschöpfung von der harten Tagesarbeit erlegen und weggedämmert. Kin hatte sich inzwischen unter dem Fenster ausgestreckt und schlief. Oumes Murmeln, die hinten in der Wohnung das Baby beruhigt hatte, war ebenfalls verstummt. Die Stille der Nacht legte sich über den Laden, das Haus und die Straße draußen. Nur das Kratzen des Rasiermessers war zu hören.

Eine neue Welle der Erschöpfung ergriff Yoshisaburo, und seine Gereiztheit und Wut wichen dem Gefühl, er müsse gleich in Tränen ausbrechen. Seine Augen trübten sich und schienen in der Hitze des Fiebers von innen heraus zu schmelzen.

Nachdem er Kehle, Kinn, Wangen und Stirn rasiert hatte, betrachtete er einen weichen Fleck an der Kehle, den er sich für den Schluß aufgespart hatte. Es war eine knifflige Stelle. Besessen von seiner Arbeit und ihrem hassenswerten Gegenstand, fühlte er sich unwillkürlich versucht, den kleinen Fleck einfach wegzuschneiden, mit Haut und Haaren – und dieses Verlangen wurde noch heftiger, als er einen Blick auf das von groben, talgstrotzenden Poren übersäte Gesicht unter ihm warf. Der junge Mann schlief mittlerweile tief und fest. Sein Kopf hing schlaff nach hinten gegen die Lehne, und sein Mund stand weit offen, was ihm einen Ausdruck kindlicher Verletzlichkeit verlieh. Die Zähne waren fleckig und krumm.

Yoshisaburo war sterbensmüde und am Ende seiner Willenskraft. Er fühlte sich, als habe man ihm Gift in die Gelenke gespritzt, und hätte sofort alles hinwerfen und zu Boden sinken können. Genug! Tausendmal drauf und dran, «Halt!» zu rufen, hielt er trotz allem in einer Mischung aus Trägheit und Besessenheit durch.

Ein leises ritzendes Geräusch, und er spürte, wie das Rasiermesser Haut faßte. Die Kehle des jungen Mannes zuckte. Ein elektrisierender Schauder durchfuhr Yoshisaburo von Kopf bis Fuß. Mit einem Schlag waren seine ganze Erschöpfung und seine Willenslähmung wie weggefegt.

Der Schnitt war knapp einen Zentimeter lang. Yoshisaburo

stand reglos da und starrte ihn an. Die winzige Ritze in der Haut war zuerst milchig weiß; plötzlich ein kleiner Spritzer von blassem Karmesinrot, und das Blut begann hervorzuquellen. Wie gebannt starrte er weiter auf die Stelle. Das Blut färbte sich tiefrot, und ein deutlich umrissener Tropfen bildete sich an dem Schlitz. Er schwoll an, bis er schließlich platzte und das Blut in einem dünnen Rinnsal den Hals herunterrann. Bei diesem Anblick wurde er von einer jähen Gefühlswallung geschüttelt.

Die Wucht des inneren Ansturms wurde dadurch vervielfacht, daß er diesen Anblick das erste Mal sah. Sein Atem ging schneller. Sein ganzes Sein konzentrierte sich auf den blutenden Schnitt. Er konnte es nicht länger aushalten.

Er faßte das Messer anders, so daß die Spitze nach unten wies, und tauchte es mit einem raschen Stoß in die Kehle des jungen Mannes. Es drang über die ganze Länge der Klinge bis zum Heft ein. Der Mann zuckte mit keinem Muskel.

Augenblicklich sprudelte Blut aus der tiefen Wunde, und das Gesicht des Mannes wurde aschfahl.

Wie ohnmächtig sank Yoshisaburo in den nächsten Stuhl. Alle Spannung fiel von ihm ab. Zugleich kehrte die vorherige Erschöpfung in doppelter Stärke zurück. Mit seinen fest geschlossenen Augen und dem erschlafften, reglosen Körper wirkte auch er wie ein Toter. Selbst die Nacht wurde still wie der Tod. Nichts regte sich mehr. Die Welt war in einen tiefen Schlaf gesunken. Nur die Spiegel, die von drei Seiten des Raumes herabschauten, spiegelten die Szene in ihrem kalten, starren, ausdruckslosen Blick.

Shotaro Yasuoka
Böse Kameraden

Shotaro Yasuoka (*1920) hatte keine glückliche Kindheit. Auch seine Studienzeit an der berühmten Kaiserlichen Universität von Tokio war unerfreulich. Er war nicht gesund und hielt sich selbst für geisteskrank. Die japanische Armee wollte den Außenseiter nicht aufnehmen, bis man ihm kurz vor Kriegsende eine schlecht sitzende Uniform gab und ihn nach China verfrachtete. Der untaugliche Krieger brach an der Front zusammen, wurde todkrank und wäre auf dem Rücktransport in die Heimat beinahe gestorben. In den Elendsjahren nach dem Krieg hungerte er mit seiner Familie und erlitt weitere Demütigungen. Vom Scheitern inspiriert, wurde er als Autor eines preisgekrönten Romans berühmt, *Umibe no kôkei* [Landschaft am Meeresstrand] (1959), in welchem er, wie auch in der folgenden Geschichte, die quälenden Verstrickungen intelligenter und liebenswerter Menschen schildert.

Als der China-Zwischenfall anfing, eine gewöhnliche, alltägliche Geschichte zu werden, sahen meine Freunde und ich unsere Gesichter endlich von Akne befreit, dieser Plage der mittleren Schuljahre. Es war in den ersten Sommerferien, nachdem wir in die aufs College vorbereitende Schule aufgerückt waren. Ich hatte die Einladung meines Klassenkameraden, Kurata Shingo, ausgeschlagen, mit ihm nach Hause nach Hokkaido zu fahren, und in Ermangelung eigener Pläne beschlossen, die Zeit mit einem Französisch-Sommerkurs in Kanda totzuschlagen.

Eines Tages kam ich ins Klassenzimmer und fand die Sachen eines anderen auf dem Platz in der ersten Reihe, wo ich immer saß. Das Pult war mir zwar nicht persönlich zugeeignet, dennoch schob ich die Bücher auf den nächsten leeren Platz und ließ mich nieder. Dann ging ich wieder hinaus auf den Korridor, um eine Zigarette zu rauchen. Als aber die Lehrerin kam und ich ins Klassenzimmer zurückkehrte, saß ein kleiner Kerl in blauem Hemd auf meinem Stuhl. Mit seinem dünnen Hals und dem zu großen Hemd, dessen Blauton eher zu einer Frauenschürze gepaßt hätte, wirkte er wie ein Weichling, und bei diesem Aussehen war seine Frechheit um so erstaunlicher. Ich ging zu dem Pult hin und zog meine Lehrbücher absichtlich langsam unter ihm weg, aber er zuckte nicht mit der Wimper. Er saß einfach da, das blasse Gesicht nach vorn gerichtet, und irritierte mich nur noch mehr mit dem Profil seiner langen, häßlichen Nase. Mir blieb nichts anderes übrig, als einen anderen Platz einzunehmen – natürlich nicht den leeren neben ihm, sondern einen, der möglichst weit weg war.

Im selben Moment begann die Lehrerin uns abzufragen. Jeder Schüler mußte im französischen *présent* antworten. Als unsere Lehrerin, eine dünne Blondine namens Mademoiselle LeFolucca, aufblickte, über ihre Brille hinweg die Klasse musterte und «Monsieur Fujii» aufrief, sprang der Junge im blauen Hemd auf und rief gedehnt und exaltiert: «*Je – vous – réponds!*»

Dann setzte er sich mit einem femininen Hüftschwung wieder hin... Diese wunderliche Antwort durchbrach die Harmonie, die normalerweise im Klassenzimmer herrschte. Die Ohren des Jungen liefen auf der Rückseite knallrot an, als er in seinem Sitz zusammenschrumpfte und sein Gesicht versteckte, wie ein Vogelküken auf der Stange. «Idiot!» brummte ich für mich selbst. Fujii Komahiko erzählte mir später, er habe an diesem Tag versucht, mit Mademoiselle LeFolucca zu flirten. Ich war sprachlos. Sie war eine häßliche, übellaunige Frau.

Eines Tages landete ich auf dem Nachhauseweg im Zug zufällig im selben Waggon wie Fujii. Zu meinem Entsetzen kam er, kaum hatte er mich erkannt, mit breitem Lächeln auf mich zu und setzte sich neben mich. Meine Nase wurde unverzüglich von einem fremdartigen, abstoßenden Geruch attackiert. Er begrüßte mich wie einen alten Freund, aber mit weitausholenden, übertriebenen Bewegungen. Wenn er in Begeisterung geriet, begann er, wie ein flatternder Vogel mit den Armen zu rudern. Dabei kamen Manschetten zum Vorschein, die am Handgelenk schwärzer waren als alles, was ich je gesehen hatte, und er verbreitete noch mehr von diesem fürchterlichen Geruch. Nur um zu sehen, wie lange es dauern würde, bis ich ihn los war, fragte ich: «Wo wohnst du?»

«In Shimo-Kitazawa.»

Schicksal – die letzte Haltestelle vor meiner. Während der ganzen Fahrt brach sein Redefluß nicht ab; er erzählte mir, daß seine Familie aus Shinuiju in Korea stamme, daß er jetzt allein in der Wohnung seines Bruders wohnte, während dieser, ein Medizinstudent, die Ferien zu Hause verbrachte; daß er das erste Mal in Tokio war (er besuchte die High School in Kioto); und so weiter, und so fort. Bei der kleinsten Antwort von mir schoß er nach vorn und rieb die Schenkel aneinander, wobei er jedes Mal neue Schwaden des strengen Geruchs faulender Zwiebeln verströmte... Inzwischen hatte ich meinen Ärger über seine Usurpation meines Platzes ziemlich vergessen. Alles, was ich wollte, war, diesem Geruch zu entkommen. Gerade, als wir die letzte Haltestelle vor Shimo-Kitazawa erreichten, wechselte er das Thema und fragte: «Was weißt du über Kurt Weill?»

Ich fühlte mich irgendwie geschmeichelt. Nichts hätte mich damals mit größerem Stolz erfüllen können als eine derartige Frage. Ich stürzte mich sofort in einen Vortrag über den Komponisten der *Dreigroschenoper*. Trotz der Tatsache, daß er sich jetzt zur Abwechslung in der Rolle des Zuhörers befand, verlor Fujiis Gehabe nichts von seiner übertriebenen Gespreiztheit. Bei jedem Wort nickte er heftig mit dem Kopf und beugte sich so weit zu mir herüber, daß er mir beinahe sein Ohr in den Mund stieß. Aber nun war ich nicht mehr von dem verzweifelten Wunsch getrieben, der peinlichen Situation zu entkommen. Außerdem wollte ich mit meinen Autogrammen glänzen, seltenen Exemplaren in diesen Breiten, sowie den Programmen und Starphotos, die ich seit der Grundschule sammelte. Deshalb lud ich Fujii, als er an seiner Bahnstation aussteigen wollte, ein, mit zu mir nach Hause zu kommen. Seine Antwort kam für mich völlig unerwartet.

«... bei dir zu Hause würde ich mich genieren.» Seine Wangen und Lider röteten sich, und er lachte schwach. Dann sagte er: «Komm lieber mit zu mir! Es ist dort drüben!» Damit zeigte er auf eine Wohnung, die man vom Abteilfenster aus sehen konnte. Ich wußte nicht, was ich von seiner Einstellung halten sollte, versprach aber, ihn am späten Nachmittag zu besuchen.

Dieses Versprechen nahm ich allerdings nicht sehr ernst. Als ich nach Hause kam, war meine Cousine aus Den'enchôfu zu Besuch da. Seit ihrer Verlobung war sie, im Gegensatz zu früher, ein seltener Gast bei uns. Sie wirkte jetzt viel damenhafter als früher. Um sie zu necken, machte ich mich über ihren Verlobten lustig und ahmte seinen Tôhoku-Akzent nach, seine Tischmanieren, die Art, wie er Leute begrüßte, und andere Eigenschaften von ihm. Obwohl ich nicht recht verstand, warum, genoß ich das Spielchen um so mehr, je mehr ich sie damit in Verlegenheit brachte...

Am nächsten Tag schoß Fujii auf mich zu, sobald ich den Klassenraum betrat, und fragte: «Wo warst du gestern?»

Ich sagte nichts.

«Ich hatte Äpfel und Bananen gekauft und saß da und wartete auf dich», sagte er und starrte mir direkt ins Gesicht... Die ganze Szene war etwas komisch. Als ich jedoch zu lachen versuchte, kam kein Ton heraus. In seinem Blick lag etwas, das ich nicht identifizieren konnte, etwas, das ich bis dahin nicht bemerkt hatte. Als meine Lippen eine Antwort formten, wurde mir klar, daß ich zum erstenmal in meinem Leben einen Freund wegen eines Mädchens sitzengelassen hatte. «Meine alte Dame ist krank geworden, deshalb konnte ich nicht kommen», sagte ich.

An jenem Nachmittag ging ich – vielleicht aus einem Schuldgefühl heraus, weil ich ihn angelogen hatte – direkt nach der Schule zu Fujiis Wohnung. Seltsamerweise fand ich seinen durchdringenden Geruch nie mehr abstoßend.

Nach unserem ersten Treffen wurden Komahiko und ich schnell gute Freunde. Da mein Vater nicht da war, fühlte er sich bei uns zu Hause weniger unbehaglich, als er erwartet hatte. Ich meinerseits war fasziniert von seinem unabhängigen Leben in der Einzimmerwohnung, wo Tintenfaß, Schulmütze und Bücher neben der Bratpfanne und der Kaffeekanne auf dem Regal lagen... Kam ich frühmorgens zu ihm, streckte Komahiko stets einen bloßen Arm unter den zerknitterten Laken hervor und bat um eine Zigarette. Wenn ich sie ihm dann mit Streichhölzern gab, öffnete er seine geschwollenen Lider einen Spalt, schaute mich an und lächelte... In solchen Momenten ertappte ich mich selbst, wie ich ungewollt Liebesszenen aus Büchern und Filmen durchspielte. Komahiko war zart gebaut, und sein Gesicht besaß, wenn man von der zu großen Nase absah, eine sozusagen helläugige Schönheit... Nicht, daß ich ihn für einen Schwächling gehalten hätte! Er verfügte über ein Maß an Schneid, das ich einfach nicht hatte; das stellte ich fest, wenn er mit seinem Vermieter oder seinen Nachbarn sprach. Ich hatte ihn auch ungerührt in einem schmutzigen kleinen Lokal sitzen sehen, wo er seelenruhig – sogar, wie es schien, mit Genuß – ein über und über mit Fliegen bedecktes Stück Fleisch verzehrte... Aber nichts davon hatte mich bis dahin sonderlich beeindruckt.

Eines Tages kam es allerdings soweit, daß ich staunen mußte. Wir beiden gingen zusammen die Straße hinunter und stellten fest, daß wir Hunger hatten. In der verrückten Stimmung, die Männerkameradschaft heraufzubeschwören scheint, kamen wir im Gespräch auf *kuinige*. Das heißt «aus einem Restaurant entwischen, ohne zu bezahlen».

«Willst du's mal probieren?»

Komahiko stieß bereits die Tür zu einem Restaurant in einer Seitenstraße auf, als er mich das fragte, aber zu diesem Zeitpunkt hatte ich nicht vor, es wirklich zu tun. Für mich war schon allein die Tatsache, daß ich anderswo als zu Hause aß, ein Abenteuer – ob mit *kuinige* oder ohne. Außerdem schwirrte mir in diesen steifen Restaurants im europäischen Stil bald der Kopf von gewissen Problemen – etwa, ob ich meine Serviette unter dem Kinn ins Hemd stecken oder auf den Schoß legen sollte... Der Speiseraum war ziemlich voll. Die Kellner flitzten hin und her, ohne dabei ihre Eleganz zu verlieren, und umflatterten uns wie weiße Schmetterlinge. Wir wählten einen Tisch unter einer großen, haarigen Hanfpflanze, bestellten zwei Gerichte und nahmen unsere Mahlzeit ein. Als wir fertig waren, lächelte Fujii und fragte: «Fertig?» «Klar», antwortete ich abwesend. Da griff er nach einem Zweig der Hanfpflanze und riß ein Streichholz an.

Plötzlich schoß eine grelle Stichflamme vor mir auf, und im selben Augenblick brannte die Pflanze lichterloh. Ein Inferno brach los. Mit einem Schlag war die gesamte Kellnerschaft auf den Beinen, und das Lokal hatte sich in den typischen Brandort verwandelt... Benommen sprang ich vom Stuhl auf, als Fujiis Stimme über das Krachen zerspringenden Steingutgeschirrs hinweg an mein Ohr drang; ich riß mich zusammen und sauste hinter ihm her, so schnell ich konnte, zum Ausgang.

Die ganze Sache hatte sich so unerwartet entwickelt, daß ich zu träumen glaubte. Was mich allerdings wirklich frappierte, geschah später... Als wir durch das Menschengewühl der Seitenstraßen rannten, waren wir getrennt worden und hatten uns aus den Augen verloren. Sobald ich allein war, überfiel mich die Furcht und ließ nach der Aufregung und dem schnellen Laufen mein Herz besorgniserregend schlagen. Ich lief ruhelos im Kreis, ohne zu wissen, wohin ich gehen oder was ich tun sollte. Aufs äußerste erregt, wollte ich in der einen Minute losrennen, um Komahiko zu finden, in der nächsten wieder fliehen und mich verstecken. Der betonierte Gehweg strahlte die Sonnenhitze ab, aber obwohl ich auf Brust und Rücken naßgeschwitzt war, lief ein Frösteln durch meinen Körper. Von Furcht und Reue geplagt, war ich schon beinahe meinem schuldbewußten Gewissen erlegen, als ich endlich, weit vor mir, das vertraute, viel zu große blaue Hemd erblickte: Es war Komahiko, im Gegenlicht, der mir im Schlenderschritt auf der breiten Straße entgegenkam... Meine Laune schlug schlagartig um: Ich wurde von einem triumphierenden Hochgefühl durchflutet.

«Hey!»

Ich hätte ihn umarmen können.

«Hey!»

Erfüllt von meiner eigenen Aufregung, wollte ich ihm alles von den übervollen Straßen erzählen, durch die ich gerannt war, als ich ein großes, geheimnisvolles Paket in seiner Hand bemerkte. «Was ist das?» fragte ich. Er nuschelte beiläufig: «Ach, Miso, getrocknete Sardinen...» Ich war sprachlos. Er war also tatsächlich ein paar Minuten, nachdem er etwas so Gefährliches getan hatte, ruhig in ein Lebensmittelgeschäft gegangen, um seine Abendeinkäufe zu machen! Mein hochdramatisches Gefühl fiel in sich zusammen. Was für mich ein tollkühnes Abenteuer gewesen war, betrachtete er als rein praktische Angelegenheit.

Ich hatte mich vor dem Personal von Restaurants immer ein wenig gefürchtet und sie als hinterhältige «Anstandspolizei» empfunden. Aber nach dieser Geschichte sah ich sie nur noch als Menschen, die eben bösartig geworden waren, weil sie schon zu lange umherhasteten und andere Leute bedienten.

Eines Tages gegen Ende unserer Sommerferien kam ich zu Fujii und fand Draht, Drahtzange, Nägel und alles mögliche im Zimmer verstreut und ihn selbst dem Fenster zugewandt, in Arbeit vertieft... Er bastelte an einem Rasierspiegel herum und erklärte mir, er sei dabei, ein Periskop zu bauen, mit dem man ins Badezimmer der Wohnung schräg gegenüber schauen könne. Ich fand die Idee aufregend und stieß einen Schrei aus. Fujii tadelte mich. Dann fragte er: «Hattest du nicht zu Hause einen etwas größeren Spiegel?»

«Ich glaube schon», sagte ich, wieder munter werdend, und sauste aus dem Zimmer. Als ich aber mit dem größeren Spiegel ankam, waren Draht und Drahtschere verschwunden, das

Chaos aufgeräumt, und Fujii tat besonders lässig... Da ich nichts Besseres zu tun hatte, fing ich an, meine eigene Spiegelvorrichtung zu bauen.

«Vergiß es! Es ist schon zu dunkel, um was zu sehen.»

Etwas Kaltes in seiner Stimme weckte meinen Trotz. Gut, dann mache ich es eben allein, dachte ich, und arbeitete weiter. Aber wie hätte es anders sein können – als die Sonne unterging, wurde es in meinem Spiegel einfach dunkel, und das Badezimmer, nur von einer Glühbirne beleuchtet, war kaum noch zu erkennen. Nach kurzer Zeit konnte ich kaum mehr sagen, ob sich jemand darin aufhielt oder nicht. Als ich mich selbst dann noch weigerte, mit der Sache aufzuhören, und weiter mit dem Spiegel hantierte, sagte Fujii höhnisch vom Bett her, wo er lag: «Ist es dir wirklich so wichtig, das zu sehen?»

«Dir vielleicht nicht?» gab ich zurück.

«Mir, wieso...» begann Fujii und verstummte dann mit einem Kichern. Ich blieb hartnäckig. Er sagte: «Also... weißt du, bis vor zwei oder drei Tagen konnte ich genau ins Badezimmer der Wohnung gegenüber sehen. Wirklich schade, daß sie hergehen und einen Vorhang anbringen mußten.»

Ich war wütend.

«Wieso hast du das nicht früher gesagt?»

Nach diesen Worten schlug Fujii, der sich immer noch auf dem Bett räkelte, die Beine übereinander, die vorher zu mir hin weit geöffnet gewesen waren, und sagte mit einem albernen Kichern: «Das... das konnte ich nicht, schon gar nicht jemandem wie dir.»

In einer blitzartigen Erleuchtung wurde mir klar, daß Fujii schon etwas mit einer Frau gehabt hatte... In diesem Bruchteil einer Sekunde wurde mein Bild von Komahiko auf den Kopf gestellt – ein verborgenes Etwas in seinem Inneren, ein geheimes Gebiet, so weit, daß es das Auge nicht ganz überblicken konnte, lag plötzlich offen vor mir. Mit dem peinlichen Gefühl, eben in ein fremdes Haus eingedrungen zu sein, verstummte ich gänzlich...

Tatsächlich dachte ich ständig an Frauen. Ob ich Tagträumen über die Zukunft nachhing oder mich selbst in einer Rolle sah, die ich eines Tages spielen wollte – stets befand sich eine Frau an der Seite meines hypothetischen «Ich». Außerdem kultivierte ich verschiedene Sexualphantasien mit Frauen. Aber trotz allem hatte ich niemals daran gedacht, mich im wirklichen Leben einer Frau zu nähern. Frauen waren zu weit von mir entfernt, um mehr als Gegenstand der Phantasie zu sein. Meine verschiedenen Cousinen waren sozusagen eine Spezies, die mit dem Rest der Weiblichkeit nichts zu tun hatte, und meine sonstigen Beziehungen zu Frauen gehörten in die Kategorie flüchtiger Begegnungen in Bussen oder Zügen: Ich konnte sie sehen, aber nicht erreichen... Deshalb spürte ich nun, obwohl Fujii genau vor mir lag, eine schmerzhafte Verschiedenheit, die uns trennte. Er war ein Mensch aus einer anderen Welt.

An jenem Abend ging ich nach Hause und dachte die ganze Nacht an nichts anderes. Während der kurzen Zeit dieser Sommerferien, in der ich Komahikos Einfluß ausgesetzt gewesen war, hatte ich eine Anziehung gespürt, die stärker war als alles, was ich je erlebt hatte. Wenn ich es immer noch nicht über mich brachte, die schmuddeligen Eßlokale zu besuchen, wo er verkehrte, dann nicht, weil ich allzu große Skrupel wegen guter Ernährung oder Hygiene hatte, sondern weil mir die dunkle, muffige Düsternis der Orte eine Heidenangst einjagte. Genauso war es mit Prostituierten: Es ging um mehr als Krankheit und Moral. Etwas, das schwerer zu überwinden war, ließ mich schon den Gedanken, sie zu besuchen, meiden. Nichtsdestoweniger kam ich allmählich so weit zu glauben, ich müsse genau die Dinge lieben lernen, denen ich stets aus dem Weg gegangen war... genau wie ein Mann die Frau, die er liebt, als geheimnisvoll begreift, begann ich, Komahiko als einen Jungen mit furchteinflößenden Kräften zu betrachten. Die kleinste Einzelheit seiner Lebensweise erschien mir in einem völlig neuen Glanz. Mit der Logik eines Kindes, das sich im Innern des Grammophons ein Miniaturorchester vorstellt, sah ich nun eine Frau im Innern meines Freundes...

Vom nächsten Tag an versuchte ich ihn unter allen möglichen Vorwänden dazu zu bewegen, daß er über das Thema «Frauen» sprach, aber Fujii wich ständig aus, und ich wurde nur um so verwirrter. Leider hatte ich damals nichts in der Hand, mit dem ich ihn hätte unter Druck setzen können. Erst am letzten Abend, bevor er nach Kioto zurückfuhr – wir gingen zusammen durch die Straßen –, brachte ich ihn endlich zum Reden. Es war das erste Mal, daß ich ihn bewußt an seiner Eitelkeit gepackt hatte.

«Hör mal, es ist unglaublich langweilig», warnte er mich. «Du wirst bestimmt enttäuscht sein, also, ich an deiner Stelle würde es lieber lassen.» Er war, wie sich herausstellte, seit seiner Ankunft in Tokio schon mehrfach ausgegangen, um sich zu amüsieren, ohne daß er mir etwas davon erzählt hatte.

Der Herbst kam.

Als Kurata Shingo aus den Ferien zu Hause in Hokkaido zurückkehrte und wir uns zu Beginn des neuen Schuljahrs wiedersahen, war er überrascht. Er schien mit meinen Gesprächsthemen, meinem Wortschatz, sogar vielen meiner Gesten und Manierismen überfordert. Mir dagegen erschien dieser alte Klassenkamerad dumm wie ein Esel… Es langweilte mich nun zu Tode, mit ihm herumzusitzen, Platten zu hören und dumpf im Takt zu nicken oder ihn mit seinem Tennisspiel angeben zu hören. Er sprach lebhaft, und sein langer Hals bewegte sich heftig hin und her, aber fast alles, was er sagte, stieß bei mir auf taube Ohren.

Plötzlich, nach einer meiner gemurmelten Antworten, wandte mir Kurata sein langes, sonnengebräuntes Gesicht direkt zu. Das Gespräch brach ab, als seine Stimme verstummte. Ich schwieg ebenfalls. Aus der Öffnung seiner kurzen Hosen drang etwas wie der süße Duft von trockenem Heu… Das war der Geruch der Jungfräulichkeit, dachte ich, und jener strenge Geruch, den ich wahrnahm, als ich Fujii zum ersten Mal begegnete, mußte der Geruch der Erfahrung gewesen sein… Wie mochte ich wohl jetzt riechen? fragte ich mich. Am Tag nach dem Abschied von Fujii hatte ich anhand der Hinweise eines berühmten Romanschriftstellers, der einmal über den Ort geschrieben hatte, den Weg in ein Bordell auf der anderen Flußseite gefunden.

Der Schock, den mir Komahiko versetzt hatte, wurde nun an Kurata weitergegeben… Nur halb bewußt, begann ich die Wegstrecke nachzuvollziehen, die Fujii während des Sommers abgesteckt hatte: *kuinige*, Diebstahl, Voyeurismus... Der Unterschied war, daß meine Handlungen durch etwas verdorben wurden, das nach Revanche roch und das keine Ruhe geben würde, bevor ich Kurata nicht gewaltsam aufgerüttelt hatte. Bei *kuinige* beispielsweise weihte ich ihn nicht vorher in die Sache ein, sondern stellte ihn ganz unerwartet vor vollendete Tatsachen und zwang ihn, Reißaus zu nehmen. Nur ein einziges Mal war ich hundertprozentig erfolgreich: Als ich in einem der teuersten Restaurants auf der Ginza einen Löffel stahl, war Kuratas Bewunderung spontan...

Das Muster auf den Teelöffeln dieses Restaurants bestand aus einer ungewöhnlichen Kombination von geraden Linien und Kreisen, und ich war begeistert davon. Als wir aufstanden, um zu gehen, steckte ich mein Löffelchen ein. Als wir jedoch zum Ausgang gingen, kam ein Kellner hinter uns hergelaufen und sagte: «Entschuldigen Sie, mein Herr, haben Sie vielleicht einen unserer Teelöffel...?»

Ich wandte mich langsam nach ihm um. «Sie meinen, es ist mir nicht erlaubt, dies mitzunehmen?» fragte ich, zog den Teelöffel heraus und zeigte ihn... Der Ober war völlig durcheinander. Errötend sagte er: «Nein, gehen Sie!», winkte mich zum Ausgang und ging tatsächlich strahlend weg, als habe er einem Gast etwas gebracht, das dieser vergessen hatte. Kurata, den ich neben mir geglaubt hatte, mußte zu irgendeinem Zeitpunkt geflohen sein; ich hatte ihn zuletzt etwa sieben Meter von mir entfernt stehen sehen, wobei er mich mit aufgerissenen Augen anstarrte. Als wir draußen waren, seufzte er tief auf, wie ein Mann bei der Beichte, und applaudierte meiner Kaltblütigkeit, indem er sagte: «Das war Klasse.» Zum erstenmal hatte ich Kurata imponiert, ohne die Wirkung vorherzuplanen. Wie sehr er tatsächlich beeindruckt war, zeigte sich schon am nächsten Tag, als er in einer Cafeteria bei der Schule dieselbe Nummer durchspielte. Sein Auftritt war so gut, daß ihm die Kellnerin schließlich ein Steakmesser schenkte, fast so groß, wie es die Metzger benutzen. Das unhandliche Pfand ihrer Bewunderung paßte nicht in seine Hosentasche; er konnte es aber auch nicht gut in den Straßengraben werfen.

Kurz und gut, es stand fest, daß Kurata ebenfalls auf unerklärliche Weise von Abenteuern dieser Art fasziniert war. Das weitaus wichtigste Abenteuer war sicherlich mein Ausflug ins Viertel auf der anderen Flußseite. Aber wenn von diesem Thema die Rede war, kollidierte der Drang, meine Taten mitzuteilen, mit dem Wunsch, ihn noch eine Weile durch ein Netz von Rätseln zu führen, so daß ich schließlich jedesmal, wenn ich Kurata ansah, unweigerlich zögerte... Es stimmt, vielleicht war ich wirklich enttäuscht von der anderen Flußseite zurückgekommen, wie Komahiko prophezeit hatte. Aber genau diese Art von «Enttäuschung» hatte ich zu finden gehofft, als ich ausgezogen war. Die unbestimmte Unzufriedenheit, die ich fühlte, hatte nichts damit zu tun. Tatsächlich hatte ich schon oft genug Enttäuschungen dieser Art erlebt: Zwei oder drei Tage lang konnte ich kein weibliches Wesen ansehen, ohne von der Absurdität der Sache überwältigt zu werden, so sehr, daß ich beinahe noch in Schwierigkeiten geriet... Aber das war es nicht, was ich erwartet hatte. Ich hatte mir irgendein Pfand erhofft. Nichts, was ein Fremder sehen konnte, nur ein für mich selbst erkennbares Zeichen hätte ich gerne davongetragen. Aber wenn es dieses Zeichen gab, dann klebte es höchstens mitten auf meinem Rücken oder hinter meinem Ohr. Obwohl ich in Fujiis Fußstapfen zu treten glaubte, war ich vollkommen auf mich selbst gestellt.

«Ist es dir wirklich so wichtig?» Wir saßen in der ersten Reihe des Asakusa-Revuetheaters, und ich hatte die Absicht, diese Worte zu Kurata zu sagen. Aber irgendwie wirkte es jedesmal, wenn ich dazu ansetzte, als sei ich derjenige, der die Show sehen wollte... Was hätte Fujii in einer derartigen Situation getan? Da ich denselben Eindruck erwecken wollte, den er damals bei mir erweckt hatte, probte ich im Geist seinen Blick und andere Eigenheiten. Aber was ich auch versuchte, nichts half mir, meine Worte so klingen zu lassen wie die seinen. Ich geriet lediglich immer mehr in Wut und platzte schließlich heraus: «Los, laß uns abhauen! Das ist ja zum Einschlafen!»

Daß ich dies ohne ersichtlichen Grund sagte, obwohl die Vorstellung kaum begonnen hatte, ausgerechnet ich, der eben noch unnachgiebig darauf bestanden hatte, daß er mit mir herkam, verärgerte Kurata, aber da er mich auch nicht zum Bleiben auffordern wollte, blieb ihm nichts anderes übrig, als mir nach draußen zu folgen... Meine gute Laune fand ich ironischerweise dadurch wieder, daß ich alles daransetzte, um Kurata den Ärger über die mißliche Lage, in die ich ihn selbst erst einmal gebracht hatte, wieder auszureden.

Kurz gesagt, ich dachte, während ich mit Kurata zusammen war, ständig an Fujii. Je mehr sich Kurata vom törichten Esel zum normalen Menschen entwickelte, desto ähnlicher wurde ich Komahiko, zumindest glaubte ich das. Also bemühte ich mich, Kurata nicht mehr wie ein dummes Tier zu behandeln... Ab und zu wurde ich jedoch, obwohl ich sicher war, daß sich Komahiko in Kioto befand, von dem Alptraum heimgesucht, Kurata und er könnten sich irgendwo begegnen und kennenlernen. Was würde dann wohl aus dem Bild von mir, das ich mit soviel Mühe in Kuratas Geist aufgebaut hatte?

Der Alptraum wurde Wirklichkeit. Eines Morgens weckte mich die Magd, ich ging die Treppe hinab und fand Kurata und Fujii an der Haustür stehen. Sie hatten zufällig im selben Zug gesessen. Fujii hatte außer dem Regenmantel, den er über sein blaues Hemd geworfen hatte, kein Gepäck.

«Ich hatte die Schnauze voll von Kioto und dachte, ich komme mal für eine Weile hierher.»

Dennoch führte, wie sich herausstellte, dieser Zufall nicht zu der befürchteten Katastrophe, sondern einer völlig unerwarteten Freude. Die Stimmung war überschwenglich, und bald fühlten wir uns alle drei wie alte Kameraden. Merkwürdig war, daß der sonst so zurückhaltende Kurata, der selten ein Wort mit jemandem wechselte, den er noch nicht lange kannte, sich verhielt, als kenne er Fujii schon seit Jahren. Denn er war bereits mit einem anderen Fujii vertraut, dem in mir.

Das Gespräch zwischen uns dreien war so lebhaft, daß ich schon wieder besorgt wurde. Jetzt, wo der wirkliche Fujii aufgetaucht war, mußte ich in Kuratas Augen zu einem Schatten verblaßt sein. Daher mußte ich um Fujiis Anerkennung kämpfen und zugleich dafür sorgen, daß das Bild, das Kurata von dem

Komahiko in mir hatte, keinen Schaden nahm. Da Kurata und ich einander überboten, um vor Fujii gut dazustehen, mußte er doppelt soviel wie sonst reden, um nicht beide Freunde zu verlieren... Als nun jeder jeden in dieser Weise beeindrucken wollte, wurde das Prahlen immer schlimmer. Endlich schlug ich, in der Hoffnung, Kurata damit loszuwerden, vor, auf die andere Flußseite zu gehen.

Der Schachzug, der Kurata in Verlegenheit bringen sollte, war ein Schuß, der nach hinten losging. Wider Erwarten errötete er weder, noch suchte er Ausflüchte, sondern war sofort einverstanden... Wenn ich heute daran denke, sehe ich, daß dies das letzte war, was ich hätte tun sollen. Kurata war wie ein Mann in einem brennenden Haus: Der Wahnsinn verlieh ihm die Kraft, Unglaubliches zu vollbringen, ohne den geringsten Schmerz zu empfinden. Ich hatte meine wertvollste Trumpfkarte verschleudert. Und was das schlimmste war, ich hatte kein bißchen Vergnügen bei der ganzen Sache. Als wir drüben waren, trennten wir uns, und jeder suchte sein eigenes Abenteuer. Aber ich war kaum losgegangen, als ich einem Polizisten in die Hände fiel, der nach jugendlichen Straftätern Ausschau hielt. Und dabei hatte ich mir solche Mühe gegeben, vor Kurata den alten Hasen zu spielen!

Als ich drei Stunden später endlich aus der Zelle entlassen wurde, rannte ich über die Straße, um mich in einem dunklen Winkel zu verstecken, als mir jemand zurief: «He! Hierher!»

Es waren die beiden. Meine anfängliche Freude, wieder in den Schoß der Gruppe zurückzukehren, war von kurzer Dauer. Wie sich herausstellte, hatten die beiden, hinter einem Yakitori-Stand am Straßenrand versteckt, über eine Stunde lang zugesehen, wie ich mich vor der Polizistenmeute verbeugte, die mich umzingelt hatte, die Arme hob, um angedrohte Schläge abzuwehren, und um Gnade flehte... Dies alles erzählten sie mir mit der Miene äußerster Besorgnis.

Fujii fuhr wieder nach Kioto. Nun konnte ich Kurata kaum wieder wie einen Esel behandeln... Fujii war zwar nur zwei Nächte in Tokio geblieben, aber sie hatten so lange gedauert wie zwei

Jahre, wenn nicht mehr, zu normalen Zeiten. Wie ein Wirbelwind hatte er uns von Ort zu Ort geführt und seine Lieblingsplätze gezeigt – bestimmte Fischrestaurants, Kaffeehäuser, Theater; manchmal sprangen wir in ein Taxi, um eine lächerlich kurze Entfernung zurückzulegen, dann schlenderten wir wieder stundenlang zu Fuß durch ein Stadtviertel, das er besonders mochte. Wir brauchten keinen Alkohol, um uns zu berauschen. Seite an Seite durchstreiften wir die Straßen in der Umgebung der Ginza, Fujii zwischen uns, und ließen unsere automatischen Feuerzeuge wie Revolver knallen... Der dritte Tag endete mit dem rauschenden Schlußkrach eines Karnevals.

Komahiko wurde in unserer Erinnerung noch größer, als er nicht mehr da war. In Kuratas Augen war ich jetzt nur noch ein Schatten von Fujii – selbst die Episode mit dem Teelöffel erschien jetzt nur noch als Abklatsch von Fujiis Heldentaten. Anfangs war das unerträglich. Aber als die Tage vergingen, fand jeder von uns ein gewisses Vergnügen darin, den Komahiko im andern zu Tage zu fördern. Wir gingen durch die Straßen, durch die wir mit Komahiko gegangen waren, saßen in den Kaffeehäusern, die wir mit ihm besucht hatten, und machten ein Spiel daraus, wie beim Bockspringen abwechselnd Komahikos Rolle zu übernehmen... Wir ahmten sogar ganz banale Dinge nach, etwa die Art, wie Komahiko eine Kaffeetasse zum Mund führte. Er faßte eine Tasse nie am Henkel, sondern nahm sie wie eine Schale in die Hand, führte sie langsam zum Mund, preßte sie an seine wulstigen Lippen, streckte die Zunge ein wenig vor, als wolle er den Tassenrand ablecken, und ließ dann den Kaffee langsam durch die Kehle rinnen. Dadurch wirkte er so gierig, als wolle er jedem Tropfen das letzte Quentchen Aroma entreißen. Eine ähnliche Sache war, daß wir beide unbewußt anfingen, unsere Schultern hängen zu lassen. Fujii war klein und ging stets aufrecht, die Brust vorgewölbt und den Kopf zurückgeworfen, aber in unserem Bestreben, ihm gleich zu werden, taten wir genau das Gegenteil, wir krümmten den Rücken. Außerdem überboten wir uns, die wir beide beim Essen stets wählerisch gewesen waren, gegenseitig darin, alles zu essen, was Komahiko für genießbar erklärt hatte. Meine Mutter konnte nicht fassen, warum ihr Sohn plötzlich zu Herbstbeginn Appetit auf Tomaten bekam... Kurata und ich überwachten einander in allen Dingen. Keiner erlaubte dem anderen, Komahiko direkt zu kopieren. Hatte Fujii beispielsweise Socken mit einem Fischmuster getragen, war dieses bestimmte Motiv tabu. Ein Vogel- oder Schmetterlingsmotiv war in diesem Fall eine ebenso loyale wie geschmackvolle Wahl.

Dicke Briefe flogen zwischen Tokio und Kioto hin und her... Diese Briefe waren unser ein und alles. Bei unseren ganzen Abenteuern war der Nervenkitzel der Tat selbst nichts im Vergleich zu dem Vergnügen, hinterher darüber zu schreiben. Fujii pflegte die Briefe von uns beiden zu vergleichen und zu bewerten. Seine Briefe aus Kioto trugen ausnahmslos unsere beiden Namen und waren abwechselnd an den einen oder den anderen adressiert. Wenn wir sie einander zeigten, schaute jeder insgeheim genau nach, wie dick der an den anderen adressierte Brief war.

Auf diese Weise steigerte sich unsere Idealisierung von Komahiko tagtäglich. Selbst in unserem Bestreben, einander zu überbieten, waren Kurata und ich ein Herz und eine Seele. Dabei dachten wir ständig: «Wenn doch Koma hier wäre...» Wenn ein überfüllter Bus mitten auf der Straße liegenblieb und keinen Meter mehr fahren konnte, schauten wir einander nur an und dachten: «Wenn doch Fujii da wäre...»

In Kioto brachte sich Fujii für diesen Briefwechsel beinahe um. Fast jeden zweiten Tag mußte er einen Brief schreiben. Hätten seine Briefe einer Frau gegolten, wäre die Arbeit des Schreibens wenigstens nicht so zermürbend gewesen. Um das Interesse einer Frau zu befriedigen, braucht man nichts weiter zu tun, als die immer gleichen Dinge niederzuschreiben, die man tut, seit man zur Welt gekommen ist. Ist der Empfänger allerdings ein Mann, dann ist es damit nicht getan... Die Briefe, die er nacheinander von beiden Freunden bekam, erhoben Fujii in schwindelnde Höhen, bevor er wußte, wie ihm geschah. Wenn er sich umschaute, konnte er kaum eine Erklärung dafür finden. In diesem prekären, berauschten Zustand – wie bei einem Gang über Wolken – war ihm nur eines klar: Er mußte die Kameraden so lange wie möglich bei der Stange halten, die ihm halfen, diesen Zustand herbeizuführen... Aber Fujii ging bald einer irreführenden Vorstellung auf den Leim, die er selbst aufgebracht hatte. Das heißt, er begann, genau wie Kurata und ich, seine Erfahrungen mit Frauen als eigentliche Quelle der Schönheit in seinem Leben zu betrachten. Infolgedessen machte er mit der Zeit geradezu eine Religion daraus, die Rotlichtviertel zu besuchen. Das alles auf der Jagd nach Inspirationen für seine Briefe an uns...

Eines Tages kam ich zu Kurata, der in Harajuku zu Hause war, und fand ihn, wie er die ganzen goldenen Siegerpokale seines Vaters vom Zierbord im Eingangsflur abräumte.

«Was ist los?» fragte ich, aber er schien äußerst erregt und antwortete nicht, sondern schleuderte einen Pokal nach dem anderen in einen Schrank, in dem die Spielsachen seines kleinen Bruders aufbewahrt wurden. «Was ist los?» fragte ich noch einmal, aber nach einem Blick auf Kuratas erregtes Gesicht packte mich plötzlich das Verlangen, laut herauszulachen.

Also hat es ihn jetzt auch erwischt, dachte ich. Kuratas Familie war der meinen sehr ähnlich. Mein Vater war mit der Armee nach Nordchina gegangen; sein Vater war leitender Angestellter einer Rüstungsfabrik, fuhr durchs Land und inspizierte die regionalen Produktionsstätten. So konnten wir beide weitgehend tun und lassen, was uns gefiel, und in den Tag hineinleben. Allerdings fand ich seit einiger Zeit mein Zuhause ziemlich beengend, bedrückend. Nicht daß sich dort etwas Bestimmtes verändert hätte, aber ich fühlte mich auch an diesem Ort immer mehr den Prinzipien unseres Dreierbundes verpflichtet. Es kam beispielsweise nicht mehr in Frage, zu zögern oder Angst zu haben, wenn man nachts spät nach Hause kam. Dies war eindeutig eine Schande. Ebenso verstieß es gegen die Regeln, sich die Hände zu waschen, wenn man von der Toilette kam. Es gab eine Menge solcher neuer Bestimmungen, die uns banden. Weil es in allem stets unser Ziel war, «Schönheit» zu erreichen (definiert durch Fujiis Lebensweise), war diese Entwicklung unvermeidlich... Mir blieb nichts anderes übrig, als zu Hause als ausgemachter Rüpel aufzutreten. Genüßlich achtete ich darauf, daß meine

Kleidung und mein Zimmer möglichst schmutzig wurden. Ich versuchte gleichsam, den Sittenkodex des Hauses, von dem ich mich so unterdrückt fühlte, unter einem Haufen Unrat und Abfall zu begraben... Kurata hatte eine andere Art von Schmerz zu ertragen. Während ich mich nur zurückzulehnen und zuzusehen brauchte, wie Staub und Spinnweben meine Starphotos überzogen, die ich an die Wand geklebt hatte, prangten in Kuratas Zimmer eine Skiausrüstung, ein Tennisschläger, der Schwanz eines kaputten Segelflugzeugs und sogar ein Bomber aus Sterlingsilber, den er während der Abwesenheit seines Vaters heimlich vom Kaminsims des Gästezimmers genommen hatte. Diese Dinge waren einmal sein Stolz gewesen. In letzter Zeit waren sie ihm jedoch, wie Jean Valjeans störende Tätowierung, zu einer täglichen Qual geworden. Inzwischen hatte er das Maß seiner Erniedrigung voll gemacht und, um dem richtenden Blick seiner Freunde zu entgehen, das Bombermodell heimlich an seinen früheren Platz zurückgebracht... Seine aufgestaute Wut explodierte jetzt endlich und ließ ihn nicht einmal mehr vor den Siegestrophäen im Flur haltmachen.

Hat man einmal angefangen, in dieser Weise gegen die Hobbys der eigenen Eltern zu wüten, gibt es kein Halten mehr. Jeder Zoll des Hauses ist ihr Territorium... Für mich begann es mit dem Schwert meines Vaters, das er in der Ziernische zur Schau stellte. Als nächstes reizten mich die aufgehängte Schriftrolle und die Blumenvase. Bald ging es so weit, daß ich Dinge nicht mehr ausstehen konnte, die ich zuvor nie bemerkt hatte – sogar das Muster der papierenen Schiebetüren und die Risse in den Tragebalken. Besonders schlimm war es mit dem Essen: Es wurde allmählich wirklich lächerlich. Alles und jedes auf dem Tisch erregte meinen Zorn. Selbst wenn ich mir von meiner Mutter ein besonderes Gericht zubereiten ließ, das mir in Fujiis Gesellschaft gut geschmeckt hatte, schien es all seinen Wohlgeschmack zu verlieren, sobald ich einen Bissen davon zu Hause aß.

Ich brauche nicht eigens zu erwähnen, daß Kurata und ich immer weniger Zeit zu Hause verbrachten. Die meiste Zeit des Tages saßen wir in einem schmuddeligen kleinen Kaffeehaus. Da unser Taschengeld normalerweise für regelmäßige Mahlzeiten außer Haus nicht reichte, verfielen wir auf Behelfsmaßnahmen, bestrichen zum Beispiel gebackene Kartoffeln, die wir auf der Straße gekauft hatten, mit Butter und stillten auf diese Art unseren Hunger.

In jenen Tagen führte sich die japanische Gesellschaft als Ganzes um kein Haar weniger exzentrisch auf als wir. Jedermann im Lande hatte unter einem ganzen Aufgebot an künstlichen Vorschriften zu leiden, die zum Moralkodex einer «neuen» Zeit gehörten. So fand beispielsweise ein Beamter, als einmal eine Warteschlange von Leuten, die den Auftritt eines berühmten Filmstars besuchen wollten, einen ganzen Häuserblock umringte, die Menschenmenge in ungebührlicher Weise leichtfertig und richtete den Strahl eines Feuerwehrschlauchs auf sie. In regelmäßigen Abständen konnte man Abteilungen der Fernmeldetruppe durch die Straßen reiten sehen – mehr um Eindruck zu machen, als aus Mangel an einem geeigneten Exerzierplatz. Sie litten jämmerlich unter den schweren Kupferrollen, die sie über der Schulter tragen mußten, und sie brachten nicht mehr zuwege, als den Verkehr aufzuhalten... Offensichtlich auf Befehl irgendeiner Stelle rief unsere Schulleitung alle Schüler zu einer Rede des Direktors auf dem Pausenplatz zusammen. Dieser trug gelbe Handschuhe, stand da wie ein Denkmal aus Bronze und sagte sinngemäß: «Will man einen Affen zum Tanzen bringen, dann muß man ihn, solange er noch jung ist, auf einem rotglühenden Eisenblech laufen lassen. Wenn er die Hitze spürt, beginnt der Affe umherzuhüpfen. Dies ist die Bedeutung der Disziplin. Also, Jungs, für euch gilt dasselbe...» Etliche von uns mußten sehr an sich halten, um nicht laut aufzulachen... Die Vorstellung, wir seien kleine Affen! Die tiefere symbolische Bedeutung der Geschichte war uns entschieden zu hoch. Keiner – nicht einmal der Direktor selbst – hatte irgendeine Vorstellung von dem, was das Eisenblech symbolisierte... Später wurden viele von denen, die dieser Rede gelauscht hatten, im Krieg verwundet oder getötet. Und unter denen, die Verbrennungen erlitten, befand sich auch der Direktor selbst.

Es kam so weit, daß man für alles und jedes öffentlich gemaßregelt werden konnte. Überraschenderweise passierte dies häufiger an anständigen Orten, etwa in Kaffeehäusern, wo es nichts anderes als Gebäck gab und wo nur die ruhigsten Studenten verkehrten, als in den Rotlichtvierteln. Dümmliche Studenten, die während der Unterrichtszeit vor einem Billardsalon erwischt wurden, wurden auf die Polizeiwache geschleppt und verprügelt und kamen heulend wieder heraus... Wir hatten keine Ahnung, wann und in welcher Form etwas Derartiges geschehen würde. Aber eins war sicher: Wenn uns die alltägliche Langeweile umzubringen drohte und wir mehr und mehr das Gefühl hatten, etwas unerledigt liegengelassen zu haben, ohne uns im geringsten zu erinnern, was es war – dann passierten unverhofft solche Dinge. Denn wenn wir in diese Stimmung verfielen – wir nannten es «Stagnation» –, juckte es uns, selbst etwas auszuhecken.

Stagnation trat ziemlich oft ein. Der Nervenkitzel kühner Streiche ließ natürlich mit der Zeit nach. Je häufiger es zu Wiederholungen kam, um so sicherer folgte Stagnation. Die bereits erwähnten willkürlichen Bestrafungen halfen uns zunächst aus der Klemme. Der wilde, chaotische Zustand der Dinge wurde mit jedem Tag haarsträubender, bis schließlich sogar Militärpolizei eingesetzt wurde, um jugendliche Kriminelle zusammenzutreiben. Auf uns wirkte das alles genau so, als säßen wir in einem Sessel und machten eine «Reise», indem wir ein Panorama vorüberziehen sahen... Als dann allerdings auch die Disziplinarmaßnahmen immer alltäglicher wurden, verloren wir allmählich die Nerven. Wir schwänzten die meisten Unterrichtsstunden, hatten aber nicht den Wunsch, etwas anderes zu tun, und verfielen darauf, ganze Tage in dem schmuddeligen Kaffeehaus im Stadtzentrum zu sitzen, einander anzustarren und uns zu fühlen, als würden wir langsam verkümmern. Wenn ich sah, wie Kurata, gebeugt wie ein alter Mann, über dem übelriechenden Kohlebecken brütete, dachte ich automatisch an Komahiko. Ich bin sicher, daß ich bei Kurata dieselben Gedanken weckte... Wir redeten lebhaft davon, eine neue Runde von Abenteuern zu beginnen, wußten aber die ganze Zeit, daß wir uns größtenteils etwas vormachten. Auch das Gespräch brach urplötzlich ab –

die Gestalt eines Soldaten mit aufgepflanztem Bajonett, der hinter einem umherstreunenden Kameraden her war, hatte sich wie der Umriß des Bösen im trüben Fenster gezeigt.

Die Briefe aus Kioto wurden immer wahnsinniger. Nicht ahnend, daß wir uns in unserem Wettbewerb um seine Gunst beide in grobe Übertreibungen verstiegen, trieb sich Fujii, entschlossen, sich nicht übertrumpfen zu lassen, bis zum äußersten… Seine Briefe wimmelten von rasend idiosynkratischen Theorien, dogmatischen Proklamationen, morbiden, völlig überzogenen Bildern und fast unverständlichen Bocksprüngen der Logik, und dies alles in sehr exzentrischem Stil. Dann kam eines Tages im tiefsten Winter ein Brief mit dem folgenden rätselhaften Gedicht:

> Verzweifelt wie bei der Ankunft –
> Abschied von Kioto im Frühling.

Dies war begleitet von der Nachricht, daß er von der Schule verwiesen worden sei, schwer krank im Bett liege und vorhabe, zu seiner Familie nach Korea zurückzukehren.

Kurata hatte den Brief bekommen und kam keuchend wie ein altes Pferd bei mir in Setagaya an; sein Atem stand wie weißer Dampf in der Luft.

Ein Blick in den Brief, und ich war so benommen, daß ich kaum einen klaren Gedanken fassen konnte. Ich fürchtete mich zu sehr, um den ganzen Brief durchzulesen, und Kurata erging es offensichtlich genauso. Hastig verließen wir das Haus, gingen eine Weile wie in Trance, blieben irgendwo unterwegs wie verloren wieder stehen, machten laute und sinnlose Gesprächsanstrengungen… Ich wußte nicht, wohin mit mir selbst. Unsere ganzen Abenteuer im vergangenen halben Jahr hatten wie in einem Traum stattgefunden. In der Tat war es bei all diesen «Träumen» von mir um das Leben eines wirklichen Menschen gegangen… Und Kurata und ich hatten uns die ganze Zeit köstlich amüsiert.

Bin ich deshalb so fröhlich, weil dies alles zu erschreckend ist, fragte ich mich. Die Wahrheit war jedoch, daß ein anderer Teil von mir nur nicht zugeben wollte, daß ich mich am Unglück meines Freundes weidete... Ich war mir immerhin bewußt, daß etwas Verachtenswertes in meiner Reaktion lag. Ich meinte deshalb, das Gegenteil von dem zu sagen, was ich wirklich fühlte, sagte aber paradoxerweise die Wahrheit, als ich ausrief: «Das müssen wir feiern! Komm, laß uns richtig groß ausgehen!»

Kurata antwortete, offensichtlich erleichtert: «Du hast recht. Heute bricht Fujii zum größten Abenteuer auf, das er je hatte.»

Gemeinsam suchten wir das schickste Restaurant aus, das wir finden konnten. Ich dachte, in einem förmlichen Lokal würden wir uns so viele Gedanken um den richtigen Gebrauch von Messer und Gabel machen – wie man ein Stück Fleisch schneidet, ohne daß es durchs ganze Lokal fliegt, oder wie man glitschige Spaghetti richtig auf eine Gabel aufspult –, daß gar keine Zeit blieb, um an irgend etwas anderes zu denken. Wir stellten allerdings bald fest, daß das selbstauferlegte Leiden beim Essen keineswegs über unseren inneren Schmerz hinweghalf.

«Wir sollten ihm wenigstens ein Glückwunschtelegramm schicken!» sagte ich, aus meinem inneren Kummer auftauchend, um einen weiteren munteren Vorschlag zu machen.

«Gute Idee!» sagte Kurata.

Aber als wir das Lokal verließen, gingen wir zu unserem schmutzigen Stammcafé und saßen dort bis zur Sperrstunde, ohne irgend etwas Neues auszuhecken. Bevor wir an diesem Abend auseinandergingen, fiel kein weiteres Wort über das Telegramm zwischen uns.

An diesem Abend war ich aufgebracht – nicht über die Sache mit Komahiko, sondern über Kuratas Unergründlichkeit... Es war vollkommen klar, daß wir Fujiis Schicksal teilen würden, wenn wir noch länger so weitermachten. Mir graute vor der Aussicht. Nicht, daß ich eine Antwort gewußt hätte, wenn ich nach dem Grund meines Grauens gefragt worden wäre. Ich hätte lediglich sagen können, daß mich die ungewisse, gefährliche Zukunft ängstigte, die ich mir vorstellte... Ganz gleich, ob ich Fujii schließlich tatsächlich im Stich lassen wollte oder nicht, ich wollte die Frage wenigstens zur Diskussion stellen – obwohl der einzige Grund dafür tatsächlich der Wunsch war, Verrat zu üben. Kurata war vom Charakter her der zurückhaltendere von uns beiden. Vom nächsten Tag an begann ich, während ich Lippenbekenntnisse zu Fujiis Charakter und Lebenseinstellung ablegte, hier und da Andeutungen fallenzulassen – über das Elend, das ihm bei dem Leben bevorstand, das er von nun an wohl führen würde... Wenn ich Kurata irgendwie dazu bringen könnte, daß er sagte, er würde von ihm abfallen – dann würde ich in seine Fußstapfen treten, das war meine Absicht.

Die Intrige funktionierte. Es lag kein besonderer Nachdruck auf meinen Warnungen, eher wartete irgend etwas in Kurata darauf, sie zu hören.
In der wachsenden Hektik vor der Abschlußprüfung wurde überall im Klassenzimmer vereinbart, Kladden auszutauschen. «In der Prüfung im ersten Jahr sollen ja mehr durchrasseln als in den übrigen.» «Ja, und es heißt auch, wenn du in der ersten Runde durchfällst, bist du für immer angeschmiert...» In unserem gegenwärtigen Geisteszustand hatten wir für diese Art von Gesprächen, auch wenn sie aus einer Herde kamen, die wir sonst verachteten, ein offenes Ohr.
«Sollen wir zu F.s Grab gehen und ihm unseren Respekt erweisen?» fragte ich Kurata zynisch. Jedes Jahr pilgerte die gesamte Schülerschaft am Geburtstag des Schulgründers zu seinem Grab. Nach der Überlieferung fiel jeder, der nicht mitging, durch die Prüfung. Wir beide hatten an diesem Tag wie üblich durch Abwesenheit geglänzt.
«Ja, laß uns hingehen», sagte Kurata, und seine Miene hellte sich auf... Es war ein klarer Tag, und es tat gut, über den Friedhof zu gehen. In der Hoffnung, diese Wirkung zu unterstützen, gab ich mir Mühe, ihn in die Stimmung eines wirklichen Klassenausflugs zu bringen. Ehe ich mich's versah, fühlte ich mich wie ein richtiger Doktor, der einen kranken Patienten behandelt. Tatsächlich brachte mich das Vergnügen, nun die Initiative zu ergreifen, und die Aussicht, Kurata wiederzusehen, am nächsten Tag sogar dazu, rechtzeitig zur ersten Stunde in der Schule zu sein. Kurata war nicht da. Als die zweite Stunde begann und er immer noch nicht aufgetaucht war, schöpfte ich allmählich Ver-

dacht. Ich ahnte irgendwie, daß Kurata mit Fujii zusammen war. Da saß ich auf meinem Stuhl mit den eisernen Beinen, hörte mir den langweiligen Unterricht an und wünschte, ich wäre vor Beginn der Stunde hinausgeschlüpft. Aber jedesmal, wenn eine Stunde zu Ende war, hatte ich das Gefühl, Kurata würde zur nächsten Stunde auftauchen; also verpaßte ich meine Chance und blieb im Klassenzimmer. Kurata kam den ganzen Vormittag nicht, auch nicht am Nachmittag... Noch nie hatte ich so ungeduldig auf ihn gewartet. Aber ging es mir wirklich um ihn, als ich wartete? Hätte ich ihn wirklich sehen wollen, wäre es sicherlich schneller gewesen, zu ihm nach Hause zu laufen oder zu dem Kaffeehaus, wo wir immer saßen. Blieb ich nur aus Besorgnis um meinen Patienten Kurata im Klassenzimmer?

Als ich nach Hause zurückkam, fand ich eine Nachricht von Fujii. «Wollte dich besuchen, bevor ich nach Korea zurückfahre. Wohne in einer Absteige in Asakusa...»

Ich hatte also recht, dachte ich mit einem Anflug von Selbstzufriedenheit, weil ich richtig getippt hatte, und ich war nicht besonders überrascht. Eine Lageskizze mit Fujiis unverkennbarer Handschrift lag bei. Ich warf einen kalten, flüchtigen Blick darauf. (Wirklich schade um ihn. Aber wenn ich hier sitze und ihn bemitleide, lande ich als nächster in der Tinte.) Zu diesem Zeitpunkt hatte ich mir Kurata ziemlich aus dem Sinn geschlagen... Nachdem ich bereits den ganzen Tag wartend herumgesessen hatte, hatte ich das Gefühl, ich sei eigentlich derjenige, der von seinen Freunden im Stich gelassen wurde. Und da ich fand, damit meiner Freundespflicht Genüge getan zu haben, fühlte ich mich rein und klar, wie nach der Austreibung eines Dämons.

Ich wage zu behaupten, daß dieser Gefühlsumschwung, dieser Entschluß, mich zusammenzureißen und brav zu werden, eine Sache reiner Bequemlichkeit war. Der Beweis dafür kam am nächsten Morgen, als ich bereits anfing, rückfällig zu werden. In anderen Worten – um die Sache zu vereinfachen –, mein wirkliches Verlangen zeigte sein wahres Gesicht. Ich erreichte den Bahnhof, wo ich umsteigen mußte, genau zur Stoßzeit, setzte mich auf eine Bank und ließ einen Zug aus, der mich zur Schule gebracht hätte. Als ich dort saß und eine Zigarette rauchte, sah ich die kalten Eisenstühle und den betonierten Fußboden des Klassenzimmers erschreckend lebendig vor mir und ließ auch den nächsten Zug ohne mich abfahren... Was meine Anwesenheit im Unterricht betraf, stand es sehr schlecht um mich. Es konnte sein, daß mein heutiges Fehlen im Unterricht den sicheren Untergang bedeutete. Diese Stunden waren viel zu kostbar, um sie zu vergeuden. Aber gerade aus diesem Grund war es ein besonderes Vergnügen, diese Zeit zu verschwenden... Als ich den letzten, immer noch mit Pendlern überfüllten Zug, der mich rechtzeitig zur Schule gebracht hätte, aus dem Bahnhof fahren ließ, stand ich auf und murmelte vor mich hin: «Was soll's, fehle ich eben einen Tag mehr.»

Ich selbst konnte mein verräterisches Herz nicht mehr so sehen, wie es war. Wie ein gewohnheitsmäßiger Lügner, der seine eigenen Lügen Wort für Wort glaubt, sah ich nicht mehr, was ich zu tun im Begriff stand. Genauer gesagt, ich bemühte mich nicht, es zu sehen... Nachdem ich den Vorsatz aufgegeben hatte, zur Schule zu gehen, ging ich statt dessen in unser Stammcafé. Das Lokal lag so früh morgens völlig verlassen da und roch wie ein faulendes Abtropfbord in der Küche. Es machte mir ein flaues, leeres Gefühl, wie man es hat, wenn man nicht genug Schlaf bekommt. Ich versuchte, mich weiter in diesen Zustand hineinzusteigern, indem ich mich in die hinterste Ecke verkroch und die schmutzigen Vorhänge oder die Flecken auf den Tapeten anstarrte, bloß um die Zeit totzuschlagen... Was tat ich hier? Vielleicht hielt ein gewisses hündisches Element in mir, der Drang, einem Herrchen nachzulaufen, auch wenn man im Stich gelassen wird, den Lebensstil aufrecht, den ich bis vor einer kurzen Woche geführt hatte. Aber der rationale Teil von mir bemerkte nichts von alledem.

Gegen Mittag dachte ich allmählich ans Essen, und obwohl ich nicht hungrig war, überlegte ich gerade, was ich zu mir nehmen sollte, als ich plötzlich von der Straße her vertraute Stimmen vernahm, die sich dem Kaffeehaus näherten... Es waren Fujii und Kurata. Ich sprang auf, wie von einer Tarantel gestochen, und schoß, kaum hatte ich mich gefaßt, zur Hintertür hinaus und eine andere Straße entlang. Das erste, was ich fühlte, war unsagbares Entsetzen. Kurz darauf folgten Schmerz und Gedemütigtsein, als ich über meine eigene Feigheit nachdachte... Während ich so zwischen Rückzug und Rückkehr schwankte, trugen mich meine Füße immer weiter fort.

Was hatte mich derart in Panik versetzt? Wie das Futter eines Mantels, das der Wind bloßlegt, waren meine Absichten, die ich mir selbst nicht eingestanden hatte, in einem plötzlichen Aufleuchten sichtbar geworden, sobald ich die Stimmen der beiden hörte. Wenn ich jetzt zurückkehrte, hatte ich immer noch eine Chance. Aber auf diesen Gedanken folgte unmittelbar der nächste, daß sie wahrscheinlich gerade jetzt von meinem Verrat und diesen Absichten sprachen, die mir so deutlich vor Augen geführt worden waren. Es war diese Furcht, die mir den Rückweg verwehrte.

Ich irrte blindlings durch die Straßen, wohin mich die Füße trugen, stolperte über Ziegelscherben und durch Waschwasserpfützen, von denen mein Weg wimmelte, und versuchte, die Stimmen zu vergessen, die mir immer noch in den Ohren dröhnten... Es war nicht einfach, sie zum Schweigen zu bringen. Dann wußte ich plötzlich, warum: Es war das letzte Mal, daß ich sie je hören würde...

Als ich soweit war, daß ich dachte, ich könne wirklich nicht umkehren, hielt ich an und schaute über die Schulter... Hätte ich diese Stimmen nicht gehört, hätten sie nicht so laut gesprochen, als sie sich dem Kaffeehaus näherten, dann hätte ich immer noch dort auf dem Stuhl gesessen. Wenn das passiert wäre, wären wir drei ganz sicher wieder so gute Freunde wie früher geworden... Ich war mir dessen sicher – denn etwas, das in meinem Herzen verborgen war, wartete nur darauf, daß genau dies geschah.

Tatsächlich stand der Schlußakt meines Verrats erst noch bevor. Er sollte erst am Abend stattfinden, nachdem ich nach Hause gegangen war. Solange ich in der Stadt geblieben war, hatte es zwischen uns immer noch eine Verbindung gegeben.

An diesem Abend kam eine Frau in einer schwarzen Kimonojacke zu uns. Es war Kurata-san, Kuratas Mutter... Meine Mutter öffnete die Tür, dann rief sie nach mir.

Kurata-san war in verzweifelter Sorge um ihren Sohn, der vor zwei Tagen aus dem Haus gegangen und seitdem nicht mehr aufgetaucht war. Dann heute hatte sie eine Schublade des Küchenschranks aufgemacht und entdeckt, daß das Sparbuch der Familie fehlte. Außerdem waren zwei Tragetaschen, die Mütze ihres Mannes, die er zur Entenjagd trug, eine Krawattennadel mit einem kostbaren Stein und sogar eine große Summe Bargeld verschwunden... Als sie Kuratas Tagebuch, seine Notizen auf dem Bücherregal und den Haufen Briefe studierte, hatte sie den Angelpunkt dieser entsetzlichen Situation verstanden.

«Wohin mag er nur gegangen sein!» seufzte ich, nicht ohne Neid. Kurata-san verstand es jedoch als äußerst durchsichtige Art von Ausrede... Sie hatte mich von Anfang an im Verdacht gehabt.

«Los, los, ich will jetzt die ganze Wahrheit wissen! Wohin ist mein Shingo geflohen?»

Ich konnte nur sagen, daß ich es nicht wußte. Da verfiel Kurata-san plötzlich in einen starken Kyushu-Akzent, beschimpfte mich fürchterlich und sagte, ich sei der eigentlich Schuldige. Eine Speichelflocke sammelte sich im Winkel ihres aschfahlen Mundes... Die Worte der Frau bestärkten mich nur in meiner Entschlossenheit. Ich sah meine Mutter an. Sie erwiderte meinen Blick. Nach dem Anblick des verbrauchten, verbitterten Gesichts von Kurata-san war der Triumph auf dem runden Gesicht meiner Mutter kaum zu übersehen, der strahlende Stolz einer Mutter, deren Sohn mit einem anderen verglichen wurde und gewonnen hat.

Als ich dies sah, wußte ich, daß ich mich ohne Gefahr aus dem Staub machen konnte.

«Also, ich gehe und suche ihn», sagte ich, schloß für alle Fälle meinen Bücherschrank ab und verließ das Haus.

Es war Nacht geworden. Natürlich hatte ich nicht die geringste Absicht, meine Freunde aufzuspüren, auch wenn ich es Kurata-san versprochen hatte. Als meine Füße aus alter Gewohnheit die Richtung des Kaffeehauses einschlugen, änderte ich die Richtung und ging durch unbekannte Straßen. Ich wußte nicht, wohin ich gehen und was ich mit mir selbst anfangen sollte. Ein warmer Wind blies aus einem sternlosen Himmel… Aus einem plötzlichen Impuls heraus hielt ich ein Taxi an und nannte den Namen eines der Rotlichtviertel über dem Fluß. Vielleicht würde ich sie dort aufstöbern. Das sagte ich mir jedenfalls. Aber natürlich war es nicht das, was ich erhoffte.

Als das Taxi losfuhr, versetzte mich das Tempo des Wagens in eine intensive rührselige Stimmung. Während ich die Lichter betrachtete, die sich im Vorüberfliegen in den Seitenfenstern spiegelten, sah ich nichts anderes als das Flackern in meinem Herzen, das Licht der Gefühle aus der Zeit, als ich meine Freunde geliebt hatte… Als aber das Auto schneller wurde, löschte die pure Freude an der Bewegung alles andere aus. Jedesmal, wenn wir eine der zahlreichen Brücken überquerten, tauchte der mittlere Abschnitt der Brückenpfeiler im Scheinwerferlicht auf, um ebensoschnell wieder von der Karosserie des Autos verdunkelt zu werden.

Irgendwann erhob ich mich halb von meinem Sitz, legte beide Hände auf die Lehne des Fahrersitzes und steigerte mich in die Phantasie hinein, ich würde mich aus eigener Kraft fortbewegen…

In diesem Winter schloß sich eine neue Gruppe von Staaten dem Krieg gegen Japan an.

Kyotaro Nishimura
Metro à gogo

Kyotaro Nishimura (*1930) ist einer der drei großen japanischen Krimiautoren (neben Matsumoto und Akutagawa). Da er unbedingt Schriftsteller werden wollte, verzichtete er auf einen bequemen Einstieg ins Leben der oberen Mittelklasse, und der stets höfliche Nishimura spielte mit umfangreichen Manuskripten Pingpong gegen stets abweisende Verleger. Um seine Kraft zu stärken, fuhr er einen Lieferwagen, spionierte verheirateten Männern nach, die mit verheirateten Frauen schliefen, verkaufte Versicherungen und Zeitschriften an der Haustür, wurde Wachmann und warf Betrunkene aus Nachtclubs. Als er fünfunddreißig Jahre alt war, veröffentlichte eine Zeitung eine Kurzgeschichte von ihm, die ihm den Edogawa-Preis für die beste Kriminalgeschichte des Jahres einbrachte.

I

Es hatte geregnet, und im Dunkel der Nacht glänzten auf der Wasserfläche des kleinen Abflußkanals zweifelhafte Reflexe. Der Vollmond der Septembermitte durchdrang die Wolken. Es war gegen zwei Uhr morgens.

Ein Mann stolperte den Weg am Kanal entlang. Der etwa vierzigjährige Angestellte war auf dem Weg nach Hause, in eine nahegelegene Wohnblocksiedlung; als guter Angestellter ging er zwei- oder dreimal in der Woche nach der Arbeit mit seinen Bürokollegen etwas trinken und kam regelmäßig angeheitert nach Hause. Der Kanal, etwa einen Meter breit, war stellenweise mit Zementplatten abgedeckt. Der Mann ging im Zickzack und verließ ab und zu den Weg, um über die Platten zu hüpfen. Das Allermerkwürdigste war, daß er nie ins Wasser fiel.

Wenn er die Straßenlaterne erreichte, überkam ihn stets der Drang, sich zu erleichtern – ein pünktliches, unabweisbares, natürliches Bedürfnis. Er urinierte im Stehen, dem Kanal zugewandt, und schaute zum Himmel hinauf, um den Mond zu bewundern. Wenn er spürte, wie sich seine Blase so zwanglos entleerte, durchströmte ihn ein tiefes Gefühl von Wohlergehen und Frische. Um zwei Uhr morgens lag der Ort verlassen da, und in der Stille der Nacht hatte er den Eindruck, er sei der einzige Mensch im ganzen Universum.

An diesem Abend blieb er wie gewohnt stehen, schaute zum Mond hinauf, der in den Wolken schwamm, knöpfte die Hose auf und begann, gemächlich zu urinieren, während er einen Militärmarsch anstimmte.

> Vorwärts, vorwärts,
> Männer und Pferde!
> China erwartet uns,
> vorwärts, vorwärts!

Er war zu jung, um im Krieg gewesen zu sein, aber wenn er betrunken war, kam ihm unweigerlich die schwungvolle, einfache Melodie von Soldatenliedern auf die Lippen. Da er nicht den ganzen Text kannte, begnügte er sich damit zu wiederholen:

«Vorwärts, vorwärts!», als er nach einem Blick auf die schwarze Wasserfläche des Kanals plötzlich einen Schrei ausstieß.

Ein Männergesicht schwamm im schmutzigen Wasser.

Im selben Augenblick spürte er, wie sich seine Hoden zusammenkrampften und der Urinstrahl blockiert wurde. Im Kanal schwamm eine Leiche!

«Ich habe im trüben Wasser plötzlich einen Kopf gesehen, der mich lustig ansah», erklärte er kurz darauf den Polizisten.

Unter der Wirkung der Angst, die er ausgestanden hatte, übertrieb er; die Leiche schaute gewiß nicht «lustig» drein. Aber es stimmte, daß die Gesichtszüge keinerlei Angst ausdrückten, sondern merkwürdig heiter und gelassen wirkten. Wäre nicht die Wunde in der Brust gewesen, die von einem Messerstich herrührte, hätte man an einen ruhig und reiflich überlegten Selbstmord glauben können.

Die Verwundung war nicht nur tödlich gewesen, es handelte sich eindeutig um Mord.

Die Inspektoren des Kommissariats von Itabashi und die Spezialisten der Spurensicherung waren rasch zur Stelle. Im Licht der Scheinwerfer war die immer noch dunkle Umgebung des Kanals plötzlich taghell erleuchtet.

«Der Kleidung nach zweifellos ein kleiner Angestellter», brummte Inspektor Ueda, als er die nasse Leiche betrachtete.

Der Mann wirkte in der Tat nicht reich. Er mochte um die vierzig Jahre alt sein und trug einen blauen, etwas schäbigen und altmodischen Anzug. Wie in Japan üblich, war mit Silberfaden ein Name ins Innenfutter der Weste eingestickt – Fujiwara –, aber der Vorname war herausgetrennt worden.

«Sehen Sie mal, was ich in seiner Tasche gefunden habe!»

Einer der Experten von der Spurensicherung gab Inspektor Ueda ein Stück nasses Papier.

«Seltsam», sagte der junge Inspektor Inoue, «sieht aus wie eine U-Bahn-Karte, ist aber doppelt so groß!»

Es war dennoch sehr wohl eine U-Bahn-Fahrkarte. Sie war größer als gewöhnlich, und auf der Rückseite war das Netz der U-Bahn von Tokio aufgedruckt.

«Das ist eine Tageskarte», erklärte Inspektor Ueda seinem jungen Untergebenen. «Sie kostet dreihundert Yen, und dafür kann man innerhalb Tokios einen ganzen Tag lang U-Bahn fahren, sooft man will.»

«Ich wußte gar nicht, daß es so was gibt!»

«Ich fand schon einmal eine, als ich die Taschen einer Leiche durchsuchte.»

«Wer benutzt solche Fahrkarten?»

«Ich habe mich damals beim Bahnhof danach erkundigt. Sie verkaufen etwa fünfzehn Stück pro Tag, vor allem an Handelsvertreter.»

«Das ist normal, Vertreter sind ständig unterwegs, aber unsere Leiche sieht nicht wie ein Vertreter aus», sagte Inspektor Inoue verblüfft.

Ueda stimmte ihm zu. Wie der Name sagt, sollen «Vertreter» ein Spiegelbild ihres Unternehmens sein und stets auf ein tadelloses Äußeres achten: nagelneuer Anzug, passende Krawatte und Firmenanstecknadel am Revers. Mit seinem abgetragenen Anzug und der billigen Krawatte konnte man sich den Toten schlecht als «Vertreter», egal welcher Firma, vorstellen.

II

Kurze Zeit, nachdem er sich seiner merkwürdigen Manie bewußt geworden war, hatte Kotaro Fujiwara begonnen, diese speziellen Fahrkarten zu benutzen, auf denen keine bestimmte Richtung angegeben war und die, wie er sagte, erlaubten, «überall und nirgends» hinzufahren.

Abgesehen von den letzten sechs Monaten hatte er ein glückliches und vollkommen gewöhnliches Leben geführt und nicht einmal von der Existenz der Tageskarten für die Tokioter Untergrundbahn gewußt.

Seine Kazuko war eine gute Köchin, und sie waren ein ruhiges Paar ohne Kinder.

Obwohl er nicht übers Gymnasium hinausgekommen war,

hatte er es dank der Sorgfalt, mit der er seine Arbeit verrichtete, zu einem guten Büroposten mit etwas Eigenverantwortung gebracht. Er wußte, daß er seine Laufbahn bestenfalls als zweiter Bürovorsteher beenden würde, und gab sich mit dieser Aussicht zufrieden. Aus eigenem Antrieb entwickelte er keinerlei Ehrgeiz, und da seine Frau keine Einwände erhob, war er sehr glücklich.

Seine Lieblingsbeschäftigung in der Freizeit war der Bau maßstabgetreuer Modelle. Schon als Kind war er mit seinen Fingern sehr geschickt gewesen. Dieser Zeitvertreib entsprach ebensogut seinem Charakter wie seinem bescheidenen Angestelltengeldbeutel.

Wäre sich Kotaro Fujiwara nicht an jenem Tag Ende Februar dieser merkwürdigen Neigung bewußt geworden, die fast vierzig Jahre in ihm geschlummert hatte, hätte er vermutlich weiterhin ein friedliches, ruhiges Leben geführt und wäre nicht ermordet worden.

Um fünf Uhr, nach der Arbeit, war er wie immer in Ikebukuro in die U-Bahn eingestiegen.

Er nahm immer die Yamanote-Linie und stieg in Shinjuku um. Nach weiteren zwanzig Minuten mit dem Vorortzug war er dann zu Hause. Wenn er vom Büro direkt nach Hause fuhr, kam er um sechs Uhr an. Seine Frau hatte stets ein hübsches kleines Abendessen bereit; danach nahm er sein Bad und baute für den Rest des Abends Modelle. Auf diese Weise floß das Leben ohne Überraschungen dahin.

An jenem Tag jedoch verspürte er, als er auf dem Bahnhof von Ikebukuro am Fahrscheinentwerter vorbeiging, plötzlich den Wunsch, einmal etwas anderes zu tun. In Anbetracht seines zurückhaltenden Charakters kam nichts Spektakuläres in Frage. In der Tat begnügte er sich damit, die U-Bahn in die Gegenrichtung zu nehmen. Da die Yamanote-Linie in großem Bogen ganz Tokio umrundete, würde er aus der anderen Richtung nur zwanzig bis dreißig Minuten später als üblich in Shinjuku eintreffen. Es war keine Rebellion gegen seinen Alltag, nichts weiter als eine harmlose Laune.

Die Züge der Yamanote-Linie sind in den Stoßzeiten überfüllt, und an jeder Station strömt eine wahre Menschenflut aus den und in die Waggons. Einen Sitzplatz zu finden ist ein Problem.

Wenn man in Tokio in der Metro sitzt, hat man die Hüftpartien der stehenden, wie Sardinen zusammengedrängten Fahrgäste vor Augen. Aus diesem Blickwinkel betrachtet, bieten die Hände und Taillen ein überraschendes Schauspiel.

Man sieht reife Männer, die dauernd mechanisch an ihrem Hosenlatz herumfummeln, als hätten sie unbewußt Angst, er würde halb oder ganz offenstehen.

Da ist der junge Mann, der alle drei Minuten die Hand in die hintere Hosentasche steckt, um sich der Anwesenheit seines Geldbeutels zu versichern, oder das junge Mädchen, das nicht bemerkt, daß seine Handtasche halb offensteht und ein pickliger Gymnasiast neugierig nach dem Inhalt schielt.

Die U-Bahn näherte sich Shinbashi.

Fujiwara sah, wie sich feine Finger der Hosentasche des vor ihm stehenden Mannes näherten und geschickt einen schwarzen Geldbeutel herausfischten. Er wollte aufschreien, aber in dem Moment, als die Finger des Taschendiebes das dicke schwarze Portemonnaie berührten, spürte er, wie ein unsagbares Prickeln sein Rückgrat entlanglief.

Als er den Kopf hob, blickte er in das ausdruckslose Gesicht eines Mannes in seinem Alter.

Der Gedanke, ihn anzuzeigen, streifte ihn nicht einmal von ferne: Er war fasziniert von den schönen Fingern des Diebes, die in überraschendem Gegensatz zur Banalität seiner Züge standen.

Ebensowenig verschwendete er Gefühle für den Mann, der soeben um sein Geld erleichtert worden war. Er verspürte nichts als ein seltsames Gefühl der Begeisterung für die bewundernswerte Schönheit und Geschicklichkeit der Bewegungen des Taschendiebes.

Das heftige Gefühl, das ihn im Moment des Diebstahls überfallen hatte, verebbte in einem sanften Schauder... Als die Metro Shinjuku erreichte, blieb er bis zur nächsten Station sitzen.

III

Von diesem Tag an war nichts mehr wie zuvor.

Seine Leidenschaft für verkleinerte Modelle verschwand vollkommen. Kein Schiff, kein Flugzeug, und mochten sie noch so großartig sein, konnten ihm den Schauder und die Erregung verschaffen, die sich bei der Szene in der U-Bahn augenblicklich eingestellt hatten.

Vom nächsten Tag an fuhr er am Feierabend nur noch über die große Schleife der Yamanote-Linie nach Hause, da er hoffte, die Feenfinger wieder in Aktion zu sehen.

Als er in der Zeitung las, daß die Chuo-Linie besonders schlimm von Taschendieben heimgesucht werde, ging er am nächsten Tag extra zum Tokioter Bahnhof, um diese Linie auszuprobieren, die quer durch die Stadt führt.

Die wahre Natur seiner Erregung verstand er selbst nicht. Er erinnerte sich, daß er mit neun Jahren in der Schule den Radiergummi eines Mädchens, in das er verliebt war, gestohlen und bei dem heftigen Gefühl seine Hose benäßt hatte. Sollte nun, nach neununddreißigjährigem Schlummer, etwa eine neue Form der Inkontinenz zutage treten?

Sein Gewissen verurteilte den Diebstahl, und er war intelligent genug, um einzusehen, daß es nichts Dümmeres gab, als um jeden Preis einen Taschendieb in flagranti beobachten zu wollen, aber es war stärker als er: Sobald er am Feierabend in der U-Bahn saß, begann er, nach eventuellen Taschendieben Ausschau zu halten.

Angeblich waren auf den Strecken der Tokioter U-Bahn ständig zwei- bis dreihundert professionelle Taschendiebe unterwegs. Um wenigstens von Zeit zu Zeit einen davon zu entdecken, richtete Fujiwara seine ganze Aufmerksamkeit auf die Hand- und Hosentaschen der Fahrgäste.

Er konnte es kaum fassen, wie zahlreich die unvorsichtigen Leute waren.

Junge Burschen ließen ihren Geldbeutel aus der Hosentasche herausschauen, Mädchen schwatzten mit ihren Freundinnen, ohne zu bemerken, daß ihre Tasche halb offenstand. Desgleichen gab es genug Männer über fünfunddreißig, die ihren Aktenkoffer einfach ins Gepäcknetz warfen, um sich genüßlich in die Zeitung zu vertiefen.

Wenn das so ist, sagte er sich, bin ich auch imstande zu stehlen...

Wie er's mit neun Jahren mit dem Radiergummi des kleinen Mädchens gemacht hatte! Bei diesem Gedanken durchfuhr ihn ein heftiger Schauder.

«Ich finde, du bist in letzter Zeit etwas merkwürdig», sagte seine Frau an diesem Abend zu ihm.

«Wieso?» fragte er, seine Verwirrung verbergend.

«Da ist irgendwas in deinem Blick. Man könnte sagen, deine Augen sind blutunterlaufen. Du scheinst nicht genug zu schlafen.»

«Ja, du hast recht. Ich habe zur Zeit eine Menge Arbeit im Büro, und mir fehlt es an Schlaf.»

«Wenn du willst, kannst du im hinteren Zimmer schlafen, dort hast du mehr Ruhe.»

Zwar fand er es ihr gegenüber nicht sehr nett, aber er gewöhnte sich an, alleine zu schlafen, ohne je auch nur für eine nächtliche Umarmung zurückzukehren. Selbst wenn er sie in die Arme schloß, fühlte er keine Begierde mehr.

Auch im Büro begannen die Schwierigkeiten.

Dreizehn Jahre lang hatte er mit Ernst und Bescheidenheit seine Aufgabe erfüllt, ohne Fehler zu machen oder sich unersetzlich zu fühlen, und er galt im Büro als ein etwas langweiliger, aber gewissenhafter Angestellter. Sein Posten in der Personalabteilung erlaubte ihm, sich unauffällig im Hintergrund zu halten, und damit ging es ihm recht gut.

Sie waren drei Personen in der Abteilung; eine davon war Yuko Ebata, ein junges Mädchen um die Zwanzig, die erst vor kurzem eingestellt worden war. Eines Nachmittags ging sie direkt zum Personalchef, um sich zu beschweren.

«Ich kann so nicht mehr weitermachen», sagte sie, den Tränen nahe.

«Beruhigen Sie sich! Was ist los?»

Der Personalchef war kaum dreißig Jahre alt, Absolvent einer großen Universität, und spielte mechanisch mit einer Pfeife, die ihm jemand als Souvenir aus Hongkong mitgebracht hatte.

«Fujiwara-san starrt mich unaufhörlich an.»

«Fujiwara? Er ist kein frivoler Typ, das erstaunt mich!»

«Er starrt auch den anderen Mädchen nach. Fragen Sie sie selbst, wenn Sie mir nicht glauben!»

«Wie schaut er Sie denn an?»

«Man hat den Eindruck, er wollte einen mit den Augen auffressen.»

«Er frißt Sie mit den Augen?» sagte der Personalchef und taxierte mit zweifelnder Miene den plumpen Körper des jungen Mädchens. «Während der Arbeitszeit?»

«Nein, vor allem morgens, wenn er kommt, und abends, beim Gehen. Er macht mir Angst...»

Der Personalchef führte eine diskrete Befragung unter den jungen Frauen der Firma durch; alle bestätigten ihm, daß Fujiwara ihnen lasterhafte Blicke zuwarf. Zum Handeln gezwungen, zitierte er ihn in sein Büro.

«Hören Sie, mein Lieber», sagte er trotz ihres Altersunterschieds in gönnerhaftem Ton, «ich spreche dieses unanständige Thema nicht gerne an, aber wenn es bei der Arbeit Probleme schafft, bleibt mir nichts anderes übrig. Die kleine Ebata, die mit Ihnen arbeitet, kam zu mir und weinte, hier in diesem Büro. Anscheinend werfen Sie ihr lasterhafte Blicke zu. Die anderen jungen Frauen sagten mir dasselbe. Was ist los? Haben Sie Probleme mit Ihrer Frau und wollen sich jetzt an den jungen Frauen im Büro schadlos halten?»

Fujiwara machte keinen Versuch, sich zu verteidigen. Es war unmöglich.

Wie hätte er erklären sollen, daß es nicht die jungen Mädchen waren, die er mit den Augen verzehrte, sondern ihre Handtaschen! Er wurde blaß. Dreizehn Jahre arbeitete er nun in dieser Firma. Was sollte aus ihm werden, wenn man ihn vor die Tür setzte?

«Es war mir nicht bewußt, entschuldigen Sie bitte!» sagte er mit einer Verbeugung. «Es wird nicht wieder vorkommen...»

Er wollte sich von dieser seltsamen Leidenschaft heilen. In der U-Bahn hielt er die Augen geschlossen und zwang sich, die anderen Fahrgäste nicht anzusehen. Mit den jungen Mädchen im Büro war es schwieriger, denn er mußte die Augen ja offenhalten, um zu arbeiten. Er blieb aber die ganze Zeit auf der Hut und versuchte, nichts als ihre Gesichter anzusehen.

Das Resultat seiner etwas verrückten Selbstheilungsversuche war, daß er sich eines Abends in der U-Bahn mit Glanz und Gloria sein Lederportemonnaie stehlen ließ, obwohl es in der Innentasche seiner Jacke gesteckt hatte.

Es war am Morgen nach dem Zahltag, und seine Frau hatte ihm seine zwanzigtausend Yen Taschengeld für den Monat gegeben.

Wenn man es recht bedenkt, war er, wenn er in der Stoßzeit mit geschlossenen Augen U-Bahn fuhr, das ideale Opfer für einen Taschendieb.

In normalen Zeiten hätte er ganz sicher seiner Frau gebeichtet, daß er bestohlen worden war, nun aber verbot es ihm ein Gefühl tief im Herzen, das keinen Widerspruch duldete.

Um wieder zu etwas Taschengeld zu kommen, behalf er sich, indem er seinen Photoapparat und sein Tonbandgerät in einem Pfandhaus versetzte, und in der U-Bahn hielt er die Augen wieder offen.

Er war keineswegs geheilt. Gegen seinen Willen blieben seine Blicke wieder an den Hand-, Hosen- und Aktentaschen der Reisenden hängen.

Ende Mai wurde Kotaro Fujiwara von einem Inspektor des Diebstahlkommandos auf der Yamanote-Linie erwischt.

IV

Die U-Bahn war gerammelt voll, wie jeden Abend.

Ganz in seiner Nähe stand eine Frau von etwa dreißig Jahren.

Sie war untersetzt und kaum attraktiv, aber das war nicht weiter wichtig, denn es war ihre Handtasche, von der sich Fujiwara unwiderstehlich angezogen fühlte. Das Schloß war aufgegangen, und die Tasche stand weit offen, so daß man eine Geldbörse ahnen konnte.

Die junge Frau war in eine Zeitschrift mit Sensationsmeldungen über die Stars des Tages vertieft und bemerkte nichts von dem, was um sie herum vorging. Sie schien völlig wehrlos.

«Unter diesen Bedingungen bin ich auch imstande zu stehlen.»

Er brauchte nur die Hand auszustrecken, um das Glück zu spüren und, wie damals bei der Szene, die er mitangesehen hatte, von wohligen Schauern durchströmt zu werden. Vielleicht wurde ihm sogar jene Erregung wieder zuteil, die er mit neun Jahren erlebt hatte.

«Nein!»

Er zwang sich, den Blick von der Tasche loszureißen, aber diese Willensanstrengung wirkte nicht länger als zwei oder drei Minuten. Die Tasche kehrte automatisch in sein Blickfeld zurück.

«Wenn sie nichts dagegen unternimmt, wird man sie bestehlen, das steht fest.»

Immer noch in ihre Lektüre vertieft, sah und hörte sie nichts. Das Portemonnaie, das gut gefüllt aussah, war mittlerweile halb aus der Tasche gerutscht und würde gleich herausfallen.

«Wie lange wartet sie denn noch, bis sie endlich ihre Tasche zumacht!»

Fujiwara hoffte, daß sie damit seine Qualen beenden würde, aber sie reagierte nicht. Er hüstelte, um ihre Aufmerksamkeit zu erregen. Umsonst.

«Steig bei der nächsten Station aus!» flehte er innerlich mit aller Kraft.

Sie rührte sich nicht.

Würde sie überhaupt jemals aussteigen?

Die Tasche stand weit offen, und das Portemonnaie schien zu rufen: «Nimm mich mit!»

Die Versuchung war eine Folter für Fujiwara. Er spürte, wie er Gefahr lief, wider Willen den Arm auszustrecken. «Pech gehabt, denn bei der nächsten Station steige *ich* aus!»

Der Zug hatte Shinjuku noch nicht erreicht, aber er erhob sich, um zur Tür zu gehen. In der Menge streifte seine rechte Hand die Tasche, und seine Finger berührten die Geldbörse...

Im selben Augenblick packte eine starke Hand sein Handgelenk und drehte ihm den Arm auf den Rücken.

«Was soll das?» schrie Fujiwara.

«Ganz ruhig!» sagte eine rauhe Stimme hinter ihm. «Polizei. Ihre Papiere!»

«Aber ich habe doch gar nichts getan!» protestierte er.

Der Inspektor in Zivil war groß und braungebrannt.

«Erzählen Sie keine Märchen! Ich habe gesehen, wie Sie die Hand in die Tasche der Dame steckten, um das Portemonnaie zu nehmen. Diebstahl, auf frischer Tat ertappt!»

Er fühlte die Blicke der anderen Fahrgäste auf sich gerichtet, während im Flüsterton das Wort «Taschendieb» von Mund zu Mund ging. Er schlug die Augen nieder.

Der Inspektor führte ihn zu der Polizeiwache gegenüber dem Bahnhof.

Rittlings auf einem Stuhl sitzend, musterte ihn der Polizist mit vorgerecktem Kinn und sagte: «Ich habe dich schon eine ganze Weile im Auge gehabt, du hast die ganze Zeit die Tasche mit den Augen verschlungen! Darauf hat er's abgesehen, hab ich mir gesagt, und tatsächlich! Du hast getan, als würdest du aussteigen, und zack, war die Hand in der Tasche.»

«Das ist nicht wahr! Ich bin kein Dieb!»

Fujiwara wühlte in der Hosentasche und zog seine Monatskarte und seinen Ausweis heraus.

«Hier, sehen Sie!» sagte er, als er sie dem Polizisten zeigte, «ich bin Büroangestellter. Wenn Sie mir nicht glauben, prüfen Sie es nach! Seit dreizehn Jahren bei derselben Firma.»

Der Inspektor war etwas überrascht und zog eine mißvergnügte Grimasse.

«Also... Aber ich sehe keinen Grund, warum ein Büroangestellter nicht in Versuchung kommen sollte, wenn er Geld braucht...»

«Ich sage es noch einmal, ich habe nichts gestohlen! Ich habe lediglich bemerkt, daß die Tasche offenstand...»

«Warum hast du sie dann nicht darauf aufmerksam gemacht? Außerdem, diese Monatskarte gilt bis Shinjuku, du müßtest mir also erklären, warum du es so eilig hattest und drei Stationen vorher aussteigen wolltest! Das ist doch komisch, nicht?»

Fujiwara öffnete den Mund zu einer Antwort, verzichtete aber darauf.

Seine Hand hatte die Tasche berührt, ohne es zu wollen, aber war es auch Zufall gewesen, daß seine Finger das Portemonnaie berührt hatten? Er war zu keiner Antwort fähig. Wenn der Beamte nicht dagewesen wäre, hätten sich dann seine Finger etwa nicht um das Portemonnaie geschlossen? Er hatte nicht die Kraft, dies zu bestreiten.

«Für mich war das eindeutig versuchter Diebstahl», schloß der Inspektor.

V

Da er nicht vorbestraft war, kam Fujiwara mit einer einfachen Verwarnung davon und kehrte am selben Abend nach Hause zurück.

Unglücklicherweise war einer seiner Kollegen Zeuge der Szene in der U-Bahn geworden und hatte sich beeilt, alles dem Personalchef zu erzählen.

Ein Mann von größerem Weitblick hätte die Sache niederschlagen können, aber der Personalchef war ein kleinlicher Mensch; so kam der Bericht von Fujiwaras Verhaftung wegen Taschendiebstahls rasch dem Chef der Abteilung zu Ohren.

In diesem Stadium konnte keiner mehr Fujiwara decken.

Er wurde fristlos entlassen, weil er etwas getan hatte, das eines Angestellten der Firma «unwürdig» war, für die er dreizehn Jahre gearbeitet hatte. Da es sich um eine Disziplinarmaßnahme handelte, erhielt er nicht einmal eine Abfindung.

Seine Frau belog er lieber und erklärte, die Firma habe wegen der Krise Konkurs angemeldet.

Vom nächsten Tag an begann er, auf der Suche nach einer

neuen Arbeit Tokio in allen Richtungen zu durchstreifen. Zu diesem Zeitpunkt entdeckte er die Vorteile der Tageskarte.

Arbeitslos zu sein, ist ein hartes Los.

Sein einziger Trost war seine Frau.

«Mach dir keine Sorgen», sagte sie lächelnd zu ihm. «Ich gehe in der Zwischenzeit arbeiten, bis du etwas Neues gefunden hast.»

Und tatsächlich, sie fand sofort etwas und begann zu arbeiten.

Er war angenehm überrascht, sie so beherzt zu finden. In den zehn Jahren ihrer Ehe hätte er nie geglaubt, daß er sich bei Schwierigkeiten so sehr auf sie verlassen konnte. Nun stellte er fest, daß er sich zu seinen Gunsten verrechnet hatte.

Er hatte nichts dagegen, daß sie in einer Bar am Bahnhof arbeitete, denn es war ja eine vorübergehende Lösung.

«Ich versprech dir, ich werde bald wieder Arbeit haben», hatte er ihr gesagt, um sie zu beruhigen.

Jeden Tag kaufte er sich seine Tageskarte und eilte in alle vier Himmelsrichtungen Tokios, um sich auf Kleinanzeigen zu melden, die er in Zeitungen oder auf Anschlägen an Straßenlaternen gefunden hatte.

Es war gar nicht leicht, in dieser Zeit wirtschaftlicher Depression eine Arbeit zu finden, vor allem für einen Vierzigjährigen ohne besondere Kenntnisse.

Seine absonderliche Leidenschaft machte die Sache nicht leichter.

Kaum stieg er mit seiner Tageskarte in die U-Bahn, war es um seine guten Vorsätze geschehen, und sein Blick saugte sich an den Hand-, Hosen- und Jackentaschen der Fahrgäste fest.

Es war eine regelrechte Droge. Er verbrauchte seine ganze Energie im tagtäglichen Kampf gegen die Versuchung. Er wollte sich dieser Uhren, dieser Geldbeutel bemächtigen... davon träumte er, aber nicht des Geldes wegen, sondern um den Augenblick des Schauders zu erleben, den ihm der Kontakt seiner Finger mit den fremden Sachen verschaffen würde. Er kam jedesmal ausgelaugt nach Hause zurück.

«Ich bin verzweifelt», sagte er zu seiner Frau und ließ den

Kopf hängen. «Morgen habe ich bestimmt mehr Glück als heute.»

«Laß dir Zeit!» antwortete sie liebevoll. «Für die alltäglichen Bedürfnisse reicht es uns gut.»

«Ist deine Arbeit in der Bar nicht zu hart?»

«Es ist anstrengend, aber weil die Gäste alle nett sind, habe ich gar nicht das Gefühl, daß es Arbeit ist!»

Ein Lächeln erhellte ihr Gesicht; seit einiger Zeit schminkte sie sich etwas stärker.

VI

Kazuko hatte Feierabend. Sie lag auf dem Bett eines *Love Hotels* * und hielt einen der «netten» Gäste der Bar in ihren Armen.

Der Mann war achtundzwanzig Jahre alt und hieß Kozo Suzuki. Seit zwei Jahren war er Barkeeper, hatte aber früher zu einer Yakuza-Bande gehört. Aus dieser Zeit stammte die Narbe auf seiner rechten Schulter, die von einem Messerstich herrührte.

Er stand vom Bett auf und ging ins Badezimmer.

«Du willst deinen Mann wirklich umbringen?» fragte er, während er duschte.

«Ja», antwortete sie und streichelte dabei das etwas erschlaffte Fleisch seines Bauches.

«Wieso umbringen? Du brauchst dich nur scheiden zu lassen.»

«Und von welchem Geld soll ich dann leben? Er hat nichts, nicht mal ein Haus, wir wohnen nur zur Miete.»

Sie schnitt eine kleine Grimasse und zündete sich eine Zigarette an.

«Soll das heißen, du kriegst Geld, wenn du ihn umbringst?»

---

* Gemeint ist eines jener äußerst kitschig eingerichteten Stundenhotels, wo Pärchen inkognito absteigen können. Als sehr praktische und häufig besuchte Einrichtung sind sie ein fester Bestandteil des modernen japanischen Stadtbilds.

«Ja, seine Lebensversicherung.»

«Wieviel?»

«Dreißig Millionen Yen, und doppelte Prämie bei gewaltsamem Tod. Sechzig Millionen!»

«Auch wenn er ermordet wird?»

«Ja. Wenn du die Sache in die Hand nimmst, gebe ich dir zehn Millionen.»

«Nicht schlecht...»

Er tauchte wieder auf, ein Handtuch um die Taille geschlungen, und setzte sich aufs Sofa.

«Einverstanden?»

Suzuki antwortete nicht gleich. Er streckte die Hand nach dem Päckchen amerikanischer Zigaretten aus, das auf dem niedrigen Tisch lag, und nahm gemächlich eine davon heraus.

«Ihr macht mir Angst!»

«Wer?»

«Ihr Frauen! Du bist mit dem Kerl seit zehn Jahren gut verheiratet, oder? Und nun bittest du mich ganz ruhig, ihn umzulegen... Läßt dich das wirklich völlig kalt?»

«Ich habe ihn nie wirklich geliebt, außer als wir geheiratet haben.»

«Und danach, die Langeweile des Ehealltags?» fragte er mit spöttischer Miene und blies den Qualm seiner Zigarette in ihre Richtung.

Sie runzelte die Stirn und wedelte den Rauch mit der Hand weg.

«Er ist kein schlechter Kerl, aber einer von den Typen ohne jede Zukunft, und das ist ihm auch noch vollkommen egal! Seit zehn Jahren verachte ich ihn schon!»

«Das ist alles?»

«Jahrelang habe ich versucht, mich damit abzufinden, aber seit einiger Zeit weiß ich, daß er mich hintergeht.»

«Die Geschichte mit seiner Arbeitslosigkeit...»

«Wenn seine Klitsche wenigstens wirklich bankrott gegangen wäre, könnte ich ja nichts sagen! Aber es kam mir gleich komisch vor, ich habe mal zur Probe angerufen, und wie es aussieht, ist dort alles in bester Ordnung! Er muß etwas Saublödes angestellt haben, und deshalb ist er rausgeflogen. Wenn ich bloß daran denke, daß ich ihn zehn Jahre lang ertragen habe und daß er mich jetzt so behandelt – das verzeihe ich ihm nie!»

«Was hat er getan, daß man ihn rausgeworfen hat?»

«Ich weiß es nicht, und ich will es auch nicht wissen! Alles, was ich weiß, ist, daß er dreizehn Jahre lang bei der Firma gearbeitet hat, und jetzt hat er keinen Groschen Abfindung bekommen!»

«Das hat dir wohl den Rest gegeben!»

«Jawohl. Wenn ich ihn bloß verlassen würde, hätte ich zehn Jahre meines Lebens mit ihm vertan! Er hätte nicht mal das Geld, um mir Unterhalt zu zahlen. Wir haben schon Mühe, die Miete zusammenzukriegen!»

«Also hast du an die Lebensversicherung gedacht.»

«Zehn Jahre gute und treue Dienste. Jede Arbeit hat ihren Preis, oder?»

Kazuko sah zur Decke.

In ihrem Herzen sah sie klar.

Nach der Entdeckung, daß er sie belog, hatte sie begonnen, Fujiwara wirklich zu verabscheuen. Überdies hatte sie sich durch die Arbeit in der Bar verändert. Sie liebte es, von zuvorkommenden und zärtlich-aufmerksamen Männern umgeben zu sein. Im Vergleich dazu war ihr das bescheidene Eheleben, das sie mit ihrem Mann erlebt hatte, lächerlich erschienen. Anstatt die schönsten Jahre ihres Lebens zu genießen, hatte sie ihre Jugend vergeudet. Dieser Kummer machte sie hart: Um sich für die verlorene Zeit zu entschädigen, brauchte sie Geld! Und natürlich war es Fujiwara, der bezahlen mußte. Schließlich schuldete er ihr zehn Jahre...

Der ungeheuerliche Egoismus ihres Gedankengangs war ihr nicht einmal bewußt, und sie fuhr fort, zur Decke zu starren und von sechzig Millionen Yen zu träumen...

Sie würde eine Weltreise machen und sich eine Bar kaufen.

«Weiß dein Mann über diese Lebensversicherung Bescheid?»

«Nein, aber damit keiner Verdacht schöpft, habe ich auf meinen Namen den gleichen Vertrag zu seinen Gunsten abgeschlossen.»

Sie erhob sich splitternackt vom Bett und ging ins Badezimmer.

«Vergiß nicht, was du mir versprochen hast!» rief sie, während sie vor dem Spiegel ihr Gesicht zurechtmachte.

«Und du, vergiß meine zehn Millionen nicht...»

«Du kriegst sie sofort, wenn man mir das Geld auszahlt.»

«Was treibt er den ganzen Tag? Arbeitssuche?»

«Ja. Er kauft sich eine Tageskarte und fährt in Tokio herum.»

«'ne Tageskarte?»

«Um dreihundert Yen. Eine Sonderfahrkarte, mit der man an einem Tag so oft U-Bahn fahren kann, wie man will. Es steht kein Zielbahnhof drauf.»

Sie fuhr mit dem Lippenstift über den Mund. Suzuki brach in Gelächter aus.

«Was gibt's da zu lachen?»

«Nichts. Es ist so witzig – ich dachte grade, daß er sich besser 'ne einfache Fahrkarte kaufen sollte – ins Jenseits.»

«Jetzt ist keine Zeit für Witze», tadelte sie, während sie vor dem Spiegel die Lippen zusammenpreßte. «Hast du dir schon einen Plan ausgedacht?»

«Keine Bange!»

«Du solltest dir auch so eine Tageskarte kaufen und ihn verfolgen. Irgendwann ergibt sich bestimmt eine günstige Gelegenheit zum Zuschlagen.»

«Stimmt.»

«Paß auf dich auf!»

«Keine Bange, wird schon gutgehn.»

«Ich verlaß mich auf dich!»

Sie kam aus dem Badezimmer.

«Jetzt, wo die Sache beschlossen ist, laß uns von was anderem reden!» sagte sie und setzte sich auf seine Knie.

Mit ihren dreißig Jahren war sie, die Kinderlose, eine blühende Schönheit.

«Du gefällst mir», sagte er und drückte sie in seinen starken Armen. «Außerdem habe ich das Gefühl, daß er dich vernachlässigt, dein Ehemann!»

«In der Zeit, kurz bevor er rausgeschmissen wurde, konnte er nachts nicht mehr richtig schlafen und zog aus dem Schlafzimmer aus. Ich hab seit sechs Monaten keinen Mann mehr gehabt!»

«Und dieser kleine runde Arsch hier kann's einfach nicht mehr erwarten!» sagte er und gab ihr einen lauten Klaps auf die Hinterbacken.

Kazuko lachte schallend und neigte sich zu seinem Hals.

«Vergiß nicht, was du mir versprochen hast!» murmelte sie und knabberte an seinem Ohrläppchen.

VII

Zwei Tage später steckte Suzuki das Messer in die Innentasche seiner Jacke.

Fujiwara kam gegen zehn Uhr aus dem Haus, nahm den Vorortzug nach Shinjuku und kaufte, wie jeden Tag, seine Tageskarte für dreihundert Yen. Suzuki trat nach ihm an den Schalter. Der Schalterbeamte blickte überrascht auf. Es kam wirklich selten vor, daß er zwei Netzkarten auf einen Schlag verkaufte.

Fujiwara ging zum Bahnsteig der Yamanote-Linie, setzte sich auf eine Bank, schlug die Zeitung, die er am Kiosk gekauft hatte, auf und blätterte nach den Kleinanzeigen.

Suzuki hielt sich sechs oder sieben Meter entfernt von ihm und beobachtete ihn kalt. In seinen verkrampften Gesichtszügen las er deutlich, daß Fujiwara wußte, er würde nicht so einfach wieder eine richtige Arbeit finden.

«Ungefähr eins fünfundsechzig», taxierte Suzuki.

Er nahm innerlich Maß bei dem Mann, den er töten wollte. Fujiwara mußte an die sechzig Kilo wiegen. Er sah weder mutig noch kräftig aus, was die Sache wesentlich leichter machte.

Er musterte sein Opfer kaltblütig, ohne die geringsten Gewissensbisse. Seine einzige Sorge war, sich nicht zu verschätzen, um beim Töten kein Risiko einzugehen.

Er war sich seiner Sache noch nicht vollkommen sicher.

Wenn seine Verbindung zu Kazuko bekannt würde, könnte

ihm die Polizei leicht auf die Spur kommen, um so mehr, als er bereits ein beträchtliches Vorstrafenregister hatte.

Glücklicherweise war er vorerst ein Kunde wie jeder andere, der an der Snackbar stand. Da Kazuko verheiratet war, hatten sie sich stets heimlich getroffen. Er gratulierte sich dazu, von Anfang an so vorsichtig gewesen zu sein.

Die Polizei würde ihn niemals verdächtigen, es sei denn, er ließ ein Indiz am Tatort zurück.

Fujiwara erhob sich und ging zum Bahnsteig, um in die Bahn einzusteigen, die gerade ankam. Suzuki folgte ihm auf dem Fuß.

Im Waggon blieb Fujiwara stehen, hielt sich an der Schleife über seinem Kopf fest und schaute zerstreut aus dem Fenster.

«Was für ein erbärmlicher Wicht!» dachte Suzuki.

Nicht nur, daß er den ganzen Tag mit seiner berühmten Tageskarte umherfuhr – er bemerkte nicht einmal, daß ihn seine Frau betrog. Wirklich ein Vollidiot!

«Letzten Endes tue ich ihm nur einen Gefallen, wenn ich die Endstation für ihn aussuche...»

Fujiwara stieg in Shinagawa aus und stellte sich in der Nähe des Bahnhofs in einer Reparaturwerkstatt für Autos vor. Er kam sofort wieder heraus, mit der niedergeschlagenen Miene eines Mannes, der eine Abfuhr bekommen hat. Dasselbe Szenario wiederholte sich den ganzen Tag lang. Er stieg entlang der Yamanote-Linie mehrmals aus und suchte in Werkstätten und Transportunternehmen Arbeit, wobei er sich auf bescheidene Unternehmen beschränkte, denn daß ein Mann seines Alters in einer großen Firma nicht einmal aushilfsweise Arbeit bekommen würde, lag auf der Hand.

Aber die kleinen und mittleren Unternehmen suchten ebenfalls junge, starke Arbeitskräfte. Fujiwara schien dazu verdammt, eine Abfuhr nach der anderen einzustecken. Sein Gang wurde immer langsamer, und Suzuki konnte erkennen, daß ihm jeder Schritt schwerfiel.

Suzuki war wie eine Raubkatze, die geduldig wartet, bis die Kraftreserven ihres Opfers erschöpft sind.

Kurz nach acht Uhr abends betrat Fujiwara gegenüber dem Bahnhof von Itabashi ein chinesisches Nudelhaus.

Suzuki zögerte einen Augenblick und beschloß dann, ihm zu folgen. Fujiwara hatte sich am Tresen niedergelassen. Er setzte sich neben ihn. Nach einem unbestimmten Blick auf den Neuankömmling schaute Fujiwara wieder zu Boden, ohne die geringste Reaktion zu zeigen. Suzuki bestellte wie er eine Suppe, die *ramen* genannt wurde. Beim Essen taxierte er sein Opfer noch einmal. Ein Opfer, das zehn Millionen Yen wert war.

Er hatte zunächst gedacht, Fujiwara sei in das Restaurant gegangen, weil ihn der Hunger trieb, aber dieser legte die Stäbchen auf die Schale und wandte sich schüchtern an den Wirt hinter der Theke.

«Anscheinend suchen Sie Personal...»

In seiner Verzweiflung war er sogar bereit, in einem chinesischen Nudelhaus zu arbeiten!

«Würden Sie mich nehmen?»

«Sie?»

Der hünenhafte Wirt mit dem roten Gesicht starrte ihn an und schüttelte den Kopf.

«Heißt das nein?» fragte Fujiwara.

Der Wirt verschränkte die Arme.

«Ich brauche einen jungen Kerl, der hart arbeitet und mit wenig Lohn zufrieden ist.»

«Ich bin bereit, die Lieferungen außer Haus zu übernehmen.»

«Das ist leichter gesagt als getan! Heiße Suppe mit dem Fahrrad ausfahren will gelernt sein! Außerdem haben Sie doch bestimmt Familie.»

«Ich bin verheiratet...»

«Die Sache ist nichts für Sie. Ich brauche jemanden, der im Zimmer über dem Lager wohnt.»

«Ach so, ich verstehe.» Fujiwara senkte wie entschuldigend den Kopf.

Er legte drei Hundert-Yen-Stücke auf den Tresen und ging mit unsicheren Schritten hinaus.

Ohne auf die Bemerkungen des Wirts über vierzigjährige Arbeitslose zu hören, zahlte Suzuki und verließ das Lokal. Fujiwara ging nicht zur U-Bahn, sondern begann ziellos durch die schummrigen, schlecht beleuchteten Straßen zu wandern. Nach einem weiteren Tag ständiger Mißerfolge hatte er zweifellos keine Lust, nach Hause zu fahren.

Suzuki fühlte, daß der Moment gekommen war.

Neonreklame und Straßenlaternen wurden immer seltener, als fliehe Fujiwara vor dem Licht, um sich in der Dunkelheit zu verkriechen. Da sie ununterbrochen gegangen waren, hatten sie sich schon ziemlich weit vom Itabashi-Bahnhof entfernt. Kein Mensch war mehr auf der Straße zu sehen.

Ein feiner Nieselregen setzte ein.

Die Häuserreihen hatten aufgehört, und der Weg führte nun an einem kleinen Abflußkanal entlang. Man hörte das schwache Plätschern der Strömung, und ein Übelkeit erregender Gestank erfüllte die Luft.

Eine völlig menschenleere Gegend.

Suzuki prüfte, ob sein Messer an Ort und Stelle war. Dann schloß er zu Fujiwara auf und tippte ihm auf die Schulter. Der Stoff seiner Jacke war bereits durchnäßt.

Fujiwara schaute sich um.

«Weißt du, wer ich bin?» fragte Suzuki und schob sein Gesicht näher.

«Sie waren im Restaurant neben mir, stimmt's?» antwortete Fujiwara mit müder Stimme.

«Ist das alles?»

Ärger lag in seiner Stimme, als müsse er sich in Rage bringen, bevor er diesen menschlichen Fleischklops umbrachte, dessen weiche Masse sich da vor ihm auf den Beinen hielt.

«Sind wir uns noch anderswo begegnet?»

«Du bist wirklich der König der Naivlinge!» Suzuki lachte spöttisch.

Fujiwara schwieg, mit verlegener Miene; Suzuki blickte kurz zum regnerischen Himmel auf.

«Es ist nämlich so, ich kenne deine Frau ganz gut...»

«Wirklich?»

«Wundert dich das nicht?»

«Sie arbeitet in einer Bar, also ist es ganz normal, daß sie sich mit Gästen anfreundet. Ich habe mich damit abgefunden.»

«Was meinst du mit ‹anfreunden›? Ich hab sie in ein *Love Hotel* abgeschleppt und gebumst!»

«...»

«Immerhin, er wird ein bißchen blaß! Paß auf, ich bin noch nicht fertig! Glaubst du vielleicht, sie liebt dich? Für sie bist du bloß ein armer Irrer, ein Lügner, ein Waschlappen... Sie hat schon lange die Schnauze voll von dir!»

«Wenn Sie gekommen sind, um mir zu sagen, daß sie die Scheidung will, bin ich einverstanden.»

«Gut, gut, du kapierst allmählich... Aber das ist noch nicht alles! Sie will, daß du für die zehn Jahre bezahlst, die sie mit dir vergeudet hat!»

«Aber ich habe keinen Pfennig...»

«Das macht nichts, du bezahlst nach deinem Tod... Außerdem mußt du schon selbst die Schnauze voll haben, mit deinem wertlosen Ticket rumzufahren! Du wirst schon sehen, wie ich dir die Karte reinknipse... Los, los, Endstation, alles aussteigen!»

Suzuki zog das Messer. Es regnete. Würde Fujiwara schreien oder versuchen zu fliehen? Er wurde bloß leichenblaß, ohne zur geringsten Bewegung anzusetzen. Waren seine Beine vielleicht gelähmt?

Suzuki hatte das Gefühl, eine Strohpuppe vor sich zu haben.

«Wenn's dir nicht paßt, mußt du dich bei deiner Frau beschweren», sagte er und stieß zu.

Der Stoß war ziemlich genau geführt; es floß praktisch kein Blut.

Im selben Moment verklärte ein rätselhaftes Lächeln Fujiwaras Gesicht.

VIII

Kaum war er zu Hause, rief Suzuki Kazuko an.

«Mir ist es richtig kalt den Rücken runtergelaufen. Das war das erste Mal, daß ein Typ lächelt, dem ich gerade das Licht auspuste.»

«Bist du sicher, daß er tot ist?»

«Für wen hältst du mich? Als ich ihn in den Kanal stieß, war er mausetot, das kannst du mir glauben!»

«Und du hast keine Spuren hinterlassen?»

«Mach dir keine Sorgen! Den Kerl will ich sehen, der mich irgendwie mit deinem Mann in Verbindung bringt!»

«Hat euch keiner gesehen?»

«Sag mal, meinst du vielleicht, ich bin so blöd wie dein Schlappschwanz von Mann? Ich sag's noch mal, ich hab ihn sauber und diskret an einem gottverlassenen Ort ausgeschaltet, und ich hab nicht vergessen, das Messer verschwinden zu lassen.»

Er öffnete eine Bierdose und leerte sie, zufrieden grunzend, in einem Zug.

«Ich hab ihm seine Papiere gelassen; ab und zu ist es gut, wenn man es denen schwermacht, rauszufinden, wer die Leiche ist, aber diesmal hätte das nur bedeutet, daß wir unnötig lange auf die Prämie warten müssen.»

«Die Polizei wird mir eine Menge Fragen stellen...»

«Na klar, dein Mann ist ja schließlich ermordet worden. Aber dein Alibi ist einwandfrei, dir kann nichts passieren.»

«Ich war den ganzen Tag bei einer Freundin, und abends hab ich in der Bar gearbeitet.»

«Astrein! Du mußt bloß aufpassen, daß du beim Verhör meinen Namen nicht sagst, ich hab nämlich kein Alibi. Also, wir sehen uns besser nicht, bis das Geld von der Versicherung kommt...»

«In Ordnung. Aber ich hab Lust auf dich, weißt du...»

Der Regen hatte wieder eingesetzt. Ein feiner, trauriger Nieselregen. Die Tröpfchen bildeten unzählige kleine Kreise auf der schwarzen Wasserfläche und wuschen die Leiche, die vom Gestank des Kanals durchdrungen war.

«Ich habe in seiner Hosentasche zwei Lebensläufe gefunden», sagte der junge Inoue zu Inspektor Ueda.

«Das Photo paßt. Er heißt Kotaro Fujiwara und wohnt im Bezirk Suginami. Wahrscheinlich war er auf Arbeitssuche, daher die Tageskarte. Ganz praktisch, wenn man Kleinanzeigen abklappert. Irgendein Hinweis auf den Mörder?»

«Das da hatte er in der rechten Jackentasche, wirklich seltsam!»

«Wieso seltsam? Das ist seine Brieftasche.»

«Nein, die war in der Innentasche!»

«Zeig her!» sagte Inspektor Ueda erstaunt.

Die Brieftasche enthielt nichts als dreitausend Yen und fünf Visitenkarten mit demselben Namenszug, der auf der Rückseite in übertrieben feierlichen lateinischen Lettern wiederholt wurde.

«Kozo Suzuki? Wohnhaft in Shinjuku. Geh sofort los und schau nach, wer der Bursche ist!» befahl er seinem Assistenten.

«Er sieht tatsächlich aus, als sei er mit einem Lächeln gestorben!»

Junichiro Tanizaki
Aguri

Junichiro Tanizaki (1896–1965) ist einer der weisen alten Männer der japanischen Literatur und war Kandidat für den Nobelpreis. Seine ausländischen Lieblingsautoren waren Oscar Wilde und Edgar Allan Poe. Von Ängsten und sexuellen Frustrationen verzehrt und von der Liebe zur japanischen Tradition besessen, nutzte Tanizaki sein beachtliches Talent, um Konfliktsituationen zu schildern. Wie viele östliche Autoren bietet er keine Lösungen, sondern analysiert die menschlichen Grundfragen, wohl wissend, daß eine gut formulierte Frage die Antwort in sich trägt.

Sein Roman *Das Tagebuch eines alten Narren* verfolgt die Leidenschaft eines langsam sterbenden alten Mannes für eine junge Frau. Amerikanische Kritiker vergleichen ihn mit Nabokovs *Lolita*. Tanizakis anderer berühmter Roman, *Der Schlüssel*, rankt sich um eine geniale Handlung, die die intimen Tagebücher eines Ehepaares so quälend ineinander verzahnt, daß nur der Tod des Mannes die Frau befreien kann. Tanizakis großartiges Werk legte den Grundstein zur modernen japanischen Literatur.

Du hast ein wenig abgenommen, nicht wahr? Stimmt etwas nicht? Du siehst in letzter Zeit nicht sehr gut aus...»

Das hatte sein Freund T. in beiläufigem Ton zu ihm gesagt, gerade eben, als sie einander zufällig auf der Ginza begegnet waren. Es hatte Okada daran erinnert, daß er auch die letzte Nacht mit Aguri verbracht hatte, und er fühlte sich erschöpfter denn je. Sicherlich konnte T. kaum *darauf* angespielt haben – seine Beziehung zu Aguri war zu gut bekannt; es war nichts Ungewöhnliches, daß man ihn im Zentrum von Tokio mit ihr über die Ginza schlendern sah. Aber T.s Bemerkung hatte den eitlen, nervlich äußerst angespannten Okada verwirrt. Jeder, den er traf, sagte, er «habe abgenommen» – seit über einem Jahr schon war er selbst darüber besorgt. In den letzten sechs Monaten konnte man fast von einem Tag zum anderen zusehen, wie sein zartes, volles Fleisch langsam dahinschwand. Er hatte sich angewöhnt, seinen Körper verstohlen im Spiegel zu betrachten, wenn er ein Bad nahm, und nachzusehen, wie mager er geworden war. Aber mittlerweile fürchtete er sich, hinzusehen. Früher, vor einem oder zwei Jahren noch, hatten die Leute wenigstens gesagt, er habe eine weibliche Figur. Er war ziemlich stolz darauf gewesen. «Die Art, wie ich gebaut bin, erinnert euch an eine Frau, stimmt's?» pflegte er im Badehaus schalkhaft zu seinen Freunden zu sagen. «Daß ihr mir bloß nicht auf dumme Gedanken kommt!» Aber heute...

Von der Taille abwärts hatte sein Körper am weiblichsten gewirkt. Er erinnerte sich, daß er oft vor dem Spiegel gestanden hatte, versunken in sein eigenes Spiegelbild, und mit der Hand liebevoll über die üppigen weißen Hinterbacken streichelte, die wohlgerundet waren wie die eines jungen Mädchens. Seine Schenkel und Waden waren fast *zu* rund, aber es hatte ihn erfreut zu sehen, wie fett sie neben Aguris schlanken Beinen wirkten – wie die Beine einer Steakhauskellnerin. Sie war damals erst vierzehn, und ihre Beine waren so schlank und gerade wie die einer Europäerin: Neben den seinen im Bad ausgestreckt, sahen sie noch schöner aus als sonst, was ihm ebensoviel Freude bereitete wie ihr. Sie war ein Wildfang und warf ihn gerne auf den Rücken, setzte sich auf ihn, ging auf ihm umher oder trampelte auf seine Schenkel, als wolle sie ein Stück Teig plattklopfen... Und wie jämmerlich dünn waren seine Beine heute! Seine Knie und Fesseln hatten hübsche Grübchen gehabt, aber seit einiger Zeit ragten die Knochen mitleiderregend heraus; man konnte zusehen, wie sie sich unter der Haut bewegten. Die bloßliegenden Adern erinnerten an Regenwürmer. Auch sein Gesäß wurde flach: Wenn er auf einer harten Unterlage saß, war es ein Gefühl, als hätte man zwei Bretter aufeinandergeworfen. Aber seine Rippen waren erst in allerletzter Zeit zum Vorschein gekommen: Eine nach der anderen waren sie in scharfem Relief hervorgetreten, von unten nach oben, bis das ganze Skelett seiner Brust so genau zu sehen war, daß es eine ziemlich erbarmungslose Anatomielektion erteilte. Er aß so viel, daß sein rundes Bäuchlein ziemlich ungefährdet schien, aber selbst dieses schrumpfte zusehends – wenn es in diesem Tempo weiterging, würde man bald seine inneren Organe erkennen können! Neben den Beinen war er auch auf seine «weichen» weiblichen Arme stolz gewesen und hatte jeden Vorwand genutzt, um die Ärmel hochzuschlagen und mit ihnen anzugeben. Frauen bewunderten sie und beneideten ihn darum, und mit seinen Freundinnen machte er Witze darüber. Jetzt hatten sie auch für den liebevollsten Blick nichts Weibliches mehr – übrigens genausowenig Männliches. Sie waren nicht menschlicher als zwei hölzerne Stöcke. Zwei Bleistifte, die an den Seiten seines Körpers baumelten. Die kleinen Höhlungen zwischen den Knochen vertieften sich überall, das Fleisch schwand dahin. Wie lange kann ich weiter in diesem Maß abnehmen? fragte er sich. Überhaupt ist es erstaunlich, daß ich mich noch auf den Beinen halten kann, obwohl ich so furchtbar ausgemergelt bin! Er war dankbar, daß er noch lebte, aber auch ein wenig entsetzt...

Diese Gedanken waren so entnervend, daß Okada einen plötzlichen Schwindelanfall bekam. Er spürte ein schweres, betäubendes Gefühl im Hinterkopf; ihm war, als würden seine Knie zittern und seine Beine unter ihm nachgeben, als würde er nach hinten umgestoßen. Sein nervlicher Zustand hatte zweifellos damit zu tun, aber er wußte genau, die eigentliche Ursache waren die übermäßigen Ausschweifungen – sexuell und anderweitig –, denen er seit langer Zeit frönte, sowie seine Zuckerkrankheit, die einige der Symptome bedingte. Es war zwecklos, jetzt Reue zu empfinden, aber es schmerzte *wirklich*, daß er so früh dafür bezahlen mußte, und dazu noch mit dem Verfall seines guten Aussehens, seine stolzesten Besitzes. Dabei bin ich noch nicht einmal vierzig, dachte er. Ich sehe nicht ein, warum meine Gesundheit so schlimm versagen muß... Er hätte weinen und vor Wut mit den Füßen stampfen mögen.

«Warte – schau dir mal den Ring dort an! Ein Aquamarin, stimmt's? Ob er mir stehen würde?»

Aguri war unvermittelt vor einem Schaufenster der Ginza stehengeblieben und zupfte ihn am Ärmel. Beim Sprechen schwenkte sie den Handrücken unter Okadas Nase und ließ ihre gespreizten Finger spielen. Ihre langen, schlanken Finger – so weich, daß sie nur für den Genuß geschaffen schienen – schimmerten im hellen Licht des Mainachmittags in einem besonders verführerischen Glanz. Er hatte einmal in Nanking die Finger einer Nachtclubsängerin betrachtet, die so graziös auf dem Tisch ruhten wie Blüten einer exquisiten Treibhausblume, und dabei gedacht, es könne nichts Schöneres geben als die Hände chinesischer Frauen. Aguris Hände waren nur um ein weniges größer, nur um ein weniges den Händen gewöhnlicher Menschen ähnlicher. Glichen die Hände der Nachtclubsängerin Treibhausblumen, so waren die ihren frische, eben erblühte Wildblumen: Die Tatsache, daß sie weniger künstlich wirkten, machte sie nur um so anziehender. Wie schön wäre ein Blumenstrauß mit Blüten wie diesen...

«Was meinst du, würde er schön aussehen?» Sie legte ihre Fingerspitzen leicht auf das Geländer vor dem Fenster, bog sie in der Halbmondkurve einer Tanzgeste nach hinten und starrte darauf, als habe sie jedes Interesse an dem Ring verloren.

Okada murmelte eine Antwort, vergaß sie aber augenblicklich wieder. Er starrte ebenfalls auf ihre Hände, diese wunderschönen Hände, die er so gut kannte... Mehrere Jahre waren vergangen, seit er zum erstenmal mit diesen köstlichen fleischernen Leckerbissen gespielt hatte: Er hatte sie wie Ton zwischen den Handflächen gepreßt, wie Taschenwärmer in sein Gewand gesteckt, in den Mund, unter den Arm, unter sein Kinn. Aber während er stetig alterte, wirkten ihre geheimnisvollen Hände von Jahr zu Jahr jünger. Als Aguri erst vierzehn Jahre alt war, sahen sie gelb und trocken aus, von winzigen Falten durchzogen; nun, mit siebzehn Jahren, war ihre Haut weiß und weich und auch an den kältesten Tagen so ölig-geschmeidig, daß man denken konnte, der Talg würde das Goldband ihres Ringes mit einem Film überziehen. Kindliche, kleine Hände, zart wie die eines Babys und wollüstig wie die einer Hure – wie frisch und jugendlich sie waren, stets rastlos auf der Suche nach Genuß!... Warum nur hatte ihn seine Gesundheit so im Stich gelassen? Er brauchte nur ihre Hände zu betrachten, um sich an alles zu erinnern, wozu sie ihn herausgefordert hatten, alles, was sich in den verborgenen Räumen abgespielt hatte, wo sie sich getroffen hatten; und sein Kopf schmerzte von dem starken Reiz... Während er auf ihre Hände starrte, stellte er sich den übrigen Körper vor. Hier im hellen Tageslicht, mitten auf der von Menschen wimmelnden Ginza, sah er ihre nackten Schultern... ihre Brüste... ihren Bauch... ihre Hinterbacken... Beine... alle Teile ihres Körpers tauchten nacheinander in wunderlichen, wogenden Formen, doch mit erschreckender Klarheit, vor seinen Augen auf... Das stattliche Gewicht ihrer hundertfünfzehn oder hundertzwanzig Pfund zerquetschte ihn... Einen Moment lang fürchtete Okada, ohnmächtig zu werden – alles drehte sich, gleich würde er fallen... Idiot! Abrupt verscheuchte er seine Phantasien, zwang seine wankenden Beine zur Ruhe...

«Also, gehen wir einkaufen?»

«In Ordnung.»

Sie gingen zum Shimbashi-Bahnhof... Sie wollten nach Yokohama fahren.

Heute wird Aguri glücklich sein, dachte er. Ich werde sie ganz neu einkleiden. In den ausländischen Geschäften in Yokohama wirst du das Richtige finden, hatte er zu ihr gesagt, bei *Arthur Bond's* und *Lane Crawford*, bei diesem indischen Juwelier und dem chinesischen Schneider... Du bist vom Typ her eine exotische Schönheit; japanische Kimonos kosten mehr, als sie wert sind, und sie stehen dir nicht. Schau dir mal die chinesischen und

europäischen Damen an! Sie wissen, wie man sein Gesicht und seine Figur vorteilhaft zur Geltung bringt, und das, ohne allzuviel Geld auszugeben. Du solltest es von nun an auch so halten...
Aguri hatte sich schon auf den heutigen Tag gefreut. Beim Gehen in der frühsommerlichen Hitze atmete sie ein wenig schwer, ihre weiße Haut war schweißfeucht unter dem schweren Flanellkimono, der ihre langen, jugendlichen Glieder beengte, und sie stellte sich vor, wie sie diese «unvorteilhaften» Kleidungsstücke abwarf, Juwelen an ihren Ohren befestigte, eine Halskette umhängte, in eine fast durchsichtige Bluse aus raschelnder Seide oder Cambric schlüpfte und sich, elegant in den Hüften schwingend, auf Zehenspitzen in zerbrechlichen, hochhackigen Schuhen bewegte... Im Geist sah sie bereits aus wie die europäischen Ladies, die auf der Straße an ihnen vorübergehen. Aguri musterte jede, die ihnen begegnete, von Kopf bis Fuß, verfolgte sie mit den Augen und bombardierte ihn dabei mit Fragen – wie ihm dieser Hut gefalle, wie er jene Halskette finde usw.

Okada teilte ihr Interesse. All diese smarten jungen Ladies aus dem Ausland führten ihm eine Aguri vor Augen, die durch westliche Kleidung verwandelt war... Das würde ich gerne für dich kaufen, dachte er, das auch, und das... Aber warum konnte er nicht ein wenig fröhlicher sein? Später würden sie ihr süßes Spiel miteinander treiben... Es war ein klarer Tag mit einer erfrischenden Brise, ein herrlicher Mainachmittag, das Richtige für jede Art von Ausflug... und auch, sie mit leichter, neuer Kleidung herauszuputzen, wie ein geliebtes Schoßtier zu striegeln und sie dann im Zug in ein köstliches Versteck zu entführen – in ein Zimmer mit einem Balkon über dem blauen Meer, oder in einen Badeort mit heißen Quellen, wo die jungen Blätter des Waldes hinter Glastüren glänzten, oder auch in ein düsteres, abseits gelegenes Hotel im Ausländerviertel. Dort würde das Spiel beginnen, das bezaubernde Spiel, von dem er ständig träumte, das sein einziger Lebenszweck war... Sie würde sich räkeln wie ein Leopard. Ein Leopard mit Halskette und Ohrringen. Ein Leopard, der als Haustier aufgewachsen war und genau wußte, was seinen Herrn erfreute, aber ihn mit seinen gelegentlichen Ausbrüchen von Wildheit auch dazu brachte, sich unterwürfig zu ducken. Herumtollen, kratzen, schlagen, sich auf ihn stürzen – ihn endlich aufschlitzen, in Fetzen reißen und versuchen, ihm das Mark aus den Knochen zu schlürfen... Ein tödliches Spiel! Der bloße Gedanke daran war eine ekstatische Verlockung für ihn, ließ ihn zittern vor Erregung. Wieder drehte sich alles um ihn, er glaubte, er würde das Bewußtsein verlieren... Er fragte sich, ob er sterben würde, jetzt, im Alter von vierunddreißig Jahren, hier auf der Straße zusammenbrechen...

«Oh, bist du tot? Wie langweilig!» Aguri blickt zerstreut auf die Leiche zu ihren Füßen. Die Zwei-Uhr-Sonne brennt herab und wirft dunkle Schatten auf die eingesunkenen Wangenhöhlen... Wenn er schon sterben mußte, hätte er wenigstens noch einen halben Tag warten können, bis nach unserem Einkaufsbummel... Aguri schnalzt ärgerlich mit der Zunge. Ich will keine Schwierigkeiten bekommen, denkt sie, aber ich kann ihn wohl nicht einfach hier liegenlassen. Außerdem hat er Hunderte von Yen in der Tasche, die mir gehören. Er hätte sie mir wenigstens vermachen können, bevor er starb. Der arme Narr war so verrückt nach mir; er kann nichts dagegen haben, wenn ich das Geld nehme und alles kaufe, was mir gefällt, oder mit jedem Mann flirte, der mir gefällt. Er wußte, daß ich untreu bin – er schien es manchmal sogar zu genießen... Während sie sich vor sich selbst entschuldigt, zieht ihm Aguri das Geld aus der Tasche. Wenn er versucht, mich als Geist zu verfolgen – davor habe ich keine Angst, er wird mir gehorchen, ob lebendig oder tot. Er wird alles tun, was ich will...

‹Sehen Sie mal, Herr Geist! Diesen wundervollen Ring habe ich mir von Ihrem Geld gekauft. Und diesen herrlichen spitzenbesetzten Rock! Und da, sehen Sie!› Sie hebt den Rock, um ihre schönen Beine zu zeigen. ‹Starren Sie meine Beine an, die Ihnen so gefallen, diese wahnsinnigen Beine? Ich habe ein Paar weiße Seidenstrümpfe gekauft, und rosa Strumpfbänder dazu – alles von Ihrem Geld! Finden Sie nicht, daß ich einen guten Geschmack habe? Obwohl Sie tot sind, trage ich die Kleidung, die mir steht, genau wie Sie es gewünscht haben, und ich amüsiere mich prächtig! Ich bin so glücklich, wirklich glücklich! Sie müssen auch glücklich sein, weil Sie mir all dies geschenkt haben.

Ihre Träume sind in mir wahr geworden, jetzt, wo ich schön bin, so voller Leben! Also, Herr Geist, mein armer, verliebter Geist, der im Grab keine Ruhe findet – wie wär's mit einem Lächeln?› – Dann umarme ich die kalte Leiche, so fest ich kann, bis die Knochen krachen, und er schreit: ‹Aufhören! Ich halte es nicht mehr aus!› Wenn er dann noch nicht verschwindet, lasse ich mir etwas einfallen, um ihn zu verführen. Ich werde ihn lieben, bis seine brüchige Haut in Fetzen herunterhängt, bis der letzte Blutstropfen aus ihm herausgequetscht ist und seine spröden Knochen auseinanderbrechen. Dann müßte selbst ein Gespenst zufrieden sein...

«Was ist los? Geht dir etwas im Kopf herum?»
«M-hm...» murmelte Okada leise.

Sie sahen aus, als machten sie einen schönen Spaziergang miteinander – er hätte wunderschön sein können –, und doch konnte er ihre Ausgelassenheit nicht teilen. Ein trauriger Gedanke nach dem anderen stieg in ihm auf, und er war schon erschöpft, bevor sie ihr Spiel überhaupt begonnen hatten. Es sind nur die Nerven, hatte er sich gesagt. Nichts Ernstes. Es wird verschwinden, sobald ich im Freien bin. Das hatte er sich selbst eingeredet, bevor er gekommen war, aber er hatte sich geirrt. Es waren nicht allein die Nerven; seine Arme und Beine waren so müde, daß sie beinahe abfielen, und seine Gelenke knirschten beim Gehen. Müdigkeit war manchmal ein mildes, eher erfreuliches Gefühl, aber wenn sie so schlimm wurde, war es vielleicht ein gefährliches Zeichen. Wurde sein Organismus etwa gerade jetzt, ohne daß er es ahnte, von einer schweren Krankheit in Besitz genommen? Und er stolperte weiter und ließ der Krankheit ihren Lauf, bis sie ihn überwältigte? Lieber auf der Stelle zusammenbrechen als so entsetzlich müde sein! Wie gerne würde er auf ein weiches Bett sinken! Vielleicht hätte er dies seiner Gesundheit zuliebe schon längst tun sollen. Jeder Arzt wäre entsetzt und würde sagen: «Warum um Himmels willen gehen Sie hier spazieren, in Ihrem Zustand? Sie gehören ins Bett – kein Wunder, daß Ihnen schwindlig ist!»

Bei diesem Gedanken wurde Okada erschöpfter denn je, und das Gehen wurde ihm noch schwerer. Der Gehweg der Ginza –

diese trockene Steinfläche, die er so gerne unter den Füßen gespürt hatte, als es ihm gutging – sandte mit jedem Schritt eine Welle von Schmerz von der Fußsohle bis zum Scheitel hinauf. Seine Füße waren verkrampft, diese braunen Boxkalfschuhe quetschten sie in ein zu enges Fußbett. Westliche Kleidung war für gesunde, kräftige Menschen gedacht, aber für jeden, der sich in geschwächtem Zustand befand, ganz unerträglich. Um die Taille, die Schultern, unter den Armen, um den Hals – alles war eingeschnürt und gequetscht von Haken und Knöpfen, Gummizügen und Lederriemen, Schicht über Schicht, als sei man ans Kreuz geschnallt. Man mußte Socken anziehen, bevor man in die Schuhe schlüpfte, und sie sorgsam mit Sockenhaltern am Bein spannen. Dann zog man ein Hemd an, dann Hosen, die man mit einer Schnalle gurtete, bis sie in die Taille einschnitten, dann hängte man sie noch mit Trägern an den Schultern auf. Der Hals war in einen engsitzenden Kragen gequetscht, über dem man ein schlingenartiges Halstuch befestigte, in dem eine Nadel steckte. Ein fülliger Mann wirkt um so stärker und vitaler, je enger man ihn schnürt; aber für einen Mann, der nur noch aus Haut und Knochen besteht, ist dies unerträglich. Der Gedanke, daß er selbst solch entsetzliche Kleidung trug, ließ Okadas Atem stocken und seine Arme und Beine noch träger werden. Nur weil diese westliche Kleidung ihn zusammenhielt, konnte er überhaupt weitergehen – aber der Gedanke, daß er seinen schlaffen, hilflosen Körper versteifte, ihm Hand- und Fußschellen anlegte und ihn mit Rufen wie «Weitergehen! Brich ja nicht zusammen!» vorwärtstrieb, war genug, um ihm die Tränen in die Augen zu treiben.

Plötzlich stellte sich Okada vor, er würde seine Selbstkontrolle verlieren: Er sah sich im Geist zusammenbrechen und schluchzen... Dieser elegante Gentleman mittleren Alters, der eben noch über die Ginza geschlendert war — offensichtlich auf einem Spaziergang, um mit der jungen Dame an seiner Seite, wohl seiner Nichte, das schöne Wetter zu genießen –, dieser Gentleman verzerrt plötzlich das Gesicht zu einer gräßlichen Grimasse und fängt an zu plärren wie ein kleines Kind! Er bleibt mitten auf der Straße stehen und bettelt, sie solle ihn tragen. «*Bitte*, Aguri! Ich kann nicht mehr laufen. Ich will auf deinen Arm!»

«Was ist los mit dir?» sagt Aguri scharf und funkelt ihn wütend an, wie eine strenge Tante. «Hör sofort auf, dich so zu benehmen! Was sollen die Leute denken!» Wahrscheinlich bemerkt sie gar nicht, daß er den Verstand verloren hat; für sie ist es nichts Ungewöhnliches, ihn in Tränen zu sehen. Es ist das erste Mal, daß es auf der Straße passiert, aber wenn sie miteinander alleine sind, weint er immer so... Wie albern von ihm! muß sie denken. Und das hier in der Öffentlichkeit! Wenn er unbedingt will, kann er sich später die Augen ausweinen. «Psst! Sei still! Es ist mir peinlich!»

Aber Okada hört nicht auf zu weinen. Schließlich fängt er an, um sich zu treten und zu zappeln, Krawatte und Kragen abzureißen und wegzuwerfen. Dann sinkt er todmüde, um Atem ringend, aufs Plaster. «Ich kann nicht mehr gehen... ich bin krank...», stammelt er, halb im Delirium. «Zieh mir diese Kleider vom Leib und steck mich in etwas Weiches! Mach mir hier ein Bett, es ist mir egal, ob es auf der Straße ist!»

Aguri weiß sich nicht mehr zu helfen; die Szene ist ihr so peinlich, daß ihr Gesicht feuerrot anläuft. Es gibt kein Entrinnen – eine riesige Menschenmenge hat sich in der gleißenden Sonne um sie versammelt. Ein Polizist taucht auf... Er stellt Aguri vor allen Leuten Fragen. («Wer sie wohl ist?» Die Leute beginnen zu tuscheln. «Die Tochter eines reichen Mannes?» «Nein, das glaube ich nicht.» «Eine Schauspielerin?») «Was ist hier los?» fragt der Polizist Okada, nicht unfreundlich. Er hält ihn für verrückt. «Wie wär's, wenn Sie jetzt aufstehen würden, anstatt an einem Ort wie diesem zu schlafen?»

«Nein, nein! Ich sage Ihnen doch, ich bin krank! Ich kann nie mehr aufstehen...» Immer noch leise schluchzend, schüttelt Okada den Kopf...

Er konnte das Schauspiel lebendig vor Augen sehen. Er hatte das Gefühl, als schluchze er wirklich...

«Papa...» Eine leise Stimme ruft ihn – ein zartes Stimmchen. Es ist nicht Aguri, sondern ein pausbackiges vierjähriges Mädchen in einem bedruckten Musselin-Kimono, das ihm mit seiner winzigen Hand winkt. Hinter ihr steht eine Frau, deren Haar im Nacken zu einem Knoten geschlungen ist; sie scheint die Mutter des Kindes zu sein... «Teruko! Teruko! Hier bin ich!...» «Ah, Osaki! Du bist auch da?» Dann sieht er seine eigene Mutter, die vor mehreren Jahren gestorben ist. Sie gestikuliert heftig und bemüht sich sehr, ihm etwas zu sagen, aber sie ist zu weit weg, ein Nebelschleier hängt zwischen ihnen... Und doch sieht er, wie Tränen der Einsamkeit und des Kummers über ihre Wangen strömen...

Ich muß mit diesen traurigen Gedanken aufhören, sagte sich Okada. Gedanken an seine Mutter, Osaki und das Kind, an den Tod... Warum lasteten sie so schwer auf ihm? Ohne Zweifel wegen seiner angeschlagenen Gesundheit. Vor zwei oder drei Jahren, als er noch gesund war, hätte er sie nicht als so übermächtig empfunden, aber jetzt verbanden sie sich mit der körperlichen Erschöpfung, um sein Blut zu verdicken und alle Adern zu verstopfen. Wenn er sexuell erregt war, wurde das Stocken des Blutes noch quälender... Während er in der strahlenden Maisonne weiterging, fühlte er sich von der Welt um ihn her abgeschnitten; sein Gesicht trübte sich, sein Gehör schwand, sein Geist kehrte sich düster, hartnäckig nach innen, zog sich in sich selbst zurück.

«Wenn du noch genug Geld hast», sagte Aguri, «könntest du mir noch eine Armbanduhr kaufen?» Sie hatten eben den Shimbashi-Bahnhof erreicht. Vielleicht war ihr der Gedanke gekommen, als sie die große Uhr gesehen hatte.

«In Shanghai gibt es gute Uhren. Ich hätte dir eine mitbringen sollen, als ich dort war.»

Für einen Augenblick flog Okadas Phantasie nach China... In Soochow, in einem hübschen Vergnügungsboot, das einen heiteren Kanal entlang zur berühmten Tigerbergpagode gestakt wurde... Im Boot zwei Liebende, selig beieinandersitzend wie zwei Turteltauben... Er und Aguri, verwandelt in eine Nachtclubsängerin und einen chinesischen Gentleman... Liebte er Aguri? Wenn ihn jemand fragte, würde er selbstverständlich ja sagen. Aber beim Gedanken an Aguri wurde sein Geist ein pechschwarzer Raum, der mit schwarzen Samtvorhängen verhängt war – ein Raum wie ein Bühnenbild für eine Verschwörung –, und in der Mitte stand eine Marmorstatue, die eine nackte Frau darstellte. War das wirklich Aguri? Gewiß, die Aguri, die er liebte, war das lebende, atmende Gegenstück der Marmorstatue. Dieses Mädchen, das jetzt gerade neben ihm durch das ausländische Geschäftsviertel in Yokohama ging – er konnte die Konturen ihres Körpers durch die weite Flanellkleidung sehen, die ihn umhüllte, konnte sich die Statue der «Frau» unter dem Kimono ausmalen. Er erinnerte sich an jede elegante Linie des Bildhauermeißels. Heute würde er die Statue mit Juwelen und Seide schmücken. Er würde diesen formlosen, unvorteilhaften Kimono herunterreißen, für eine Sekunde die nackte «Frau» enthüllen und sie dann in westliche Kleidung hüllen. Sie würde jede Rundung und jede Höhlung betonen, ihrem Körper eine glänzende Oberfläche und lebhafte, fließende Konturen verleihen. Sie würde schwellende Formen gestalten, ihre Handgelenke, ihre Fesseln, ihren Hals und alles übrige beeindruckend schlank und graziös erscheinen lassen. Wirklich, ein Einkaufsbummel, um die Schönheit der Frau, die man liebt, zur Geltung zu bringen – ein Traum, der Wirklichkeit wurde.

Ein Traum... tatsächlich, es hatte etwas Traumhaftes, diese ruhige, fast menschenleere Straße, gesäumt von Gebäuden im europäischen Stil, entlangzugehen und ab und zu in Schaufenster zu schauen. Sie war nicht grell und laut wie die Ginza. Selbst tagsüber herrschte Stille. Gab es überhaupt lebende Wesen in diesen stillen Gebäuden mit ihren dicken grauen Mauern, in denen das Fensterglas wie Fischaugen glitzerte und den blauen Himmel spiegelte? Eher dachte man an eine Museumsgalerie als eine Straße. Und die Waren, die hinter Glas auf beiden Seiten ausgestellt waren, strahlten in hellen Farben im faszinierenden, geheimnisvollen Glanz eines Gartens auf dem Meeresgrund.

Das in englischer Sprache geschriebene Schild eines Antiquitätengeschäftes erregte seine Aufmerksamkeit: JAPANISCHE KUNST: GEMÄLDE, PORZELLAN, BRONZESTATUEN ...Und eines, das einem chinesischen Schneider gehören mußte: MAN CHANG DAMEN- UND HERRENSCHNEIDEREI. Dann: JAMES BERGMAN JUWELIER – RINGE, OHRRINGE, COLLIERS... E & B CO. TROCKENWAREN UND LEBENSMITTEL AUS ÜBERSEE... DAMEN-

UNTERWÄSCHE... STOFFE, GOBELINS, STICKARBEITEN... Irgendwie hatte schon der bloße Klang dieser Wörter in seinen Ohren die schwere, feierliche Schönheit von Klaviermusik... Man war nicht mehr als eine Straßenbahnstunde von Tokio weg und fühlte sich doch, als habe man einen weit entfernten Ort erreicht. Man zögerte, diese Geschäfte zu betreten, wenn man sah, wie leblos sie mit ihren fest geschlossenen Türen wirkten. Die Waren in diesen Schaufenstern lagen – vielleicht weil sie für Ausländer gedacht waren – in kalter, symmetrischer Ordnung, stets hinter Glas, ganz anders als das heimelige Durcheinander in den Schaufenstern der Ginza. Es schien weder Verkäufer noch Ladenjungen zu geben, die dort arbeiteten. Luxusgegenstände aller Art lagen aus, aber die spärlich erleuchteten Räume wirkten so düster wie buddhistische Schreine... Und doch machte dies die Dinge in ihrem Inneren auf merkwürdige Weise noch begehrenswerter.

Okada und Aguri gingen mehrmals die Straße hinauf und hinunter und sahen sich die Fenster eines Schuhgeschäfts, eines Hutsalons, eines Juweliergeschäfts, einer Pelzhandlung und eines Konfektionsgeschäfts an... Er brauchte nur etwas von seinem Geld auszugeben, schon würden sich all diese Dinge fest an ihre weiße Haut schmiegen, sich um ihre geschmeidigen weißen Arme und Beine schlingen, mit ihr verschmelzen... Die Kleider europäischer Frauen waren nicht einfach Bekleidung – sie waren eine zweite Haut. Sie wurden nicht bloß über den Körper gestülpt oder darumgewickelt, sondern direkt in seine Oberfläche eingefärbt, wie eine Art Schmucktätowierung. Als er noch einmal hinsah, waren die Dinge aus den Schaufenstern viele verschiedenen Schichten von Aguris Haut, mit Farbtupfern, Tropfen von Blut... Sie sollte aussuchen, was ihr gefiel, und es zu einem Teil ihrer selbst machen. Wenn du Jadeohrringe kaufst, wollte er ihr sagen, dann stell dir vor, daß wunderschöne grüne Gehänge aus deinen Ohrläppchen wachsen! Wenn du den Eichhörnchenmantel anziehst, den dort aus dem Fenster der Pelzhandlung, denke, du seist ein Tier mit einem seidenweichen Mantel aus Haaren! Wenn du die blaßgrünen Strümpfe dort drüben kaufst, werden deine Beine, sobald du sie anziehst, von einer seidigen Haut überzogen, warm von deinem eigenen Blut durchpulst. Wenn du in die Lacklederschuhe schlüpfst, wird das weiche Fleisch deiner Ferse zu glitzerndem Lack erstarren. Aguri, mein Liebling! All diese Dinge wurden für die Statue modelliert, die du bist: blaue, lila, tiefrote Häute – alle nach deinem Körper geformt. *Du* bist es, die sie dort verkaufen, deine äußere Haut wartet darauf, zum Leben erweckt zu werden. Warum hüllst du dich, wenn du solch herrliche Dinge besitzt, in Gewänder wie diesen sackartigen, formlosen Kimono?

«Bitteschön, mein Herr? Für die junge Dame?... Woran hatten Sie denn gedacht?»

Ein japanischer Verkäufer war aus dem dunklen Hinterzimmer des Ladens aufgetaucht und musterte Aguri prüfend. Sie hatten ein bescheidenes kleines Konfektionsgeschäft betreten, weil es am wenigsten abschreckend wirkte: Kein sehr attraktives Geschäft, gewiß, aber es gab verglaste Vitrinen entlang der Seitenwände des schmalen Raumes, und diese waren voller Kleider. Blusen und Röcke – Brüste und Hüften einer Frau – baumelten über ihren Köpfen. In der Mitte des Raumes standen niedrige Vitrinen mit Unterröcken, Hemdchen, Strumpfwaren, Korsetts und kleinen seidenen Dingen aller Art. Nichts als kühle, glatte, weiche Stoffe, tatsächlich weicher als die Haut einer Frau: zart gekräuselter Crêpe de Chine, glänzende weiße Seide, feiner Satin. Als Aguri klar wurde, daß sie gleich wie ein Mannequin diese Stoffe tragen würde, schien es ihr peinlich zu werden, daß der Verkäufer sie anstarrte; sie schreckte zurück und verlor all ihre gewohnte Lebhaftigkeit. Aber ihre Augen blitzten, wie um zu sagen: «Ich will dies, und das, und das dort, und das...»

«Ich weiß nicht recht, was ich möchte...» Sie schien verwirrt und verlegen. «Was meinst *du* denn?» flüsterte sie Okada zu, hinter dem sie vor dem kritischen Blick des Verkäufers Zuflucht suchte.

«Schauen wir doch mal!» sagte der Verkäufer energisch. «Ich denke, ein Kleid in dieser Art würde Ihnen gut stehen.» Damit breitete er vor ihr ein weißes Leinenkleid aus. «Wie wär's mit dem hier? Halten Sie es sich einfach mal an und schauen Sie, wie es wirkt – einen Spiegel finden Sie dort drüben.»

Aguri trat vor den Spiegel und klemmte sich das weiße Kleid unters Kinn, so daß es lose herabhing. Den Blick nach oben gerichtet, starrte sie sich mit der bedrückten Miene eines unzufriedenen Kindes an.

«Wie findest du's?» fragte Okada.

«Mmm. Nicht schlecht.»

«Es sieht allerdings nicht wie Leinen aus. Was ist das für ein Material?»

«Baumwoll-Voile, mein Herr. Ein frischer, kühler Stoff, fühlt sich sehr angenehm an.»

«Und der Preis?»

«Warten Sie... Also der hier...» Der Verkäufer wandte sich um und rief mit überraschend lauter Stimme: «Sag mal, was kostet dieser Baumwoll-Voile? Fünfundvierzig Yen?»

«Man wird es etwas ändern müssen», sagte Okada. «Geht das heute noch?»

«Heute noch? Geht Ihr Schiff morgen?»

«Nein, aber wir sind *ziemlich* in Eile.»

«He, wie steht's damit?» rief der Verkäufer wieder nach hinten. «Er sagt, er braucht es heute noch – schaffst du das? Sieh mal zu, ja?» Trotz seiner etwas derben Ausdrucksweise wirkte er freundlich und entgegenkommend. «Wir fangen gleich an, aber es wird mindestens zwei Stunden dauern.»

«Das paßt uns gut. Wir müssen noch andere Dinge besorgen, Schuhe, einen Hut und was sonst noch dazu gehört. Sie wird sich dann hier einkleiden. Aber was soll sie darunter anziehen? Sie trägt zum erstenmal westliche Kleidung.»

«Kein Problem, wir haben alles da! Hier, damit fängt man an.» Er fischte einen seidenen Büstenhalter aus einer Vitrine. «Dann kommt das hier darüber, dann zieht man das an, und das ist für darunter. Es gibt sie auch in einer anderen Machart, aber sie haben keine Öffnung. Man muß sie ausziehen, bevor man zur Toilette geht. Aus diesem Grund halten Europäerinnen das Wasser, solange sie können. Diese Art hier ist bequemer: Sie haben einen Knopf hier, sehen Sie? Einfach aufknöpfen, dann haben Sie keine Probleme!... Das Hemdchen macht acht Yen, der Unterrock um die sechs – das ist billig im Vergleich zu Kimonos, und sehen Sie sich diese wunderbare Seide an, aus der sie gemacht sind! Bitte kommen Sie jetzt hier herüber, dann kann ich Maß nehmen!»

Durch das Flanellgewand hindurch wurde die verborgene Gestalt vermessen. Um die Beine, unter den Armen durch, alles wurde mit dem Lederband umwickelt, um Umfang und Größe ihres Körpers zu messen.

«Wieviel ist diese Frau wert?» War es das, was der Verkäufer berechnete? Gleich würde er einen Preis für Aguri festsetzen und sie auf dem Sklavenmarkt feilbieten.

Gegen sechs Uhr abends kamen sie mit ihren anderen Einkäufen wieder: Schuhe, ein Hut, ein Perlencollier, ein Paar Amethystohrringe...

«Treten Sie ein! Haben Sie schöne Sachen gefunden?» Der Verkäufer begrüßte sie in unbeschwertem, familiärem Ton. «Es ist alles fertig! Der Ankleideraum ist dort drüben – gehen Sie einfach rein und ziehen Sie sich um!»

Okada folgte Aguri hinter den Wandschirm. Die weichen, schneeweißen Kleidungsstücke hatte er vorsichtig über den Arm gelegt. Sie traten vor einen Spiegel, der bis zum Boden ging, und Aguri, die immer noch unzufrieden dreinschaute, begann langsam, ihre Schärpe abzunehmen...

Die Frauenstatue stand nackt vor Okadas geistigem Auge. Die feine Seide blieb an seinen Fingern haften, als er ihr half, sie über ihre Haut zu ziehen, wobei er die weiße Gestalt umrundete, hier Bänder knüpfte, dort Knöpfe und Haken schloß... Plötzlich leuchtete Aguris Gesicht in einem strahlenden Lächeln auf. Okada fühlte, wie sich alles um ihn herum zu drehen begann...

Mori Ogai
Blutrache

Mori Ogai (1862–1922) war Sanitätsoffizier in der kaiserlichen Armee. Seine literarische Produktion war phänomenal: Tagebücher, Essays über Ästhetik, Biographien, Gedichte (sowohl in japanischer als auch in chinesischer Sprache), Stücke, Kurzgeschichten und Kurzromane (allein in den beiden letzteren Genres erschienen etwa 120). Mori ist im Westen als Autor des Romans *The Fourty Seven Ronin* [Die siebenundvierzig Ronin] bekannt, nach dem eine Reihe von Filmen gedreht wurde.

Er übersetzte auch moderne europäische Literatur, ja, er war sogar *der* Übersetzer seiner Zeit.

Die hier vorgestellte Geschichte schildert einen berühmten Vorfall, der sich 1835 in Gojiingahara abspielte.

Die Hauptgesandtschaft von Sakai Uta no kami Tadamitsu, dem Herrn der Burg Himeji im Shikito-Distrikt in der Provinz Harima, lag links gegenüber dem vorderen Tor der Burg von

Edo. Ihre Schatzkammer wurde normalerweise von zwei Samurai bewacht. Aber in diesem Fall, im Morgengrauen des sechsundzwanzigsten Tages im zwölften Monat des vierten Jahres von Tempô [1833], war der damals fünfundfünfzigjährige Schatzmeister Yamamoto Sanzaemon, ein Vasall des Fürsten, allein auf dem Posten. Da der Zweite Schatzmeister, der sonst die Nachtwache mit ihm teilte, krankheitshalber entschuldigt war, hatte Sanzaemon die kalte und einsame Nacht allein ausgehalten. Er saß neben einer dicken Kerze, deren orangefarbene Flamme nur noch flackerte, da der Docht im geschmolzenen Wachs schwamm. Sie erleuchtete den Raum ebenso sparsam wie das erste Tageslicht, das durchs Fenster drang. Sanzaemons Bettzeug war bereits in der Korbtruhe verstaut, in der die Decken aufbewahrt wurden.

Plötzlich rief vor der Schiebetür eine Stimme: «Entschuldigt, Herr! Ich habe eine dringende Nachricht für Euch von Eurer Familie.»

«Wer seid Ihr?»

«Ich bin der Bote der Kanzlei für Innere Angelegenheiten der Residenz unseres Herrn.»

Sanzaemon öffnete die Schiebetür von innen. Ein etwa zwanzigjähriger Bote, den Sanzaemon zwar schon gesehen hatte, aber nicht namentlich kannte, gab ihm einen Brief.

Sanzaemon nahm ihn entgegen, kauerte vor der Kerze nieder und richtete den Docht auf, um mehr Licht zu haben. Dann nahm er sein Brillenfutteral aus dem Gewand und setzte die Brille auf. Prüfend betrachtete er den Umschlag. Es war weder die Handschrift seines Sohnes Uhei noch die seiner Frau. Etwas zögernd hielt er ihn in der Hand, aber da er eindeutig an ihn adressiert war, schnitt er den Umschlag auf. Als er den Brief entfaltete, nahm seine Miene einen befremdeten Ausdruck an: Das Papier war unbeschrieben!

Blitzartig war Sanzaemon hellwach, aber im selben Moment spürte er einen harten Schlag auf den Kopf und sah, bevor ihm der Schock richtig zu Bewußtsein gekommen war, Blutstropfen auf dem Papier. Er war von hinten angegriffen worden.

Als er nach seinem Schwert griff, das neben der Korbtruhe lag, schlug sein Angreifer noch einmal zu. Unwillkürlich hob Sanzaemon die rechte Hand, um den Schlag abzuwehren. Sie fiel, am Handgelenk abgetrennt, zu Boden. Er wollte aufstehen und hielt sich mit der Linken die Brust.

Der Angreifer riß seine Hand weg, stieß mit einem Dolch zu und floh zur Veranda.

Sanzaemon verfolgte ihn, ohne nachzudenken. Er kam bis zum inneren Tor und mußte feststellen, daß sich der Übeltäter in Luft aufgelöst hatte. Die Beine des verwundeten Alten konnten mit denen des jungen Angreifers nicht mithalten.

Sanzaemon fühlte allmählich das Brennen seiner Wunden an Kopf und Handgelenk und wankte. Doch raffte er jedes Gramm seiner schwindenden Kraft zusammen und schleppte sich zurück in die Schatzkammer, wo er, bevor er irgend etwas anderes unternahm, das Tresorschloß überprüfte. Es war unversehrt. «Wenigstens das ist in Ordnung», dachte er, aber ihm wurde schwarz vor Augen. Er zog die Korbtruhe mit der linken Hand heran und stützte sich darauf. Sein Atem ging nun tief und langsam, und er verlor das Bewußtsein.

Der erste, der den Lärm gehört hatte und herbeigelaufen kam, war ein Zweiter Zensor. Ihm folgten ein Zensor und ein Oberzensor und der Oberste Buchhalter des Fürstenhauses. Der Arzt wurde geholt. Ein Bote lief zur Vasallenburg des Fürsten in Kakigara-cho, wo sich Sanzaemons Frau aufhielt.

Sanzaemon kam wieder zu Bewußtsein und beantwortete klar die Fragen der Beamten. Er wußte von keinem, der einen Groll gegen ihn hegte. Der Mann, der den Brief gebracht und ihn niedergestochen hatte, war ein Bote der Residenz, den er nur vom Sehen kannte. Wahrscheinlich war es ihm um das Geld gegangen. Er äußerte den Wunsch, man möge so freundlich sein und sich darum kümmern, daß die Familie Yamamoto ein neues Oberhaupt bekam. Seinem Sohn Uhei trug er auf, Rache für den Tod seines Vaters zu nehmen. Während er sprach, wiederholte er ein ums andere Mal: «Warum mußte das geschehen? Warum? Warum?...»

Das Schwert, das man am Tatort fand, war aus dem Wachhaus gestohlen worden, wo es ein gewisser Gose, der im Versorgungskontor arbeitete, zwei oder drei Tage zuvor liegengelassen hatte. Als man die Torwachen vernahm, stellte sich heraus, daß der Bote Kamezo hieß und bei Tagesanbruch, angeblich in einem eiligen Auftrag, die Burg verlassen hatte. Kamezo war ein junger, etwa zwanzigjähriger Bursche, den Fujiya Jisaburo empfohlen hatte, ein Dienstbotenvermittler im Gebiet von Kanda, Kyuzaemon-cho und Daichi. Wakasaya Kamekichi hatte für ihn gebürgt. Als man Kamezos Zimmer durchsuchte, kamen weitere Umschläge mit unbeschriebenem Papier zum Vorschein, die an die vier anderen Schatzmeister adressiert waren.

Kamezo hatte offensichtlich einen genauen Plan ausgeheckt, um einen der Schatzmeister zu töten und das Geld an sich zu bringen. Nach den Mißernten in Ou und anderen Gebieten herrschte in Edo eine starke Inflation, und die Leute wurden, wie man sagte, zum Verbrechen getrieben. Im vierten Jahr von Tempô kam es zur größten Hungersnot seit der Temmei-Zeit, und Reis, der im Einzelhandel einhundert *mon* gekostet hatte, stieg auf fünf *go* und fünf *shaku*.

Der Arzt kam und verband Sanzaemons Wunden. Seine Gefolgsleute kamen herbei. Von der Residenz in Kakigara-cho kamen Sanzaemons Frau und sein neunzehnjähriger Sohn Uhei. Uheis ältere Schwester Riyo, die in den Frauengemächern des Hosokawa Nagato no kami Okitake diente, kam vom Sitz der Hosokawas in Toshima-cho. Riyo war zweiundzwanzig Jahre alt. Sanzaemons Gemahlin war seine zweite Frau, also die Stiefmutter von Riyo und Uhei. Die jüngere Schwester von Sanzaemon war die Frau eines gewissen Harada, eines Gefolgsmannes von Ogasawara Bingo no kami Sadayoshi, dem Herrn der Burg Shinden in Kokura. Sie wohnte auf dem Herrensitz der Ogasawaras in Higakubo im Bezirk Azabu und konnte wegen der großen Entfernung nicht zur Residenz der Sakais kommen.

Sanzaemon schlug den Rat des Arztes, möglichst wenig zu sprechen, in den Wind und erzählte seiner Frau und seinen Kindern immer wieder von neuem, was er den Beamten gesagt hatte.

Da in der Residenz Kakigara-cho zuwenig Raum war, um ihn richtig zu pflegen, wurde angeordnet, daß Sanzaemon von einem gewissen Kambe in seiner Residenz in der Nähe von Hama-cho aufgenommen werden sollte. Er war ein entfernter Verwandter der Familie Yamamoto. Sanzaemons Frau begleitete ihn, um ihn zu pflegen. Inzwischen war auch seine jüngere Schwester, Haradas Frau, angekommen.

In den frühen Morgenstunden des siebenundzwanzigsten Tages verschied Sanzaemon im Haus von Kambe.

Gegen Abend desselben Tages kamen Beamte im Rang von Zweiten Zensoren, begleitet von Buchhaltern, vom Stammsitz der Sakai-Familie, um ein Protokoll aufzusetzen. Sie erhielten eine eidesstattliche Erklärung, die von Sanzaemons Frau, seinem Sohn Uhei und seiner Tochter Riyo unterzeichnet war.

Auf Empfehlung dieser Beamten kam vom Hause Sakai ein schriftlicher Bescheid, in dem festgehalten wurde, daß Sanzaemon trotz seiner tödlichen Verwundung den Angreifer bis zum inneren Tor verfolgt hatte; es wurde angeordnet, er solle «in Anbetracht seiner treuen Dienste mit gebührenden Ehren begraben werden». Das Schwert, das man am Tatort gefunden hatte, wurde seinem früheren Eigentümer Gose zurückgegeben.

Am achtundzwanzigsten wurde Sanzaemon im Tempelbezirk Henryuji vor dem Asakusa-Tempel begraben, wo die Familie Yamamoto ein Familiengrab besaß. Zuvor verfügte Kambe über die Dinge, die der Tote während des Überfalls bei sich gehabt hatte. Die beiden Schwerter hätte sein Sohn Uhei bekommen sollen, aber auf Riyos dringenden Wunsch erhielt sie das Kurzschwert ihres Vaters. Als Uhei damit einverstanden war, leuchteten ihre tränenfeuchten Augen plötzlich freudig auf.

Von einem Samurai wurde erwartet, daß er den Tod eines ermordeten Verwandten rächte, um so mehr, wenn es, wie in diesem Fall, der ausdrückliche Wunsch des Opfers gewesen war. Also versammelten sich die Familie und die Verwandtschaft und beantragten nach längerer Beratung in der Mitte des ersten Monats des fünften Jahres von Tempô (1834) die offizielle Genehmigung einer Blutrache.

Bei dieser Beratung tat sich Uhei als der hitzigste und ungeduldigste Befürworter der Blutrache hervor. Er war ein bleicher, knochiger Jüngling von leichtem, aber nicht schwächlichem Körperbau. Riyo schwieg während der ganzen Debatte, bestand aber darauf, den Antrag eigenhändig zu unterzeichnen. Sie war ebenfalls von magerer Gestalt und durchschnittlichem Aussehen. Sanzaemons Witwe nahm wegen chronischer Kopfschmerzen nur selten an der Beratung teil, und wenn sie es tat, dann äußerte sie lediglich die Befürchtung, aus der Blutrache würde neues Unheil entstehen. Sie wiederholte ständig den einen banalen Satz: «Wie konnte nur so etwas Schreckliches geschehen?» Haradas Frau aus Higakubo und Sakurai Sumazaemon, der Bruder ihres toten Mannes, waren stets bemüht, sie zu trösten.

Es gab jedoch einen Mann, auf dessen Unterstützung die ganze Gruppe baute. Er hielt sich zu diesem Zeitpunkt in Himeji auf und konnte nicht an der Beratung teilnehmen, hatte aber, als er von Sanzaemons Tod erfuhr, einen Beileidsbrief geschickt und seine Hilfe bei der Blutrache angeboten. In Himeji gehörte er zum Gefolge des Klan-Ältesten Honda Ikiri. Es war Sanzaemons neun Jahre jüngerer Bruder, der fünfundvierzigjährige Yamamoto Kuroemon.

Als Kuroemon von der Ermordung seines Bruders erfahren hatte, hatte er sofort bei seinem Herrn Ikiri vorgesprochen und gesagt, er wolle seine Pflichten seinem Sohn Kenzo übertragen und zu seinem Neffen und seiner Nichte reisen, weil diese in eine Blutrachesache verwickelt seien. Sein Herr war der Enkel jenes Honda Ikiri, den Tokugawa Ieyasu zum Vasallen des Hauses Sakai gemacht hatte, also ein überzeugter Samurai, und war mit Kuroemons Wunsch sofort einverstanden. Sanzaemons Familie beantragte zu dieser Zeit eben die Genehmigung der Blutrache, aber noch bevor sie vom *bakufu* in Edo offiziell erteilt wurde, war Kuroemon mit einem kunstvoll geschmiedeten Schwert und einem Zuschuß von zwanzig *ryo*, den er von Ikiri bekommen hatte, von Himeji aufgebrochen. Es war der dreiundzwanzigste Tag des ersten Monats.

Am fünften des zweiten Monats traf Kuroemon bei Yamamoto Uhei in Kakigara-cho, der Nebenresidenz des Hauses Sakai in Edo, ein. Uhei und Riyo, die sich von der Familie Hosokawa beurlauben lassen hatte, waren mutlos und niedergeschlagen, doch schon der Anblick der ruhigen, stillen und doch starken Gestalt des Onkels erfüllte sie mit neuer Zuversicht.

«Ist die Genehmigung schon eingetroffen?» fragte er Uhei.

«Nein, noch nicht. Wir haben uns bei den Beamten erkundigt, und sie sagten, es sei vielleicht, weil die Trauerzeit noch nicht vorüber ist.»

Kuroemon furchte die Brauen. Nach einer Pause erwiderte er: «Große Räder drehen sich langsam.»

Dann erkundigte er sich, ob sie schon Vorbereitungen für die Reise getroffen hätten. «Das werden wir tun, wenn die Genehmigung da ist», antwortete Uhei.

Wieder furchte der Onkel die Brauen, sagte diesmal aber lange Zeit nichts. Erst nachdem er zu anderen Dingen übergegangen war, kam er auf dieses Thema zurück, indem er sagte: «Mit den Vorbereitungen braucht ihr nicht zu warten.»

Am sechsten besuchte er das Grab seines Bruders. Am siebenten suchte er Kambe in Hama-cho auf, um ihm zu danken, daß er sich um seinen sterbenden Bruder gekümmert hatte. An diesem Tag blies ein starker Nordwestwind, und während des Besuchs von Kuroemon in Hama-cho brach im Gebiet von Kanda ein Feuer aus, das als das Große Feuer im Jahr des Pferdes in die Geschichtsbücher eingegangen ist. Es begann gegen zwei Uhr nachmittags in Sakuma-cho, Chome Nr. 2, im Haus eines *koto*- und *samisen**-Lehrers, breitete sich in Richtung Nihonbashi aus und brannte, bis der nächste Morgen anbrach. Später wurde ein satirisches Gedicht geschrieben, das die Zeile enthielt: «Funken aus dem *samisen*-Haus werden ein großes Feuer.» Hama-cho und Kakigara-cho lagen beide in Windrichtung, aber Kuroemon eilte, als er sah, daß das Feuer an drei Fronten vorrückte, zurück nach Kakigara-cho, weil Kambe, wie er sagte, bereits über genügend Helfer verfügte.

Im Hause Yamamoto ließ er das gesamte Reisegepäck in Sicherheit bringen, und um vier Uhr nachmittags stand bereits die ganze Residenz Kakigara-cho mitsamt dem Haus der Yamamotos in Flammen.

---

* japanische Saiteninstrumente

Nach dem Ausbruch des Feuers war Riyo zum Haus der Hosokawas, ihrer Herrschaft, geeilt, aber Toshima-cho brannte bereits lichterloh. «Es ist gefährlich!» «Lauf nicht ins Feuer!» schrieen die Leute. Schließlich wurde sie zwischen denen, die vor dem Feuer flohen, und den Zuschauern eingekeilt und konnte weder vor noch zurück. Ein Ascheregen ging auf die Menge nieder. Tränenüberströmt verließ Riyo den Ort. Ihr Onkel war bereits von Hama-cho zurückgekehrt und hatte das Gepäck in Sicherheit bringen lassen.

Der größte Teil von Hama-cho auf der Yanokura benachbarten Seite brannte aus, aber glücklicherweise stand die Nebenresidenz der Familie Sakai noch. Da es zuviel verlangt gewesen wäre, noch einmal die Hilfe von Kambes Familie in Anspruch zu nehmen, floh Uheis Familie gegen acht Uhr am nächsten Morgen vor dem Feuer zum Herrensitz von Yamamoto Heisaku, einem entfernten Verwandten.

Sanzaemons Familie, die alles verloren hatte, erhielt einen Raum von Yamamoto Heisaku, wo sie im Schockzustand beisammen saßen und sich fühlten, als erlebten sie einen Alptraum innerhalb eines Alptraums. Die Witwe wurde vor Kopfschmerzen bettlägerig. Uhei saß mit verschränkten Armen da, tief in Gedanken versunken. Nur Riyo ließ, obwohl sie sich in der neuen Umgebung des Hauses Heisaku bedrückt fühlte, den Mut nicht sinken und brach, als gegen Mittag Nachricht von dem Herrensitz kam, wo Hosokawas Frau vor dem Feuer Zuflucht gefunden hatte, sofort auf, um ihr beizustehen.

Als Riyo am Abend zurückkehrte, sagte Kuroemon zu ihr: «Nun, wir werden sowieso kein Haus mehr brauchen. Aber du solltest warme Kleidung vorbereiten, damit sich unser junger Herr unterwegs nicht erkältet.» Der Onkel nannte Uhei stets «unser junger Herr».

«Ja», erwiderte Riyo und begann am selben Abend, Kleidung für Uhei anzufertigen.

Am neunten ging Riyo und kaufte, was die beiden noch für ihre Reise brauchten. Kuroemon hatte eine Liste der benötigten Dinge zusammengestellt. An diesem Tag kam der Wind von Süden, es wurde ungewöhnlich warm, und das Feuer brach gegen sechs Uhr abends in Himono-cho von neuem aus. Das Haus in Asama-cho, das am Vortag bereits gebrannt hatte, wurde noch einmal heimgesucht.

Am zehnten, als wieder ein heftiger, kalter Nordwest einsetzte, brach das Feuer um Mittag in der Hauptresidenz Daimyo-koji von Matsudaira Hoki no kami Muneakira von neuem aus und breitete sich in Windeseile von Kyo-bashi bis Shibaguchi aus.

Am elften und zwölften kam es zu weiteren Feuersbrünsten. Die Preise schnellten in die Höhe, das Feuer flammte immer wieder auf, und die Leute von Edo gerieten in Panik. Es wurde unvorstellbar schwierig, auch nur die wenigen Dinge zu bekommen, die Kuroemon aufgeschrieben hatte, und Riyo schaffte es trotz aller Kriegslisten kaum, das Fehlende aufzutreiben.

An einem der folgenden Tage saß Kuroemon pfeiferauchend da, als ihm auffiel, was Riyo strickte. Mit verwunderter Miene legte er die Pfeife aus der Hand.

«Für wen soll das kleine Ding da sein? Es ist nutzlos, unser junger Herr ist sehr groß», sagte er.

«Für mich», antwortete Riyo errötend. Sie war dabei, Leggins und Fausthandschuhe für eine Frau zu stricken.

«Was?» Ihr Onkel starrte sie mit großen Augen an. «Dann willst du also auch in den Kampf ziehen?»

«Ja», antwortete Riyo, ohne das Stricken zu unterbrechen.

«Tatsächlich?» brummte der Onkel und musterte seine Nichte eine ganze Weile. Dann sagte er: «Das ist Unsinn. Man kann nicht mit einem zarten Mädchen wie dir auf eine Reise gehen, von der niemand weiß, wo und wie sie enden wird. Wir haben weder eine Ahnung, wo wir unseren Feind finden könnten, noch wie viele Jahre es dauern wird. Uhei und ich müssen ihn allein aufspüren. Es ist besser, wenn wir dich benachrichtigen, sobald wir ihn gefunden haben!»

«Sicher, ihr wißt nicht, wo ihr ihn finden werdet, aber wie wollt ihr mich in Edo benachrichtigen, wenn ihr ihn gefunden habt? Und dann wollt ihr doch nicht warten, bis ich von Edo komme, um ihn zu töten!» entgegnete Riyo mit einem Lächeln und sah mit den großen braunen Augen, die so unschuldig und doch so klug blickten, dem Onkel scharf ins Gesicht.

Dieser war immer überraschter. «Es stimmt, daß ich nichts mit Sicherheit sagen kann; es ist eine Frage der Zeit und der Umstände. Wenn irgend möglich, werden wir dich nachkommen lassen. Es kann immerhin sein, daß wir ihn nie finden werden. Und da es dein unglückliches Schicksal ist, ein Mädchen zu sein, wirst du dich mit deinem Los abfinden müssen.»

«Aber ich will sicher sein, daß ich dabei bin! Wenn du sagst, eine Frau darf nicht mitkommen, dann gehe ich eben als Nonne.»

«Aber auch eine Nonne ist eine Frau», entgegnete Kuroemon.

Nun verstummte Riyo, und Tränen fielen auf ihr Strickzeug. Ihr Onkel hatte zwar versucht, sie so diplomatisch wie möglich zu trösten, aber ihre Hoffnungen unwiderruflich zunichte gemacht. Riyo wischte sich die Tränen ab und schlug ihr Strickzeug ruhig in einen *furoshiki* ein, der neben ihr lag.

Nachdem er den Staatsminister Okubo Kaga no kami Tadazane und die drei Richter der Stadt benachrichtigt hatte, schickte Sakai Tadamitsu am sechsundzwanzigsten des zweiten Monats ein vom Oberzensor mitunterzeichnetes Dokument an Uhei, Riyo und Kuroemon, das die Blutrache von diesem Tag an genehmigte. Die Anweisung lautete: «Ihr solltet so bald wie möglich zurückkehren, nachdem ihr euer Ziel erreicht habt. Wenn ihr euren Feind tötet, solltet ihr einen eindeutigen Beweis mitbringen.» Er gewährte ihnen einen Zuschuß. Für die Zeit ihrer Abwesenheit wurde der Familie eine monatliche Summe bezahlt. Obwohl sich nun die Genehmigung auch auf Riyo erstreckte, wurde ihr nicht erlaubt, an der Menschenjagd teilzunehmen. Kuroemon und Uhei brachen auf, sobald Riyo und Sanzaemons Witwe untergebracht waren. Es war beschlossen worden, daß Riyo bei der Familie Harada auf ihrem Herrensitz in Ogasawara wohnen sollte, und die Witwe durfte auf eigenen Wunsch zur Genesung bei Sakurai Sumazaemon, dem Bruder ihres toten Gatten, bleiben.

Schließlich und endlich waren Kuroemon und Uhei bereit aufzubrechen, aber keiner von ihnen hatte je das Gesicht ihres Feindes gesehen. Ihr Vorhaben war fast aussichtslos, da sie nur eine allgemeine Beschreibung von ihm besaßen. Deshalb gingen sie zu Fujiya Jisaburo und Wakasaya Kamekichi, der für Kamezo gebürgt hatte, und stellten ihnen verschiedene Fragen nach seinem Aussehen. Aber sie bekamen keinen klaren Hinweis. Keiner der beiden Männer erinnerte sich genau an Kamezos Aussehen. Angeblich stammte er wohl aus Kishu, sie wollten sich aber auch dafür nicht verbürgen. Die einzige eindeutige Tatsache war, daß Kamezo in Takasaki in Joshu gedient hatte, bevor er in den Dienst der Sakai-Residenz getreten war.

Da meldete sich unverhofft ein Mann bei Yamamoto Heisaku, der sagte, er stamme aus Asaigori in der Provinz Omi, sei als junger Mann nach Edo gekommen und sei eine Zeitlang mit Kamezo zusammen Laufbursche gewesen; er habe auch Sanzaemon gedient und wünsche nun, dessen Familie einen weiteren Dienst zu erweisen. Glücklicherweise war er von der Sakai-Residenz beurlaubt und konnte als Freiwilliger mitkommen, der den Feind identifizieren konnte, wenn er ihn sah. Sein Name war Bunkichi, und er war zweiundvierzig Jahre alt. Yamamoto Heisaku fand ihn von guter Gesundheit und für einen Mann, der als Angestellter arbeitete, in seltenem Maße aufrichtig.

Ein Gespräch mit Kuroemon wurde arrangiert, und dieser bat Bunkichi sofort, in Uheis Dienste zu treten.

Da sie beschlossen hatten, am neunundzwanzigsten vom Familiengrab im Henryuji-Tempel aufzubrechen, verabschiedeten sich Kuroemon, Uhei und Bunkichi am achtundzwanzigsten von Heisaku Yamamoto in Hama-cho und begaben sich zum Tempel. Bis auf die Witwe, die noch krank war, kamen alle Verwandten dorthin, auch Riyo. Sie besuchten zuerst Sanzaemons Grab und tranken dann bis zum Aufbruch der drei Männer. Der Oberpriester des Tempels bewirtete sie mit Nudeln und sagte, er habe sie selbst kleingeschnitten, gebrauchte aber dafür scherzhaft ein Wort, das auch heißen konnte, er habe sie selbst mit der Axt gespalten. Die Verwandten lachten und versuchten, bis sie nach Hause gingen, der Reihe nach, Riyo aufzumuntern, die als einzige verzagt blieb.

Die drei verbrachten die Nacht im Tempel und brachen am

Morgen des neunundzwanzigsten auf. Bunkichi ging hinter Kuroemon und Uhei und trug das Gepäck. Da sie immerhin wußten, wo Kamezo vor seiner letzten Arbeitsstelle gewohnt hatte, schlugen sie die Straße nach Takasaki in der Provinz Kozuke ein.

Trotzdem glaubte keiner der drei Männer, daß sie Kamezo dort finden würden. Sie begannen nur deshalb mit Takasaki, weil sie nicht wußten, wohin sie sich sonst wenden sollten. Diesen verantwortungslosen Herumtreiber Kamezo irgendwo in Japans Provinzen aufspüren zu wollen, glich dem Versuch, ein bestimmtes Reiskorn in einem ganzen Reisspeicher ausfindig zu machen. Es war völlig gleich, welchen Sack Reis man zuerst durchsuchte. Aber so ungewiß ihr Weg auch war, irgendwo mußten sie beginnen. Und so beschlossen sie, in Takasaki den ersten Sack Reis aufzubinden.

Als sie in Takasaki keine Spur von Kamezo fanden, zogen sie weiter nach Maebashi, wo im Seijunji-Tempel von Enokimachi ein Ahnherr der Yamamotos begraben lag. Sie suchten diesen Ort auf und beteten um Erfolg. Dann begaben sie sich nach Fujioka, wo sie fünf oder sechs Tage blieben. Von dort aus wanderten sie über Sakai in die Provinz Musashi und verbrachten drei Tage im Dorf Odama. Sie stiegen auf den Berg Mitsumine und leisteten dem Gott des Berges, Mitsumine Gongen, einen Treueid. Darauf reisten sie nach Hajioji in der Provinz Kai, forschten zwei Tage lang in Gunnai und Kofu nach ihrem Feind und besuchten dann den Schrein auf dem Berg Minobu. In der Provinz Shinano überquerten sie von Kamisuwa aus den Wada-Paß und besuchten den Kenkoji-Tempel in Ueda. In der Provinz Echigo verfolgten sie ihre Nachforschungen drei Tage lang in Takata, zwei Tage lang in Imamachi, einen Tag in Kashihazaki und Nagaoka und vier Tage lang in Sanjo und Niigata. Dann änderten sie ihre Richtung, nahmen die große Kaga-Straße zur Provinz Etchu und blieben drei Tage in Toyama. Diese Gegend war von schlimmen Mißernten heimgesucht. Die drei Weggefährten lebten von einer Mischung aus Gerste und Kartoffeln und schliefen auf Strohmatten auf dem schmutzigen Boden von Bauernhäusern. Sie verbrachten zwei Tage in Takayama in der Provinz Hida und einen Tag in Kanayama in der Provinz Mino, bevor sie die Kiso-Straße nach Oda einschlugen. In der Provinz Owari suchten sie einen Tag lang in Inuyama, vier Tage lang in Nagoya, zogen dann den Tokaido entlang nach Miya, gelangten über Saga in die Provinz Ise, dehnten ihre Nachforschungen auf Kuwana, Yokkaichi und Tsu aus und verbrachten die letzten drei Tage in Matsuzaka.

Wenn sie sich mehr als zwei Tage an einem Ort aufhielten, dann geschah es gelegentlich, um sich eine Rast zu gönnen, aber im allgemeinen nur, wenn sie eine besondere Spur verfolgten, die sie gefunden zu haben glaubten. In Donomachi in der Provinz Matsuzaka hörte sich ein gewisser Iwahasi, ein Beamter im Rang eines Zensors, ihre Geschichte sehr aufmerksam an und verfolgte dann gewisse Hinweise. Als er ihnen das Ergebnis berichtete, hatten Kuroemon, Uhei und Bunkichi das Gefühl, als sei in der Dunkelheit plötzlich ein Licht angezündet worden.

In Matsuzaka lebte ein reicher Kaufmann namens Fukanoya Sahe. Ein Fischer namens Sadazaemon aus Sotomachi auf der Insel Uranage im Bezirk Kumano in der Provinz Kii belieferte diesen Kaufmann täglich mit Fisch. Daher stand Fukanoya auf gutem Fuß mit seiner Familie. Nachdem Sadazaemons ältester Sohn Kamezo als junger Mensch nach Edo gegangen war und nie mehr geschrieben hatte, war Fukanoya auf Sadazaemons zweiten Sohn Sadasuke angewiesen. Nun war Kamezo am einundzwanzigsten Tag dieses Jahres in Lumpen zurückgekehrt und hatte ihn, Fukanoya, gebeten, ihn aufzunehmen. Er hatte ihm geantwortet: «Ich kann einen, der seinen Eltern ein so schlechter Sohn ist, nicht aufnehmen, ohne seinen Vater davon zu benachrichtigen.» Als Kamezo enttäuscht seinen Laden verließ, sagte jemand: «Das ist Kamezo aus Kishu – es sieht so aus, als sei er aus Edo geflohen, nachdem er etwas ausgefressen hat.»

Wie Kamezo Fukanoya später erzählte, ging er dann am vierundzwanzigsten ins Dorf Ningo in Kumao zu Rinsuke, seinem Onkel mütterlicherseits, und fragte ihn, ob er bei ihm unterkommen könne. Sein Onkel sagte, er sei zu arm, und drängte ihn, in sein Elternhaus zurückzukehren. So kam Kamezo schließlich am achtundzwanzigsten zu seinem Vater zurück, nachdem er sowohl von einem Bekannten als auch von einem Verwandten abgewiesen worden war.

In der Mitte des zweiten Monats erfuhr Sadazaemon, in Matsuzaka gehe das Gerücht um, Kamezo sei deshalb aus Edo zurückgekehrt, weil er dort Ärger bekommen habe. Als er ihn zur Rede stellte, gab Kamezo zu, einen Samurai verletzt zu haben. Daraufhin arrangierten Sadazaemon und Rinsuke für Kamezo, daß er Mönch werden und auf dem Berg Koya leben konnte. Vater und Onkel begleiteten den frisch geschorenen Kamezo bis Miurazaka und verabschiedeten sich am neunzehnten dieses Monats von ihm. Zu dieser Zeit trug Kamezo ein braunkariertes Gewand aus doppelter Baumwolle, einen baumwollenen Obi*, dunkelblaue Hosen und Leggins, und er hatte ein *ryo* in der Tasche.

Kamezo übernachtete am zweiundzwanzigsten im Haus eines gewissen Matabe im Dorf Kiyomizu in der Nähe des Koya-Berges und blieb schließlich bis zum dreiundzwanzigsten dort, weil es regnete. Am vierundzwanzigsten stieg er auf den Berg und stellte fest, daß es dort Leute gab, die ihn kannten. In der Nacht zum sechsundzwanzigsten stieg er wieder ab und wurde später noch einmal in Hashimoto gesehen. Danach verlor sich seine Spur. Vielleicht war er nach Shikoku übergesetzt.

Als sie diese Einzelheiten von Inspektor Iwahasi in Matsuzaka erfuhren, bestand für sie kein Zweifel mehr, daß es sich bei diesem frischgebackenen Mönch Kamezo, Sadazaemons Sohn, um ihren Feind handelte. Uhei war dafür, sofort nach Shikoku überzusetzen. Aber Kuroemon lehnte den Vorschlag ab und sagte, es sei eine unbegründete Vermutung, daß Kamezo nach Shikoku übergesetzt sei. Er sagte, sie sollten zuerst in der näheren Umgebung suchen und könnten dann später immer noch nach Shikoku übersetzen, wenn sie ihn nicht fänden.

Kuroemon, Uhei und Bunkichi verließen Matsuzaka und suchten den Ise-Schrein auf, um für den Erfolg ihrer Reise zu beten. Von dort aus zogen sie über Seki den Tokaido entlang

---

* Schärpe

nach Osaka in der Provinz Settsu, wo sie dreiundzwanzig Tage mit Nachforschungen zubrachten. Während dieser Zeit hörten sie aus Matsuzaka, daß Sadazaemon aus Kummer über das Schicksal seines Sohnes schwermütig geworden und gestorben sei. Sie zogen dann über Nishinomiya und Hyogo weiter in die Provinz Harima, wanderten von Akashi nach Himeji und blieben drei Tage in einem Gasthof in Uomachi. Obwohl sich dort auch das Haus seines Sohnes befand, hatte Kuroemon beschlossen, dort nicht zu übernachten, bis ihr Auftrag erfüllt war. Sie gelangten in die Provinz Bizen, kamen durch Okayama und setzten endlich am sechsten Tag des sechsten Monats mit dem Schiff von Shimoyama nach Shikoku über. Uhei war seit Matsuzaka mit der von Kuroemon eingeschlagenen Reiseroute unzufrieden gewesen, hatte aber trotzdem seinem willensstarken, beständigen Onkel gehorcht. Nun hoben sich plötzlich seine Lebensgeister, und er redete auf dem Schiff pausenlos, die ganze Nacht durch, bis der Morgen kam.

Am Morgen des sechzehnten legte das Schiff in Marugame in der Provinz Sanuki an. Bunkichi wurde ausgeschickt, um Matsuo zu überprüfen, während die beiden anderen auf den Berg Sozu stiegen, um zum Gott des Berges zu beten. Ein Pilger, der auch zum Schrein wollte, erzählte ihnen, er habe in Marugame einen verdächtig wirkenden Mönch gesehen, der aus einer anderen Gegend stamme. Uhei stieg mitten in der Nacht den Berg hinunter, weil er meinte, endlich seinen Feind gefunden zu haben. Wieder in Marugame, rief er Bunkichi aus Matsuo zurück, um einen Blick auf das Gesicht des verdächtigen Mönchs zu werfen, aber es war, wie sich herausstellte, nicht der Gesuchte.

Als sie hörten, Dozan in der Provinz Iyo sei ein Zufluchtsort für Verbrecher aus allen Provinzen, konzentrierten sie ihre Suche zwei Tage lang auf die dortigen Berge. Dann durchsuchten sie zwei Tage lang Saijo und blieben zwei Tage in Koharu und Imabari, bevor sie von Matsuyama zur heißen Quelle in Dogo aufbrachen. Uhei, der in der letzten Zeit bereits Fieber gehabt hatte, bekam nun jedoch Magenkrämpfe, und Bunkichi litt an Durchfall, so daß sie in Yumachi fünfzig Tage Rast machten. Etwas erholt, stellten sie in Nakaosu Nachforschungen an und zogen weiter nach Yahatahama. Dort verlor Uhei, der aus Yumachi aufgebrochen war, obwohl er immer noch unter den Nachwirkungen seiner Krankheit litt, seine Kraft und erlitt einen Rückfall. Sie mußten weitere fünf Tage Rast machen, bevor sie ein Schiff nach Kyushu nehmen konnten. Diese Reise nach Shikoku war umsonst gewesen.

Das Schiff landete an der Zollstation Saga in der Provinz Bungo. Sie gelagten über Tsuisaki in die Provinz Higo, beteten auf dem Berg Aso zu den Göttern des dortigen Schreins und besuchten das Ahnengrab von Kato Kiyomasa in Kumamoto, suchten je drei Tage in Kumamoto und Takahashi und setzten dann nach Shimabara in der Provinz Hizen über. Zwei Tage später reisten sie weiter nach Nagasaki. Am dritten Tag hörten sie dort, daß ein Mönch, auf den ihre Beschreibung paßte, in Shimabara gesehen worden sei. Also kehrten sie um und verbrachten weitere fünf Tage damit, in Shimabara nach ihm zu suchen. Dann kehrten sie für drei Tage nach Kumamoto zurück, zwei Tage suchten sie in Udo, einen Tag lang in Yatsuhiro und zwei Tage in Nankujuku, bevor sie wieder ein Schiff bestiegen und zum Hafen unterhalb von Unzendake in der Provinz Hizen fuhren. Ein Reisender, der von Nagasaki kam, erzählte von einem Mönch, dessen Beschreibung auf ihren Feind paßte: Im Kanzenji, der zu den Ikko-Tempeln in Nagasaki gehörte, sei ein junger, etwa zwanzig Jahre alter Mönch aufgetaucht und lehre die Kunst des Lanzenfechtens. Also segelten sie zurück nach Nagasaki.

Am Morgen des achten Tages des elften Monats trafen sie ein, stiegen im Gasthaus *Kamiya* in der Nähe der Pier ab und erkundigten sich bei einem gewissen Fukada, dem Stadtaufseher, nach dem Gesuchten. Was sie hier hörten, schien ihren Verdacht gegenüber dem Mönch in Kanzenji zu bestätigen: Es hieß, er sei in Kishu geboren und halte sich aus irgendeinem Grund, um nicht gesehen zu werden, stets im Innern des Tempels auf. Der entgegenkommende Fukada gab ihnen zwei Polizisten mit, um zu gewährleisten, daß ihnen der gejagte Mönch nicht entwischte. Ein gewisser Ogawa, der Unterricht im Schwertkampf gab, erbot sich freiwillig, als Zeuge mitzukommen und ihnen, wenn nötig, bei ihrer Rache zu helfen.

Kuroemon und Uhei unterbreiteten dann dem Kanzenji den Wunsch, bei dem Mönch Unterricht zu nehmen, wobei sie sich als Samurai aus dem Hause Omura ausgaben, die die Kunst des Lanzenfechtens erlernen wollten. Der Mönch war einverstanden und bestellte sie für den nächsten Morgen zu sich. Kuroemon und Uhei gingen, außer sich vor Erwartung, mit Bunkichi zum Tempel, gefolgt von Ogawa und den beiden Polizisten. Bunkichi sollte ihnen ein Zeichen geben, wenn er den Feind erkannt hatte – aber der fragliche Mönch hatte nicht die geringste Ähnlichkeit mit Kamezo. Als sie endlich eine Ausrede gefunden hatten, um der peinlichen Situation zu entkommen, waren alle enttäuscht; aber Uhei war besonders niedergeschlagen.

Nachdem sie sich bei Fukada, Ogawa und den Polizisten bedankt hatten, verließen sie Nagasaki, blieben einen Tag in Omura und begaben sich nach Saga. Mittlerweile waren Kuroemons Füße wund gelaufen, und er mußte an einer Krücke gehen. Sie suchten fünf Tage in Kurume in der Provinz Okugo. In der Provinz Chikuzen pilgerten sie zuerst zum Tenmangu-Schrein in Dazaifu, um zum Gott Sugawara Michizane zu beten, blieben dann zwei Tage in Hakata und Fukuoka und verließen Kyushu mit einem Schiff, das von Kokura in der Provinz Buzen auslief.

Es landete am sechsten Tag des zwölften Monats in Shimonoseki in der Provinz Nagato. Es schneite. Kuroemons wunde Füße waren immer schlimmer geworden. Schließlich gab er dem Drängen von Uhei und Bunkichi nach und kehrte für eine gewisse Zeit nach Himeji zurück. Widerstrebend buchte Kuroemon eine Schiffsreise von Shimonoseki nach Muranotsu, wo er am zwölften Tag des zwölften Monats ankam. Er wohnte in diesen Tagen im Hause Indaya in der Stadt Hira im Schutz der Mauern der Himeji-Burg. Bis die Blutrache ausgeführt war, wollte er nicht ins Haus seines Sohnes zurückkehren.

Als sie Kuroemon verabschiedet hatten, verließen Uhei und Bunkichi am zehnten des zwölften Monats Shimonoseki. Sie blieben zwei Tage in Miyaichi in der Provinz Suho, zogen über

Murozumi nach Kintaibashi im Bezirk Iwakuni und suchten drei Tage lang in Kintaibashi, bevor sie hinüber nach Miyajima in der Provinz Aki segelten. Nach acht Tagen in Hiroshima gelangten sie in die Provinz Bingo, wo sie ihre Jagd siebzehn Tage lang in Onomichi und Tomo fortsetzten und zwei Tage in Fukuyama verbrachten. Von dort zogen sie weiter nach Okayama in der Provinz Bizen und kehrten zu Kuroemon nach Himeji zurück.

Uhei und Bunkichi trafen am zwanzigsten des ersten Monats im sechsten Jahr von Tempô (1835) wieder mit Kuroemon zusammen. Genau zu dieser Zeit berichtete ihnen ein gewisser Taniguchi, ein Shinto-Priester vom Berg Kogen, von einem verdächtig aussehenden Bettler. Kuroemon sandte Bunkichi aus, der nachsehen sollte, ob er ihn erkannte. Der Bettler stammte angeblich aus Iwami. Er hatte Verdacht erregt, weil er zwei Schwerter besaß. Aber auch er erwies sich als der falsche Mann.

Da Kuroemons Füße immer noch schmerzten, verließen Uhei und Bunkichi Himeji am zweiten des zweiten Monats, gelangten drei Tage später nach Osaka und stiegen im Gasthaus *Tsunokuniya* von Owaza-okuhi-machi ab. Kurz nachdem sie aufgebrochen waren, besserte sich jedoch der Zustand von Kuroemons Füßen, und er brach am vierzehnten von Himeji auf, nahm in Akashi ein Schiff und holte sie in Osaka ein.

Die drei führten ihre Nachforschungen vom *Tsunokuniya* aus weiter, aber unterdessen ging ihnen das Geld aus. Mit Hilfe des Inhabers ihrer Unterkunft wurde Kuroemon Masseur, weil er Judo-Kenntnisse besaß, und Bunkichi wurde «Mönch von Awashima». Das bedeutete nicht, daß er dem Gott im Tempel diente, sondern als Bettler durchs Land zog und eine kleine Glocke läutete. An seinem Hals baumelte eine Miniaturausgabe des Tempels und andere Gegenstände samt einer Affenpuppe, die in rote Seide gekleidet war.

Kuroemon und Uhei fanden allmählich, sie dürften Bunkichi nicht länger in ihre ergebnislose Suche einbeziehen. «Bis jetzt konnten wir nur Unterkunft und Essen mit dir teilen, ohne dich für deine guten Dienste zu belohnen. Du warst nur dem Namen nach ein Gefolgsmann, hast aber ausgehalten und uns treu gedient. Wir sind durch fast ganz Japan gezogen, aber unser Feind entzieht sich uns. Bei dem Tempo, in dem wir vorwärtskommen, wissen wir nicht, ob wir unseren Auftrag je erfüllen werden. Wir werden vielleicht wie Hunde am Straßenrand sterben, ohne unseren Feind zu vernichten. Worte genügen nicht, um deine Treue zu loben, aber wir dürfen dir nicht länger zur Last fallen. Wir sind außerstande, dich zu bitten, uns noch länger zu begleiten. Obwohl wir das Gesicht unseres Feindes nie gesehen haben und ohne dich in Verlegenheit sein werden, müssen wir es irgendwie schaffen. Wir können nur auf den Himmel und unser Schicksal vertrauen und warten, daß unser Tag kommt. Du bist ein Mann von unvergleichlicher Treue und wirst später imstande sein, mit deinen Fähigkeiten Geld zu verdienen, indem du in den Dienst eines Daimyo trittst. Bitte nimm deinen Abschied von uns!»

Bunkichi lauschte mit gesenktem Kopf, und Tränen strömten über seine Wangen. Dann blickte er auf und sah Kuroemon mit großen Augen an, in denen ein seltsamer Glanz lag. «Dies wäre mir unmöglich», entgegnete er atemlos. Dann antwortete er mit so viel Gefühl, daß ihm beinahe die Stimme versagte: «Für mich ist dies kein Dienstverhältnis wie jedes andere. Wenn man sich einer Blutrache anschließt, ist man nicht länger Herr des eigenen Lebens. Eines Tages werdet ihr beide vielleicht euren Auftrag erfüllen. Aber sollte euer Feind dank eines unwahrscheinlichen Zufalls von einer großen Zahl der Seinen geschützt werden und diese wiederum würden versuchen, euch zu töten, müßte ich entweder an eurer Seite im Kampf sterben oder, wenn ich entkomme, eine zweite Blutrache organisieren. Solange ich mich auf den Beinen halten kann, werde ich, auch wenn ihr mich entlaßt, euren Schatten folgen.»

Nun fehlten selbst Kuroemon die Worte. Uhei schöpfte wieder Mut. Dann verließen die drei Männer das Gasthaus *Tsunokuniya*, um sich eine billigere Herberge zu suchen. Da sie keine Ahnung hatten, wohin sie sich als nächstes wenden sollten, gingen sie jeden Tag durch die Stadt und flehten zu den Göttern und Buddhas um Hilfe, denn das war immerhin besser, als gar nichts zu tun.

Inzwischen war in Osaka eine Epidemie ausgebrochen, und

das billige Quartier, in dem sie wohnten, füllte sich mit hustenden Kranken. Zu Beginn des dritten Monats wurden Uhei und Bunkichi angesteckt und lagen mit Fieber im Bett. Bei Kuroemons geringem Verdienst waren die drei gezwungen, sich einmal am Tag eine kleine Schüssel Grütze zu teilen. Gerade als sich die beiden zu Beginn des vierten Monats zu erholen begannen, wurde Kuroemon vom Fieber niedergeworfen. Obwohl von starkem Körperbau, traf es ihn wegen seines Alters härter als die beiden anderen. Sie riefen einen guten Arzt, der sagte, es sei Schüttelfrost. Später bekam Kuroemon hohes Fieber und rief im Delirium unaufhörlich: «Halt! Jetzt hab ich dich!»

Während Bunkichi sich bemühte, den ärgerlichen Gastwirt zu besänftigen und den Kranken zu pflegen, erholte sich Kuroemon dank seiner kräftigen Konstitution und war nach einer für sein Fieber erstaunlich kurzen Zeit wieder gesund.

Nach seiner Genesung bekam Bunkichi einen neuen Grund zur Sorge. Uhei, dessen Stimmungen so leicht umschlugen, zeigte allmählich, als Folge seiner Krankheit, Anzeichen ernsthafter nervlicher Zerrüttung.

Uhei war von Natur aus still. Da er nicht gerade den Eindruck eines erfahrenen oder geistig kühnen Menschen machte, hatte ihn Kuroemon *wakadono* genannt, «unser junger Herr». Dieser junge Herr begann nun jedoch, wie ein dünner Halm im Wind, sehr stark auf alles zu reagieren. Dann verfärbte sich sein sonst bleiches Gesicht tiefrot, und er sprach heftig, wie ein völlig anderer Mensch. Wenn diese Erregung vorüber war, schlugen seine Gefühle ins Gegenteil um, und er versank in düstere Schwermut – sein Kopf sank auf die Brust, er verschränkte die Arme, und seine Lippen blieben verschlossen.

Kuroemon und Bunkichi hatten sich an diesen Stimmungswandel gewöhnt, aber nun machte Uhei eine tiefergreifende Wandlung durch. Er war den ganzen Tag unruhig und reizbar, schimpfte und ging ständig auf und ab. Früher hatte er zuweilen, wenn es ihn überkam, unaufhörlich geredet, aber das geschah jetzt nie mehr. Er neigte nun eher zu steinernem Schweigen, geriet aber aufgrund seiner neuerworbenen Reizbarkeit beim geringsten Anlaß in Wut. Auch ohne Provokation nahm er das kleinste Mißverständnis zum Anlaß, seiner innerlichen Wut Luft zu machen. Wenn er einmal böse war, klagte er und schmollte, ohne seine wahren Gefühle offenzulegen.

Als dieser Zustand zwei oder drei Tage anhielt, sagte Bunkichi zu Kuroemon: «Der junge Gebieter scheint so verändert, nicht wahr?» Bunkichi nannte Uhei stets den «jungen Gebieter».

Kuroemon, scheinbar unbesorgt, fegte es mit einem Lachen beiseite. «Unser junger Herr? Eine gute Mahlzeit wird seine gute Laune wiederherstellen!»

Kuroemons Diagnose war nicht unbegründet. Da sie den ganzen Tag zusammen waren, hatten die drei Männer nicht bemerkt, wie sehr die magere Kost, die Krankheit und das Umherwandern ihre Gesichter mit Erschöpfung gezeichnet hatte, so daß man sie kaum noch als die Personen erkennen konnte, die vor einiger Zeit von Edo aufgebrochen waren.

Am Morgen nach diesem Gespräch, als die anderen Gäste der Herberge zur Arbeit gegangen waren, kam Uhei und kniete vor Kuroemon nieder. Er schien etwas sagen zu wollen, blieb aber stumm.

«Was ist?»

«Ich habe etwas nachgedacht.»

«Nun, du brauchst daraus kein Geheimnis zu machen.»

«Onkel, glaubst du, wir werden unseren Feind je finden?»

«Das ist etwas, was keiner mit Sicherheit vorhersagen kann.»

«Mag sein. Eine Spinne spinnt ihr Netz und wartet, bis sich irgendein Insekt darin verfängt. Da ihr jedes Insekt recht ist, wartet sie geduldig. Das Netz wäre nutzlos, wenn die Spinne ein bestimmtes Insekt fangen wollte. Ich halte das nicht mehr aus, auf eine Chance von eins zu einer Million zu warten!»

«Aber wir warten ja nicht bloß, oder? Wir jagen überall nach ihm.»

«Sicher, wir haben überall gesucht...» begann Uhei und verfiel wieder in Schweigen.

«Ja, das haben wir wirklich. Aber was beunruhigt dich? Was immer es sein mag, es ist in Ordnung. Sag's einfach!»

Uhei starrte seinem Onkel weiter wortlos in die Augen. Nach langer Pause antwortete er: «Onkel, wir haben gesucht und gesucht. Aber wir könnten ewig weitersuchen, ohne ihn je zu finden. Er muß der Spinne nicht ins Netz gehen. Er wird vielleicht nie auftauchen, egal, wie sehr wir suchen. Ich habe ein seltsames Gefühl, wenn ich an diese Aussicht denke. Es macht mich wahnsinnig!» Uhei rückte noch näher. «Onkel, wie schaffst du es, so gleichmütig zu bleiben?»

Kuroemon konzentrierte sich mit seinem ganzen Wesen, als er diesem Geständnis lauschte.

«Also Zweifel plagen deinen Geist? Hör mir gut zu! Es mag sein, wie du sagst – wenn das Schicksal gegen uns ist oder die Götter und Buddhas uns verlassen. Aber wir werden suchen, solange uns unsere Beine tragen. Wenn wir krank werden, kurieren wir uns und warten. Wenn die Götter und Buddhas auf unserer Seite sind, werden wir ihn eines Tages finden. Wir können ihn erwischen, wenn wir ihn suchen. Er könnte aber auch zu uns kommen, während wir krank sind.»

Ein leicht spöttisches Lächeln blitzte in Uheis Gesicht auf, als er sagte: «Onkel, glaubst du wirklich, daß die Götter und Buddhas uns helfen?»

Obwohl Kuroemon ein geistig gefestigter Samurai war, befiel ihn ein unangenehmes Gefühl, als er das hörte. «Das weiß niemand», antwortete er, «außer den Göttern und Buddhas.»

Uheis Reaktion war merkwürdig unaufrichtig und ganz anders als sonst, wenn er gereizt war. «Mag sein. Die Götter und Buddhas sind undurchsichtig. Um die Wahrheit zu sagen, ich glaube, ich werde nicht weitersuchen. Ich werde meinem eigenen Licht folgen.»

Kuroemon starrte ihn mit hochgezogenen Brauen an. Das Blut stieg ihm ins fahle Gesicht, seine Hände ballten sich zu Fäusten.

«Du willst also die Rache für deinen Vater aufgeben?»

Uhei lächelte schwach. Er schien einige Genugtuung darin zu finden, seinen stets heiteren Onkel in Rage gebracht zu haben. «Nein, ich gebe sie nicht auf. Kamezo bleibt mein verhaßter Feind. Wenn ich auf ihn treffe, werde ich ihn vernichten. Aber da Warten genauso dumm ist wie Suchen, werde ich die Sache vergessen, bis ich mit ihm zusammentreffe. Da ich die offizielle Blutrache nicht weiter verfolgen kann, werde ich deine Beteiligung nicht brauchen. Wenn es mein Schicksal ist, meinem Feind zu begegnen, wird er mir schließlich und endlich bekannt werden. Ich werde niemanden brauchen, um ihn zu erkennen. Bitte, nimm Bunkichi künftig in deinen persönlichen Dienst! Ich habe vor, mich demnächst zu verabschieden.»

Kuroemons Zorn war so schnell verraucht, wie er gekommen war. Er fand zu seiner gewohnten freundlichen Art zurück, während er seinem Neffen zuhörte. Aber der Onkel, der es verstand, den Dingen auf den Grund zu gehen, versank in eine düstere Stimmung.

Als sich Uhei von seinem Platz erhob und die Veranda der Herberge verließ, rief der Onkel ihm nach: «Warte! Warte!» Aber Uhei war schon fort. Kuroemon wußte nicht, daß es für immer war.

Als Bunkichi am Abend zurückkehrte, bat ihn Kuroemon, Uhei in der Nachbarschaft zu suchen. Er suchte die Häuser auf, wo Uhei gewöhnlich mit den jungen Männern *shogi* spielte. Uhei war zunächst dorthin gegangen, um zu sehen, ob er etwas über seinen Feind in Erfahrung bringen könne, aber später nur noch, um die Stunden zu zerren. Bunkichi besuchte alle diese Treffpunkte, aber von Uhei keine Spur. In der Nacht blieb Kuroemon lange wach und wartete auf seine Rückkehr. Er kam niemals wieder.

Auf der Suche nach Uhei hatte Bunkichi von einer Wahrsagerin im Schrein von Tamatsukuri Hoku Inari gehört. Die jungen Männer aus der Nachbarschaft erzählten, sie habe die kranken Eltern des einen geheilt und könne sagen, wo sich ein verlorenes Kind befindet. Bunkichi berichtete Kuroemon davon, und am nächsten Tag nahmen beide ein Bad, reinigten sich und brachen nach Tamatsukuri auf. Sie wollten nach dem Aufenthaltsort ihres Feindes und der Richtung fragen, die Uhei eingeschlagen hatte.

Als sie zum Inari-Schrein gelangten, sahen sie eine große Menschenmenge ein und aus gehen. Drinnen hinter dem Tor wogte die Menge wie in einem Tunnel unter einer endlos scheinenden Reihe von Ziertoren hin und her. Der Schrein war umgeben von

Teehäusern, Lokalen für süße Bohnen und Ständen mit süßem Sake. Zu beiden Seiten der Ziertore standen Spielzeugstände und Zelte, in denen kleine Theaterstücke gespielt wurden. Sie bahnten sich einen Weg durch die Menge unter den Toren durch bis zum Schrein selbst. Ein Shinto-Priester rief zu Spenden auf und gab gegen Opfermünzen numerierte Kärtchen aus. Er rief Besucher herein, die in der Reihenfolge dieser Kärtchen besondere Wünsche äußern wollten.

Bunkichi opferte alle Münzen, die er im Geldbeutel hatte. Seine Nummer wurde jedoch nicht aufgerufen, obwohl er bis Einbruch der Dunkelheit darauf wartete, daß er an die Reihe kam. Er hatte den ganzen Tag nichts gegessen, ja, er hatte nicht einmal bemerkt, daß sein Magen leer war. Als es dunkel wurde, kam der Priester und verkündete: «Wer nicht aufgerufen wurde, muß morgen früh wiederkommen!»

Am nächsten Morgen kehrte Bunkichi vor Sonnenaufgang zum Schrein zurück. Zwar wären andere vor ihm an der Reihe gewesen, aber sie waren noch nicht erschienen, und so wurde er früher als erwartet aufgerufen. Während Bunkichi die Antwort erwartete, betete er, wobei er mit der Stirn den Sand berührte. Dann kam der Priester – wieder schneller als erwartet – mit dieser Botschaft zurück: «Die erste Person, die du suchst, lebt seit diesem Frühjahr in der blühenden Stadt der östlichen Provinzen. Für die zweite Person gibt es keine Antwort!»

Bunkichi eilte mit dieser Botschaft, so schnell er konnte, zurück zu Kuroemon.

Dieser hörte sich die Worte an und sagte: «Wirklich? Die blühende Stadt der östlichen Provinzen, das muß Edo sein. Aber Kamezo mag so dumm sein wie er will, ich glaube nicht, daß er so idiotisch wäre, nach Edo zurückzukehren. Er könnte tatsächlich davon Wind bekommen haben, daß wir seine Spur verfolgen, aber da unsere anderen Verwandten ebenfalls nach ihm Ausschau halten, ist es ziemlich unwahrscheinlich, daß er nach Edo zurückgekehrt ist. Vielleicht hat der Priester dich betrogen, und als er sagte, der Aufenthaltsort der anderen Person sei unbekannt, wollte er wohl eine weitere Opfergabe.»

Bunkichi, der die Botschaft der Wahrsagerin sehr ernst nahm, widersprach Kuroemon und bat ihn, keinen derartigen Argwohn zu hegen, sondern der Botschaft Glauben zu schenken. Kuroemon antwortete: «Ich mißtraue Inari-sama nicht. Aber irgendwie kann ich nicht glauben, daß Kamezo nach Edo zurückkehren würde.»

Während sie noch sprachen, kam der Wirt zu ihnen. Er war eben zum Haus seines Herrn gerufen worden, um einen an Yamamoto adressierten Brief aus Edo abzuholen. Die Adresse lautete: «An Yamamoto Uhei-dono und Yamamoto Kuroemon-dono von Sakurai Sumazaemon.» Der Wirt und Bunkichi konnten sich, obwohl der letztere versuchte, als Kuroemons Gefolgsmann den Anstand zu wahren, nicht beherrschen, sie mußten ihm über die Schulter zuschauen, als er den Brief von Sumazaemon vor sich ausbreitete. Kuroemon überflog den Brief angstvoll nach einem Bericht eines schlimmen Ereignisses. Nachdem die Männer aufgebrochen waren, um Rache zu nehmen, war Sanzaemons Witwe im Haus ihres Schwagers gepflegt worden. Der unmittelbare Schock über Sanzaemons Unglück war verflogen, und ihre Kopfschmerzen hatten in der ruhigen Atmosphäre des neuen Domizils erheblich nachgelassen. Sumazaemon behandelte sie sehr liebevoll, aber da sie von seiner Großzügigkeit vollständig abhängig war, hatte sie sich nach einer Beschäftigung umgesehen, die ihre Kräfte nicht überstieg, und war bei der Frau des Zeremonienmeisters Osawa Ukyo Tayu Motoaki im Stadtteil Manaitabashi von Ogawamachi in Dienst getreten.

Uheis ältere Schwester Riyo war zu Harada, dem Schwiegersohn ihrer Tante, gezogen. Wenn sie das Grab ihres Vaters besuchte, pflegte sie, um etwas über den Aufenthaltsort ihres Feindes zu erfahren, mit den alten Frauen zu plaudern, die Anissamen verkauften. Auf diese Weise verbrachte sie ihr Trauerjahr. Da sie glaubte, wenn sie alle zwei Monate an einem anderen Ort arbeiten würde, müsse sie unweigerlich auf eine Spur stoßen, nahm sie zuerst in einem Herrenhaus in Honjo eine Stelle an. Da es das Haus eines entfernten Verwandten war, half sie bei verschiedenen Aufgaben und genoß einen Status zwischen Zofe und Gast der Familie. Dann ging sie, um ihrer Großtante zu helfen, die der Herrin der Hori-Familie in Akasaka diente. Später diente sie einer Familie in Azabu. Von dort ging sie, um einer Verwandten zu helfen, die zum Gefolge von Honda Tatewaki gehörte, einem pensionierten direkten Gefolgsmann des Shoguns, der in Yumicho im Bezirk Hongo wohnte. So wechselte sie immer wieder ihre Stelle und trat schließlich im Frühling 1835 in die Dienste der Frau des pensionierten Sakai Kamenoshin, eines weiteren direkten Lehnsmannes des Tokugawa-Klans, in Ochanomizu. Diese Frau war die Tochter von Sakai Iwa no kami Tadamichi von Asakusa.

Die Witwe und Riyo hörten sich überall nach ihrem Feind um. Riyo bemühte sich von früh bis spät, irgendeine Spur zu finden, aber vergebens. Von Kuroemon und Uhei hatten sie keine Nachricht, bei ihnen selbst gab es nichts Neues, und die zu Hause geblieben waren, fühlten sich gänzlich ohnmächtig.

Die Tage und Monate vergingen, bis der fünfte Monat des Jahres 1835 anbrach. Eines Tages ging Sakurai Sumazaemon zum Kannon-Tempel in Asakusa, um zu beten, und trank Tee in einem Teehaus. Der Regen hatte eine Weile aufgehört; nun schüttete es wie mit Kübeln. Zwei Männer, die wie Glücksspieler aussahen, flüchteten sich unter den Dachtrauf des Teehauses, um nicht völlig durchnäßt zu werden. Während sie das Ende des Wolkenbruchs erwarteten, unterhielten sie sich.

«Ich wollte es dir eigentlich schon erzählen, aber ich hab's vergessen. Gestern abend suchte ich Schutz vor dem Regen, genau wie heute, und hockte mich vor die verschlossene Tür der Sake-Großhandlung in Kanda, als einer gerannt kam, der sich ebenfalls unterstellen wollte. Ich traute meinen Augen nicht! Er sah genau aus wie dieser Kame, der für den Sakai-Klan gearbeitet hat. Weil ich wissen wollte, ob er sich tatsächlich getraut hatte, zurückzukommen, rief ich: ‹Kame!› Er drehte sich sofort nach mir um, sagte aber dann: ‹Du verwechselst mich, ich heiße Tora.› Dann rannte er fort, obwohl es immer noch heftig regnete.»

«Dann ist die Ratte also wieder in Edo, was?» sagte der zweite Mann.

Als er dies mitangehört hatte, fragte Sumazaemon die beiden nach dem Kame, über den sie gesprochen hatten. Sie wurden nervös, als ihnen ein Samurai Fragen stellte, aber der eine Mann erklärte, Kame sei der Bote Kamezo, der vor einem Jahr im Hause Sakai jemanden ermordet habe und dann geflohen sei. Schließlich meinte er jedoch ausweichend: «Ich habe ihn ja nur ganz flüchtig gesehen, also kann es auch jemand namens Tora gewesen sein.» Sumazaemon war überzeugt, daß es nun, da er seine Geschichte schon zurückzunehmen begann, zwecklos war, weiter in ihn zu dringen, und fürchtete, seinen Verdacht zu offenbaren und Kamezo erneut zur Flucht aus Edo zu veranlassen. Also entließ er die beiden zwanglos, ohne die Hand zu heben.

So stand es in dem Brief, den Kuroemon in Osaka erhielt.

Bunkichi ging sofort nach Tamatsukuri, um dem Gott des Schreins zu danken. Kuroemon wartete seine Rückkehr ab, dann trennten sie sich und zogen an allen Stadttoren Osakas Erkundigungen ein. Sie fragten in den Rasthäusern der Sänften an den großen Straßen und am Hafen bei den Schiffsagenturen nach Uhei, fanden aber nichts heraus.

Kuroemon beschloß, die Suche nach Uhei einzustellen, und traf Vorbereitungen für die Abreise nach Edo. Obwohl das Reisegeld restlos ausgegeben war, hatte er die für den Ernstfall mitgeführten Essensrationen, Gewänder und Schwerter nicht angerührt. Nun legte er ein ungefüttertes, hellblaues Baumwollgewand an, das von einem braunen Kokura-Obi zusammengehalten wurde, zog einen blauen Leinenmantel mit weißen Tupfern darüber und schnallte zwei Schwerter um. Unter der Kleidung versteckt trug er eine Geldbörse aus kastanienbraunem Kamelott, eine Tasche für feinen Stoff aus grauer Baumwolle und ein Paar Handschellen. Bunkichi trug ebenfalls Handschellen unter einem ungefütterten hellblauen Gewand, das von einem hellblauen Obi zusammengehalten wurde.

Als sie mit ihrem Wirt abgerechnet und sich von der Gaststätte *Tsunokuniya* verabschiedet hatten, setzten die beiden in der Nacht des achtundzwanzigsten des sechsten Monats von Fushimi nach Tsu über und erreichten am elften Tag des siebenten Monats Shinagawa; abgesehen von einem Sturm, der sie am dreißigsten einen halben Tag lang in Sakanoshita festhielt, war es unterwegs zu keinen Zwischenfällen gekommen.

Die beiden Männer verließen die Herberge am nächsten Tag vor Morgengrauen und zogen weiter zum Henryuji-Tempel in Asakusa, wo sie an Sanzaemons Grab beteten. Dann besuchten sie den Oberpriester des Tempels und ruhten ihre reisemüden Glieder die ganze Nacht aus.

Am nächsten Tag fand das Bon-Fest statt, und Kuroemons Verwandte kamen zum Grab von Sanzaemon. Er verbot dem Priester, von ihrer Rückkehr zu erzählen, und hielt sich mit Bunkichi in dessen Wohnung versteckt. Nach dem Grund gefragt, antwortete Bunkichi nur: «Es ist von allergrößter Wichtigkeit, daß unser Plan geheim bleibt!» Dann wechselte er das Thema. Zum Grab kamen die Frauen von Sakai und Harada. Weder Sanzaemons Witwe noch Riyo erschienen, da sie in den Samurai-Residenzen, wo sie arbeiteten, unabkömmlich waren.

Später am Tag sagte Kuroemon zu Bunkichi: «Also, laß uns gehen! Wir suchen nach ihm, bis uns die Beine abfallen.»

In ihren Reisegewändern verließen sie den Henryuji-Tempel und zogen zum Kannon-Tempel. Als sie sich dem Kaminari-Tor näherten, sagte Kuroemon zu Bunkichi: «Er ist anscheinend kein Mönch geworden, aber wie immer er auch verkleidet sein mag, paß auf, daß er deinem Blick nicht entgeht! Ich glaube nicht, daß er sich eine Identität von höherem Stand zugelegt hat.»

Nachdem sie die Umgebung des Tempels kontrolliert hatten, beteten sie vor dem Kannon und dankten dem Schicksal, das dafür gesorgt hatte, daß Sumazaemon dem Mann begegnet war, der Kamezo erkannt hatte. Dann zogen sie von Kuramae nach Ryogoku. Trotz der Hitze und Feuchtigkeit wimmelten die Straßen von Menschen, die Kühlung suchten. Ein Feuerwerk war angekündigt. Als gegen Abend die Laternen angezündet wurden, ruhten die beiden eine Zeitlang in einem Teehaus. Als ihr Schweiß etwas getrocknet war, fuhren sie fort zu suchen.

Sie konnten weder den Fluß noch die Schiffe sehen, von wo aus das Feuerwerk gezündet wurde. Wenn jemand die Art des Feuerwerks erkannt hatte und «Tamaya» oder «Kagiya» ausrief, drehte die Menge die Köpfe hierin und dorthin, um die Lichtformationen über sich erblühen zu sehen.

Gegen elf Uhr nachts zupfte Bunkichi von hinten an Kuroemons Ärmel. Kuroemon folgte Bunkichis Blick zu einem großen Mann, der linker Hand einen Schritt vor ihnen stand. Er trug einen verschlissenen, hellblau gestreiften Hakati-Obi über einem alten, ungefütterten Gewand mit mittelgroßem Muster.

Wortlos folgten sie ihm im hellen Mondlicht. Nachdem sie den Weg nach Yokoyamacho eingeschlagen hatten, folgten sie ihrem Opfer von Shiocho nach Odenmacho, dann durch Honcho und am Fluß entlang nach Ryukanbashi und Kamakuragashi. Als auf der Straße nicht mehr soviel Gedränge herrschte, legte sich Kuroemon ein Handtuch über den Kopf und fing an, wie ein Betrunkener zu torkeln, während Bunkichi neben ihm ging und so tat, als stütze er ihn.

Gegen Mitternacht gelangten sie nach Motogojiin-Niobanhara, außerhalb von Kandabashi. Inzwischen waren keine Passanten mehr zu sehen. Kuroemon gab das Zeichen. Wie ein einziger Körper schossen die beiden auf ihr Ziel zu und drehten ihm wortlos die Arme auf den Rücken.

«He, was soll das?» schrie der Mann und kämpfte, um sich zu befreien.

Immer noch wortlos zerrten sie den sich wehrenden Körper, dessen Arme sie mit eisernem Griff festhielten, in die Dunkelheit unter einer Baumgruppe am Straßenrand.

Nun erst sprach Kuroemon mit tiefer, kehliger Stimme, die wie ein Knurren klang: «Ich bin Kuroemon, der Bruder von Yamamoto Sanzaemon, den du letztes Jahr umgebracht hast. Sag deinen Namen und mach dich zum Sterben bereit!»

«Sie irren sich, mein Herr. Ich bin Torazo aus Senshu und habe keine Ahnung, wovon Sie reden!»

Bunkichi sah ihn finster an. «He, Kamezo! Ich erkenne dich in allen Einzelheiten, sogar der Leberfleck unter dem Auge ist da!»

Als er Bunkichi erkannte, erstarrte der Mann wie ein Grashalm im Frost. Er senkte den Kopf und sagte: «Du bist es also, Bunkichi.»

Das war alles, was Kuroemon hören wollte. Er holte seine

Handschellen heraus, um sie Kamezo anzulegen. Dann sagte er zu Bunkichi: «Das reicht vorerst, um ihn festzuhalten. Lauf zu Sakai Kamenoshins Haus in Ochanomizu, wo Riyo arbeitet, und melde, ich sei eben von Riyos Elternhaus gekommen. Riyos Mutter sei todkrank und werde wohl die Nacht nicht überstehen. Sie möchten so freundlich sein, ihr Urlaub zu geben, damit sie ans Sterbebett ihrer Mutter kommen kann. Beeil dich!»

«Alles klar!» rief Bunkichi, als er in Richtung Nishikicho losrannte.

Im Hause Sakai Kamenoshin wurde Riyo an diesem Abend später als üblich vom Dienst entlassen. Sie hatte kaum ihr Zimmer betreten und war gerade dabei, ihr Nachthemd anzuziehen, als eine alte Zofe sie zu sich rufen ließ.

Ohne sich die Mühe zu machen, sich wieder anzuziehen, stand Riyo auf, schlüpfte in ihre Sandalen und ging die Veranda entlang zum Zimmer der alten Dame. Diese richtete ihr folgende Botschaft aus: «Ein Dienstbote deiner Familie kam und sagte, deine Mutter sei sehr krank. Wir feiern das Bon-Fest und brauchen dich hier, aber du solltest, weil es ein Notfall ist, lieber nach Hause gehen. Wenn du deine Mutter besucht hast, mußt du sofort wieder hierherkommen. Morgen früh darfst du noch einmal um Urlaub bitten.»

Riyo dankte der alten Dame und schlüpfte aus ihrem Zimmer.

Sie wollte sofort nach Hause eilen, als ihr einfiel, daß der Bote noch wartete. Sie ging zum Hintereingang und sah nach, wer es war. Inzwischen trug sie ein einfaches Baumwollgewand mit mittelgroßem Muster und einem schwarzen Seidenobi, den sie immer trug, wenn sie ihren Herrn bediente. Am Hintereingang erkannte sie Bunkichi in seinem Reisegewand. In ihren Augen blitzte Verstehen auf, als Bunkichi den Vorwand ausrichtete, ihre Mutter sei krank.

Drei Bedienstete, die Riyo hinters Haus begleitet hatten, sammelten sich aus Neugier auf der Veranda, um den Diener zu sehen, mit dem Riyo sprach.

«Warte einen Moment! Ich habe noch etwas vergessen», sagte Riyo wie zu sich selbst und eilte zurück in ihr Zimmer.

Sie verschloß die Tür von innen und öffnete ihren Flechtkorb. Zuerst nahm sie ein Sommergewand aus Hanf heraus. Dann steckte sie den Arm bis zum Ellbogen hinein und zog das Kurzschwert heraus, das ihr Vater Sanzaemon in jener verhängnisvollen Nacht getragen hatte. Rasch schlug sie beide Sachen in einen *furoshiki* ein und ging hinaus.

Bunkichi erzählte ihr immer noch die Einzelheiten der Gefangennahme, als sie Gojiingahara erreichten.

Riyo begrüßte Kuroemon. Da keine Zeit war, in das Sommergewand zu schlüpfen, nahm sie nur das Kurzschwert aus dem Bündel.

Kuroemon sagte zu dem Feind: «Das Mädchen hier ist Sanzaemons Tochter. Gestehe ihr, daß du ihren Vater getötet hast, und nenne deinen Namen und deine Herkunft!»

Der Feind hob den Blick zu Riyo. «Dies ist mein Ende. Ich will dir die Wahrheit erzählen. Ich bin der, der Yamamoto verwundet hat, aber ich habe ihn nicht getötet. Wegen einer Spielschuld brauchte ich verzweifelt Geld, deshalb habe ich diesen dummen Raubüberfall geplant. Ich bin Torazo, der Sohn von Kichibe, aus dem Dorf Uenohara im Bezirk Ikuta von Senshu. Als ich im Haus Sakai als Bote zu arbeiten begann, hatte ich mir gerade den Namen eines anderen Spielers, Kamezo aus Kishu, zugelegt. Weiter ist nichts mehr zu sagen. Mach mit mir, was du willst!»

«Genau, was wir hören wollten», sagte Kuroemon. Dann gab er Bunkichi und Riyo ein Zeichen und öffnete Torazos Handschellen. Alle drei rückten ihm näher.

Als seine Fesseln gelöst waren, stand Torazo eine oder zwei Sekunden lang wie verloren da; dann straffte er sich plötzlich wie ein Tier, das eine Beute anspringen will, duckte sich und versuchte, an Riyo vorbei den Kreis zu durchbrechen. Im selben Moment machte Riyo einen Satz nach hinten, schlug mit dem Kurzschwert nach ihm, das sie in der Hand hielt, und eine Wunde klaffte auf seiner rechten Schulter, die bis hinunter zur Brust ging. Torazo taumelte. Riyo stieß ein zweites und drittes Mal zu. Torazo fiel.

«Großartig! Überlaßt ihn mir!» rief Kuroemon, stürzte sich auf ihn und schnitt ihm die Kehle durch.

Kuroemon wischte sein blutiges Schwert an Torazos Ärmel ab. Dasselbe tat er mit Riyos Schwert. Beide weinten.

Riyo sagte nur: «Uhei war nicht dabei...»

Die drei gingen zur Wache in Kashi, die Honda Iyo no kami Tadataka unterstand. Der Wachoffizier Tamaki Katsuzaburo, ein Gefolgsmann von Udono Kichinojo, der am westlichen Wall der Burg von Edo Dienst hatte und rangältester Offizier des Monats war, nahm ihre Geschichte zu Protokoll. Honda erstattete einem Zensor des Shogun Bericht. Der rangälteste Offizier des Jahres, Endo Tajima no kami Tanenori, schickte einen Bericht an den obersten Lehnsmann der Edo-Residenz von Sakai Tadanori, der seit dem vierten Monat des Jahres der neue Herr dieser Residenz war. Boten mit eidesstattlichen Erklärungen von Kuroemon, Riyo und Bunkichi wurden ausgeschickt, um Sakai Tadanori über den Vorfall zu unterrichten.

Am Morgen des folgenden Tages, des vierzehnten, wimmelte Gojiingahara von Neugierigen. Verwandte trafen nach und nach bei den dreien ein, die an dem Mörder Rache geübt hatten. Aus dem Haus der Udono-Familie wurde ihnen *Sushi* und Kuchen geschickt.

Gegen sieben Uhr abends wurden auf Befehl des Zensors und Polizeichefs des Nishimaru, Mizuno Uneme, die Zweiten Zensoren Nagai Kamejiro und Kubota Eijiro, die Zensoren für Nichtadlige Hiraoka Tadahachiro und Inoue Matahachi, die Klan-Vertreter Shimoya Rinzaemon und Itami Chojiro sowie vier Boten des Klans geschickt, um die offizielle Untersuchung zu führen. Ihnen schlossen sich Inspektoren der Häuser Honda, Endo, Hiraoka und Udono an. Sie überprüften zunächst Stand, Kleidung, Besitz und Verletzungen der drei Leute. Niemand war verletzt. Als nächstes nahmen sie die eidesstattliche Erklärung auf, die an Kubota adressiert wurde. Darauf wurde die Leiche examiniert. Torazo, der im Bericht unter seinem angenommenen Namen Kamezo aufgeführt wird, hatte folgende Wunden: einen Schwertschnitt von etwa drei Zentimeter Tiefe in der rechten Rückenseite, zu sehr angeschwollen, um die exakte Tiefe zu bestimmen; einen zehn Zentimeter langen und fünf Zentimeter tiefen Schnitt im Hals; eine weitere Halswunde von vier Zentimeter Länge und anderthalb Zentimeter Tiefe; einen Schnitt am linken Ohr, zweieinhalb Zentimeter lang und anderthalb Zentimeter tief; eine klaffende Wunde von dreißig Zentimeter Länge und zehn Zentimeter Tiefe von der rechten Schulter zur Brust; eine weitere Wunde über der Schulter, fünf Zentimeter lang, zweieinhalb Zentimeter tief; die Kehle, durchschnitten auf einer Länge von zehn Zentimetern; insgesamt sieben Wunden. Das Opfer trug ein ungefüttertes Baumwollgewand und einen Hakai-Obi. Es besaß ein hellblaues Taschentuch. Die Leiche wurde dem Wachoffizier Tamaki Katsuzaburo übergeben. Dann wurde Fujiya Jisaburo von Kanda Kyusaemon-cho-Daichi vorgeladen, der Kamezo dem Hause Sakai zur Anstellung empfohlen hatte, sowie der *goningumi* desselben Ortes und Wakasaya Kamekichi, Kamezos ehemaliger Bürge. Zum Abschluß wurde Wachoffizier Tamaki vernommen, der Kuroemons ersten Bericht über die Blutrache aufgenommen hatte.

Der Untersuchungsausschuß zog sich gegen acht Uhr abends zurück. Als die Untersuchung beendet war, erstattete Udono Kichonojo dem Zensor Matsumoto Sukenojo vom westlichen Wall der Burg von Edo Bericht. Shono Jifuzaemon, Bevollmächtigter der Sakais in Edo, erstattete dem Zensor des Hauses Sakai Bericht, und das Haus Sakai sandte ein Protokoll an den Obersten Rat des Shogun, Okubo Kaga no kami Tadazane.

Auf Befehl von Mizuno Uneme wurden Kuroemon, Riyo und Bunkichi gegen sieben Uhr am nächsten Morgen Shono übergeben. Seit etwa sechs Uhr am vorherigen Abend warteten zwei Sänften, die vom Haus Sakai geschickt worden waren, um Kuroemon und Riyo zu transportieren, vor der Wache. Kuroemon und Bunkichi wurden der Aufsicht eines gewissen Honda übergeben, während Riyo unter Kambes Aufsicht gestellt wurde.

Am selben Abend um sieben Uhr bestellte der Stadtrat von Edo, Tsutsui Iga no kami Masanori, die drei zu sich. Das Haus Sakai stellte eine Kompanie Infanteristen unter Führung eines Zensors, eines Zweiten Zensors und eines niederrangigen Samuraioffiziers als Eskorte für Kuroemon und Riyo, die in den Sänften getragen wurden, und Bunkichi, der ihnen zu Fuß folgte. Sie kehrten gegen acht Uhr zurück, nachdem sie von Tsutsui Masanori persönlich verhört worden waren. Am sechzehnten wurden sie wieder zu Tsutsuis Residenz gerufen und gegen sieben Uhr abends von Tsutsuis Polizeioffizier Nisugi Rachizaemon verhört. Dann unterzeichneten sie eine eidesstattliche Erklärung.

Am selben Tag wurde Riyos Bitte stattgegeben, aus dem Dienst im Hause von Sakai Kamenoshin entlassen zu werden, und Sanzaemons Witwe wurde in gleicher Weise aus dem Dienst des Hauses Ozawa entlassen. Riyo wurde zur Durchführung der Blutrache von ihren früheren Dienstherren im Hause Hosakawa offiziell beglückwünscht.

Am neunzehnten kam eine dritte Vorladung von Tsutsui. Die drei lauschten der Verlesung der vorläufigen Fassung einer Urkunde und wurden gegen sieben Uhr zurückgebracht.

Am dreiundzwanzigsten erging eine vierte Vorladung von Tsutsui. Die endgültige Fassung der Urkunde wurde mit einem amtlichen Siegel und einem Daumenabdrucksiegel versehen.

Am achtundzwanzigsten wurden sie zum fünftenmal in Tsutsuis Residenz gerufen. Auf Wunsch eines Obersten Rats des Shogun, Mizuno Etchizen no kami Tadakuni, wurden Kuroemon und Riyo offiziell als «höchst lobenswert und frei von jeder Schuld» bezeichnet, während Bunkichi für «fraglos unschuldig» erklärt wurde. Dann richtete Tsutsui lobende Worte an sie, und sie kehrten gegen sieben Uhr abends in ihre Unterkunft zurück.

Aufgrund des Untersuchungsergebnisses des Bürgermeisters von Edo erhielten Kuroemon, Riyo und Bunkichi eine offizielle Erklärung vom Büro des Hauptzensors des Hauses Sakai, nach der sie frei waren, «zu tun und zu lassen, was sie wollten». Kuroemon und Riyo erstatteten demselben Büro die Genehmigung zur Ausführung der Blutrache zurück, die sie im zweiten Monat des fünften Jahres von Tempô (1834) erhalten hatten.

Am ersten Tag des siebenten Mondmonats wurde Riyo in den Dienst des Hauses Sakai aufgenommen. Um neun Uhr vormittags geleiteten sie ihre Verwandten Yamamoto Heisaku und Sakurai Sumazaemon, beide in feierliches Leinen gekleidet, zu einer Audienz im Büro der höchsten Vasallen des Klans. Der Hauptzensor, der neben dem Klan-Ältesten Kawai Kotaro saß, eröffnete Riyo: «Da du eine Frau bist, hast du das Lob unseres Herrn in ganz besonderem Maße verdient und wirst deshalb die Nachfolge deines Vaters als Familienoberhaupt antreten. Auf Befehl unseres Herrn wird dir ein Gehalt von vierzehn Personen ausgesetzt. Er wünscht dir, daß du später einen passenden Ehemann finden mögest, und wird dich in nächster Zukunft zur Audienz in seiner Residenz in Edo empfangen.»

Am elften wurde Riyo zum Fürsten Sakai zur Audienz gerufen. Sie erhielt «eine Rolle gekämmten schwarzen Crêpe de Chine, eine Rolle roter Seide mit baumwollenem Unterfutter für Unterwäsche und eine Rolle doppelt gefütterter weißer Seide». Am selben Tag bekam sie von der Herrin von Hama-cho eine Rolle gestreifen Crêpe de Chine, und von Senjuin, der Witwe des verstorbenen Sakai Tadataka, einen gefärbten Takasago-Morgenmantel aus gestreiftem Crêpe de Chine, zwei Fächer und eine Brieftasche.

Über Kuroemon stand in einer Urkunde von Sakai Tadanori an den Klan-Ältesten Honda Ikiri: «Kuroemon ist von jedem Tadel frei und darf, wie früher, tun und lassen, was er will. Um ihn für seine Klugheit auszuzeichnen, gewähre ich ihm aus besonderer Hochachtung für seine Tat einen Leinenmantel mit dem Wappen des Hauses Sakai.» Honda übergab Kuroemon einhundert *koku* Reis und beförderte ihn in den hohen Rang eines Persönlichen Adjutanten. Riyo bekam von ihm «eintausend *biku* (vierhundert *ryo*) für Kimonostoff», und seine Mutter schenkte ihr eine Rolle gestreiften Crêpe de Chine und eine Kiste Stockfisch.

Bunkichi wurde ins Büro eines Inspektors des Hauses Sakai gerufen und offiziell zum Gefolgsmann von Yamamoto Kuroemon ernannt, außerdem bekam er «in Anbetracht seiner außerordentlichen Dienste den Rang eines niederen Beamten, vier *ryo* Gold und ein Gehalt für zwei Personen». Später nahm er den Namen Fukanaka an und wurde Forstaufseher in der Residenz der Sakai-Familie in Kisugamo.

Yashiro Taro Hirokata, der zur Zeit dieser Blutrache siebzig Jahre alt war, schrieb zu Ehren von Kuroemon und Riyo dieses Gedicht:

Mata araji
Tama matsuruteu
Ori ni aite
Fuke no atauchi
Shitagui wa.

Wie selten
ausgeführt zur Zeit
des Totenfestes
eine Blutrache
für Vater und älteren Bruder!

Glücklicherweise waren seit dem Tod von Ota Shichizaburo zwölf Jahre vergangen, und so schrieb keiner eine Parodie, um sich über Yashiros Verse lustig zu machen.

Ueda Akenari
Rittlings auf der Leiche

Ueda Akenari (1734–1809) war Arzt in Kioto, das Japans spirituelles und kulturelles Zentrum war und ist. Er gab die Medizin auf, als ein junges Mädchen, das seine Patientin war, starb, und widmete sich fortan vor allem dem Schreiben. Er verfaßte zunächst Haikus und später Kurzgeschichten, die den Leser nicht mehr loslassen. Als Gelehrter mit den chinesischen Klassikern vertraut, war Akenari fasziniert von der Zen-Maxime «sein Bestes tun, um nichts zu gewinnen». Die für diese Anthologie ausgewählte Geschichte entstammt seinem Buch *Ugetsu Monogatari*. «*U*» bedeutet «Regen», «*getsu*» «Mond», und «*monogatari*» bezeichnet eine elegante Art von Literatur. Die Verbindung dieser Begriffe beschwört die unterbewußte Klarheit, die unsere Gedanken erleuchtet «wie Mondlicht, das Nieselregen und Nebel durchdringt».

Die Geschichte spielt im zwölften Jahrhundert. Ein Mönch, der seine Lehrzeit im buddhistischen Kloster abgeschlossen hat, zieht in die Welt, um seine Kenntnis der «Buddha-Natur» mit anderen zu teilen, jene leuchtende Leere, in der sich jeder kleinliche Egoismus auflöst. Unser Held wird mit einem Dämon verwechselt, dem wahnsinnigen Geist eines anderen Mönchs, dessen junger Geliebter gestorben ist. Ein Duell folgt, um zu klären, wer wer ist. Der Kampf tobt nicht zwischen Gut und Böse, sondern zwischen Einsicht und Verblendung. Ein verbrecherischer Mönch, der Jugend und Schönheit noch im Tode besitzen will und «rittlings auf der Leiche des Begehrten» Höllenqualen erleidet, wird von dem Helden durch einen Schlag mit dem «Zen-Schwert» befreit, einem Hartholzstock, mit dem die Mönche Schlaf und Verblendung vertreiben.

Diese Geschichte, Höhepunkt und Vollendung eines über zweihundert Jahre alten Bestsellers, ist auf amüsante Weise realistisch: wieder einmal ein «Modeguru», der «ausflippt», aber in diesem Fall geht die Geschichte gut aus: Der gescheiterte *sensei* wird durch die Konfrontation mit seinem eigenen inneren Lehrer geheilt.

I

Vor langer Zeit lebte ein Mönch namens Kaian Zenji, ein heiliger Mann von großer Tugend. In seiner Jugend hatte er die Prinzipien des Zen-Buddhismus studiert und reiste stets gerne mit den Wolken und dem Wasser. In einem Sommer, als er seine Andachtsübungen im Ryutajii-Tempel in der Provinz Mino ausgeführt hatte, brach Kaian zu einer Reise auf und beschloß, den Herbst im hohen Norden zu verbringen. Unterwegs kam er durch die Provinz Shimotsuke und erreichte eines Abends den Weiler Tomita. Als er sich einem großen und offensichtlich wohlhabenden Haus näherte und dort um ein Nachtlager bitten wollte, sahen ihn Männer, die von den Feldern zurückkehrten, in der einbrechenden Dunkelheit stehen und riefen voller Schrecken: «Alarm! Der Berggeist ist gekommen! Bringt euch in Sicherheit!»

Sofort war das Haus von Tumult und Geschrei erfüllt. Frauen und Kinder wehklagten laut und purzelten übereinander, als sie sich verstecken wollten. Der Hausherr ergriff einen schweren Stock und kam aus dem Haus gerannt, wo er den alten Bettelmönch Kaian erblickte, der fast fünfzig Jahre alt war und eine blaugefärbte Kapuze auf dem Kopf trug. Er war mit einer zerschlissenen schwarzen Kutte bekleidet und trug ein Bündel auf dem Rücken.

«Oh, Beherberger Buddhas!» sagte Kaian und grüßte den Hausherrn mit seinem Zen-Stab. «Warum hast du dich so schwer bewaffnet? Ich bin ein Wandermönch und wartete, daß jemand kommt, den ich um ein Lager für die Nacht bitten könnte, aber ich muß zu meiner Überraschung feststellen, daß man mich für einen Verbrecher hält. Ein dürrer Lehrer des Gesetzes taugt kaum zum Banditenwesen. Du brauchst dich nicht zu fürchten.»

Der Hausherr warf seinen Stock weg, klatschte in die Hände und lachte. «Ich bedrohte den heiligen Gast nur, weil die närrischen Bauern Euch mit einem anderen verwechselt haben. Ich werde mich glücklich schätzen, Euch für die Nacht aufzunehmen, um wiedergutzumachen, was ich getan habe.» Er entschuldigte sich und bat Kaian ins Haus, bewirtete ihn freundlich und erwies ihm jede erdenkliche Gastfreundschaft.

«Vorhin, als Euch die Bauern entdeckten, Angst bekamen und Euch einen Teufel nannten, taten sie dies mit gutem Grund. Es ist zwar eine schreckliche Geschichte, aber ich könnte sie euch wohl erzählen.

Auf dem Berg über dem Dorf steht ein Tempel, der in früheren Zeiten die Familienkapelle des Hauses Oyama war, und viele Generationen verdienter Priester wohnten dort. Der letzte Abt war der Adoptivsohn eines großen Mannes und weithin berühmt für seine Kenntnisse und seine Tugend. Die Leute dieser Provinz brachten ihm Räucherwerk und Kerzen und brachten ihm Glauben und Vertrauen entgegen. Er war sogar ein häufiger Gast in meinem Hause und benahm sich stets korrekt – das heißt, bis letztes Frühjahr, als man ihn einlud, den Vorsitz bei einer Taufe in Koshi zu übernehmen. Nachdem er über hundert Tage dort geblieben war, brachte er einen jungen Knaben im zwölften oder dreizehnten Lebensjahr mit, der sein Gefährte für Tag und Nacht sein sollte. Weil der Knabe so schön war, verfiel ihm der Abt völlig und begann, seine Pflichten immer mehr zu vernachlässigen.

Ungefähr im vierten Monat dieses Jahres erkrankte der Junge. Es war eine geringfügige Krankheit, aber sein Zustand verschlechterte sich innerhalb weniger Tage, und der gramgebeugte

Abt ließ einen berühmten Hofarzt aus der Provinzhauptstadt kommen. Es half nichts – der Knabe starb schließlich. Das Juwel seines Herzens war dem Abt genommen, und er fühlte sich wie ein Mann, dem der Wind die Blumen seines Kopfschmucks entrissen hat. Er weinte, bis er keine Tränen mehr hatte, und wehklagte, bis seine Stimme versagte. So groß war sein Schmerz, daß er, anstatt den Leichnam einäschern oder begraben zu lassen, sich Tag für Tag an ihn preßte, Wange an Wange mit ihm lag, die Hände ineinandergeschlungen.

Schließlich verlor er den Verstand. Er spielte mit dem Jungen genauso, wie er es zu seinen Lebzeiten getan hatte. Dann verzehrte er sein Fleisch, damit der Leichnam nicht verwese und zerfalle, und nagte die Knochen ab, bis er ihn vollständig verschlungen hatte. ‹Der Abt ist ein Teufel geworden›, sagten die Leute im Tempel und flohen allesamt. Seit dieser Zeit versetzt der Abt die Leute in Angst und Schrecken, indem er Nacht für Nacht herunterkommt und auf der Suche nach frischen Leichen Gräber öffnet, um sie zu verzehren. Ich kenne die alten Geschichten von Dämonen, aber Ihr seht das Problem, mit dem wir es jetzt zu tun haben! Gegenwärtig wird jedes Haus bei Sonnenuntergang fest mit Brettern vernagelt, und die ganze Provinz weiß bereits davon. Die Leute wagen sich nicht mehr hierher. Nun könnt Ihr verstehen, warum wir Euch für ihn gehalten haben. Was können wir tun, um ihm Einhalt zu gebieten?»

«Was für seltsame Dinge in dieser Welt geschehen!» rief Kaian aus, als er die Geschichte gehört hatte. «Einige Kreaturen begreifen, obwohl sie als menschliche Wesen geboren sind, niemals die Größe der Lehren des Buddhas und Bodhisattvas und verweilen bis ans Ende ihrer Tage in Bosheit und Unwissenheit. Ihre Erlösung wird von persönlicher Gier und Bosheit verhindert, und sie nehmen Formen aus einem früheren Leben an. Dann versuchen sie, ihre Raserei zu überwinden, indem sie zu Dämonen oder Schlangen werden oder Menschen mit einem Fluch belegen. Seit undenklichen Zeiten gibt es so viele solcher Beispiele, daß sie nicht zu zählen sind. Es besteht kein Zweifel, daß ein lebendiger Mensch zum Dämon werden kann. Eine Hofdame des Königs von Ch'u verwandelte sich in eine Schlange.

Wang Hans Mutter wurde zum Ghul* und die Frau des Fürsten Wu zur Motte.

Einmal übernachtete ein Mönch in der Hütte eines armen Bauern. Es regnete und der Wind heulte, während er wach lag und nicht einmal eine Lampe hatte, die ihn in seiner Einsamkeit getröstet hätte. Als die Nacht vorrückte, meinte er ein Schaf blöken zu hören. Kurz darauf beschnüffelte ihn etwas, wie um zu prüfen, ob er schlief. Beunruhigt nahm er den Zen-Stock zur Hand, der neben seinem Kissen lag, und schlug fest zu, worauf die Kreatur aufschrie und zu Boden fiel. Vom Lärm geweckt, zündete die alte Frau des Hauses ein Licht an und kam, um nachzusehen, was geschehen war. Sie fanden eine junge Frau, die ohnmächtig dalag. Die Alte bat ihn weinend, das Mädchen zu verschonen. Was konnte er tun? Er verabschiedete sich und setzte seinen Weg fort, aber später, als er zufällig wieder durch dasselbe Dorf kam, hatten sich die Leute auf den Feldern versammelt und beobachteten etwas. ‹Was ist dort los?› fragte der Mönch und ging näher. ‹Man hat eine Frau gefangen, die sich in eine Hexe verwandelt hat›, sagte einer der Dorfbewohner, ‹und jetzt wird sie lebendig begraben.›

So lautet die Geschichte. Aber alle Geschichten handeln von Frauen. Wahrscheinlich werden Frauen wegen der Bosheit in ihrer Natur leicht zu bösen Geistern. Ich habe noch nie von einem Fall gehört, in dem es um einen Mann ging. Sicher, da war Ma Shu-mou, Minister von Yang Ti in Sui, der das Fleisch von Kindern liebte und heimlich Heranwachsende raubte, um sie kochen und als Mahlzeit servieren zu lassen. Aber dieses Verhalten, so barbarisch es auch war, unterschied sich doch von dem, das Ihr beschrieben habt. Wenn Euer Abt zu einem leichenfressenden Dämon geworden ist, dann liegt der Grund auf jeden Fall in seinem früheren Karma. Schließlich waren seine beständigen Gebete, seine Hingabe und seine Verehrung der Buddhas der Inbegriff der Frömmigkeit, und er wäre der ideale Priester gewesen, hätte er nicht den Knaben aufgenommen. Wahrscheinlich wurde er, nachdem er einmal zum sündigen Pfad der Lust und

---

* leichenfressender Dämon

Begierde herabgestiegen war, in einen bösen Geist verwandelt und fiel den Flammen in der Hölle der Verblendung zum Opfer. Schuld war wohl seine selbstgerechte und arrogante Natur. Es gibt ein Sprichwort: ‹Ein träger Geist bringt Ungeheuer hervor, ein disziplinierter genießt die Frucht Buddhas.› Dieser Priester ist ein Beispiel dafür. Wenn ich seinen Sinn wandeln und den Mann zu seinem ursprünglichen Selbst zurückführen könnte, wäre es eine angemessene Art, Euch Eure heutige Gastfreundschaft zu vergelten», schloß Kaian mit gutem Vorsatz.

«Wenn Euch das gelänge», sagte der Hausherr mit einer Verbeugung bis zum Boden und Freudentränen in den Augen, «wäre das die Erlösung für die Menschen dieser Provinz.» In dem Bergdorf hörte man weder Glocken noch Trompeten, und als der Mond, der seine zwanzigste Nacht schon überschritten hatte, aufging und durch die Ritzen der alten Tür schien, bemerkte Kaians Gastgeber, wie spät es geworden war. «Es ist Zeit, gute Nacht zu sagen», sagte er und zog sich in sein Zimmer zurück.

II

Im Kloster auf dem Berg war keine Spur eines Bewohners zu entdecken. Das hochaufragende Tor war von Brombeeren und Weißdorn überwuchert, die Gebetshalle stand leer und war von Moos überwuchert. Spinnen hatten die buddhistischen Statuen mit ihren Netzen überzogen, und den Altar, auf dem früher Brandopfer dargebracht worden waren, bedeckte eine dicke Schicht Schwalbenkot. Der Haupttempel und die Wohngebäude waren von beklemmender Trostlosigkeit erfüllt. Als die Sonne um die Stunde des Affen unterging, betrat Kaian Zenji den Tempel und klopfte mit seinem Stab auf den Boden.

«Ein Mönch auf Pilgerfahrt bittet um ein Nachtlager», rief er wiederholt. Aber er erhielt keine Antwort. Dann tauchte aus einem Schlafzimmer ein ausgemergelter Mönch auf und kam mit schleppenden Schritten auf ihn zu.

«Welcher Weg hat Euch hierher geführt?» krächzte er mit heiserer Stimme. «Der Tempel ist nicht ohne Grund zerfallen. Er ist verlassen, und ich habe nichts, was ich Euch zu essen geben könnte. Nicht einmal ein Nachtlager kann ich Euch anbieten. Geht schnell zurück ins Dorf!»

«Ich komme aus der Provinz Mino», erwiderte Kaian, «und bin unterwegs nach Michinoku. Als ich unten durchs Dorf kam, fand ich die Berge und Wasserfälle so bezaubernd, daß ich, eh ich mich's versah, hier oben war. Die Sonne geht bereits unter, und ich würde lange für den Rückweg brauchen. Ich bitte Euch, laßt mich diese Nacht hierbleiben!»

«Manchmal geschehen schlimme Dinge an solch trostlosen Orten wie hier», sagte der Mönch. «Ich kann Euch weder zum Bleiben raten noch zum Gehen zwingen. Tut, was Euch beliebt!» Damit verstummte er.

Kaian stellte auch keine weiteren Fragen, sondern setzte sich neben ihn. Nun ging die Sonne unter, und eine dunkle Nacht brach an. Ohne Lampe waren nicht einmal die Dinge in der nächsten Umgebung zu erkennen, und das Tosen des Flusses unten im Tal klang so laut, als sei es ganz nahe. Der Mönch schlurfte in sein Schlafgemach, ohne noch einen Ton von sich zu geben.

Als die Nacht vorrückte, ging der Mond auf und übergoß alles mit seinem reinen, perlengleichen Licht. Kaian meinte, es müsse etwa eine halbe Stunde nach der Stunde der Ratte gewesen sein, als der Mönch wieder aus seinem Schlafgemach auftauchte und wie rasend nach seinem Gast zu rufen begann. Als er keine Antwort erhielt, schrie er verzweifelt: «Kahlkopf! Wo versteckst du dich? Vorhin warst du genau an dieser Stelle!»

Er rannte mehrmals an dem Platz vorbei, wo Kaian im Lotussitz saß, konnte ihn aber offensichtlich nicht sehen. Dann rannte er hinaus, als wolle er zum Haupttempel, blieb aber im Garten und rannte dort verzweifelt im Kreis, bis er, wie von einem Tanz erschöpft, zusammenbrach und sich nicht mehr erheben konnte.

Als der Tag kam und die Morgensonne aufging, erwachte der Mönch wie aus einem Rausch. Als er Kaian genau an dem Platz sitzen sah, wo er ihn verlassen hatte, war der Mönch starr vor

Staunen. Er lehnte sich gegen einen Pfeiler und seufzte tief auf, ohne ein Wort sagen zu können.

«Was bekümmert dich?» fragte Kaian und näherte sich ihm. «Wenn du hungrig bist, nimm mein Fleisch, es wird dich sättigen.»

«Habt Ihr wirklich die ganze Nacht hier gesessen?» fragte der Mönch schließlich.

«Ich saß hier und machte kein Auge zu.»

«Es ist eine Schande», sagte der Mönch, «doch ich muß gestehen, daß ich Menschenfleisch verzehre. Aber nie habe ich den Körper eines Buddha angerührt, und du bist wahrhaftig ein Buddha! Es war nur natürlich, daß ich dich mit den trüben Augen eines teuflischen Tieres nicht sah und nicht erkennen konnte, daß ein lebendiger Buddha gekommen war. Ich bin starr vor Ehrfurcht.» Er senkte den Kopf und stand schweigend auf.

«Wie ich von den Dorfbewohnern gehört habe», sagte Kaian, «genügte eine Begegnung mit der Wollust, um dein Herz zu vergiften und dich in die Art der Dämonen und Ungeheuer verfallen zu lassen. Dein Zustand ist schändlich und beklagenswert und läßt auf ein böses Schicksal von ungewöhnlicher Schwere schließen. Weil du jede Nacht ins Dorf hinunterkommst und den Leuten Schaden zufügst, fühlt sich keiner in der Gemeinde mehr sicher. Ich erfuhr, was hier geschieht und fühlte mich verpflichtet, etwas zu unternehmen. Ich bin hergekommen, um dich dazu zu bringen, daß du versuchst, zu deinem früheren Selbst zurückzufinden. Wirst du meinen Anweisungen Folge leisten?»

«Du bist wahrhaftig ein lebendiger Buddha», sagte der Mönch. «Lehre mich ohne Verzug, wie ich meinem schrecklichen Schicksal entrinnen kann!»

«Wenn du auf mich hören willst, dann komm hierher!» Er bedeutete dem Abt, auf einem flachen Felsen vor der Klosterveranda den Lotussitz einzunehmen. Dann nahm er seine blaue Kapuze ab, setzte sie ihm auf den Kopf und rezitierte aus den *Gesängen der Erfahrung* folgenden Vers:

> Die Bucht schimmert im Mondlicht,
> In den Kiefern rauscht der Wind,
> Durch die Nacht fließt reines Dunkel,
> Und wer von uns kann sagen, wie?

«Du darfst dich nicht vom Fleck rühren und mußt schweigend meditieren», sagte er. «Wenn du die Strophe begriffen hast, wirst du aus eigenem Antrieb zum wahren Geist eines Buddha zurückfinden.» Nach diesen freundlichen Worten stieg Kaian zum Dorf hinunter.

Von dieser Zeit an waren, das kann man sagen, die Dorfbewohner von dem schlimmen Unheil befreit. Doch blieben sie mißtrauisch und furchtsam, denn niemand wußte, ob der Mönch lebte oder tot war, und sie untersagten es jedem, auf den Berg zu steigen.

Ein Jahr war rasch vergangen, und im darauffolgenden Winter kam Kaian zu Beginn des Gottlosen Monats wieder, diesmal auf dem Rückweg vom hohen Norden. Er klopfte an dem Haus, wo er zuvor übernachtet hatte, und erkundigte sich nach dem Abt.

«Dank Eurer großen Macht», sagte der Hausherr voller Freude, ihn zu sehen, «kommt der Teufel nicht mehr hier herunter, und wir alle fühlen uns wie im Paradies wiedergeboren. Trotzdem fürchten wir uns immer noch, auf den Berg zu steigen, und keiner versucht es auch nur. Wir wissen wirklich nicht, was geschehen ist. Aber er kann unmöglich noch am Leben sein. Bitte betet heute nacht für die Erlösung seiner Seele, während Ihr hier seid, und wir alle werden uns Euch anschließen!»

«Sollte der Mönch verklärt worden sein und Erlösung erlangt haben», sagte Kaian, «muß ich ihn als meinen Meister anerkennen, der mir auf dem Pfad zur Erleuchtung vorausgegangen ist. Andererseits bleibt er, solange er lebt, mein Schüler. Ich muß herausfinden, was geschehen ist.»

Also stieg Kaian noch einmal auf den Berg. Alles wies darauf hin, daß keiner den Weg benutzt hatte, und er konnte kaum glauben, daß es dieselbe Strecke war, die er im Jahr zuvor gegangen war. Innerhalb des Tempelbezirks standen Gras und Unkraut höher als er selbst, und der Tau durchnäßte ihn wie Herbstregen. Man konnte unmöglich bestimmen, wo der Weg war. An einigen Stellen waren die Türen herausgefallen und lagen zerbrochen am Boden. Entlang der Veranda, die um die Spülküche und die Mönchszellen herumlief, hatte das Wasser Pfützen gebildet, die Fußbodenbretter waren stellenweise verfault, und alles war von Moos überwuchert.

Als er neben der Veranda nachsah, wo er dem Abt zu sitzen befohlen hatte, erblickte Kaian den schattenhaften Umriß eines Mannes, so sehr von ungekämmtem Bart und wirrem Haar bedeckt, daß man kaum sagen konnte, ob er nun ein Mönch oder ein Laie war. Reglos inmitten großer Büschel von Kletten und Gras, die sich über ihn beugten, summte der Mann mit einem schwachen Stimmchen vor sich hin, fast unhörbar, nicht lauter als ein Moskito, aber Kaian konnte doch das Lied erkennen:

> Die Bucht schimmert im Mondlicht,
> In den Kiefern rauscht der Wind,
> durch die Nacht fließt reines Dunkel,
> Und wer von uns kann sagen, wie?

Kaian schaute eine Weile, packte dann fest seinen Zen-Stab, rief: «Nun, könnt Ihr sagen, wie?» und gab dem Mönch mit seinem Stock einen derben Schlag auf den Kopf.

So plötzlich wie Frost der Morgensonne weicht, verschwand die Gestalt, und nur die blaue Kapuze und ein Skelett blieben im Gras zurück. In diesem Moment hatte der Mönch wohl seinen hartnäckigen Hang zum Bösen überwunden. Gewiß war ein göttliches Prinzip am Werk.

Später wurde Kaians große Macht über alle Wolken und Meere bekannt. «Der Geist des Gründers ist noch lebendig», sangen die Leute zu seinem Lob. Die Dorfbewohner strömten herbei, säuberten den Tempel und erneuerten ihn. Sie baten Kaian inständig, sich bei ihnen niederzulassen, und er gründete einen heiligen Ort des Soto Zen. Dieser Tempel steht heute noch, blühend und hochgeehrt.

Janwillem van de Wetering
Die Reiherinsel

«Er liest all die westlichen Philosophen von früher wieder, diesmal mit mehr Gewinn, aber auch japanische Denker wie zum Beispiel Keiji Nishitani, dessen Buch ‹Was ist Religion› die Idee der Leere zum erstenmal mit Sinn für ihn erfüllt. Er hat das Rauchen und den Alkohol aufgegeben, und er meditiert wieder – über das Mantra des Gleichmuts, nur fünfundzwanzig Minuten in der Stille des Morgens, und nicht jeden Tag. ‹Ich möchte mich nie wieder schuldig fühlen, weil ich nicht genügend meditiere. Dieses Mal ist es reines Vergnügen. Das Ziel ist nicht Erleuchtung, sondern ‹einfach›, nie mehr wegen irgend etwas, an irgendeinem Ort, zu irgendeiner Zeit die Fassung zu verlieren. Unmöglich? Absolut. Es ist wie mit den Parallelen, die sich im Unendlichen schneiden.›»

Klaus Schomburg

Sie wollen also, daß ich gestehe?» fragte Professor Suzuki durch seine Dolmetscherin Toshiko. «Ich war nicht hier in Ihrem

Land, als es geschah, Kommissaris-san! Ich war in Kioto. Und was soll ich gestehen? Ein Verbrechen? Aber es geht um die Ermordung meines Sohnes, meines einzigen Sprößlings, und dieses Verbrechen haben die beiden Franzosen begangen, diese Skinheads, eehm... Ninette und, eehm... Pierre, ja, so war es doch, nicht wahr, Kommissaris-san?»

«Waren sie vielleicht nur ausführende Werkzeuge?» fragte der Chef der Kriminalpolizei überaus höflich. Er war natürlich im Vorteil, wie er hinter seinem wuchtigen antiken Schreibtisch thronte. Er war hier im Amsterdamer Polizeipräsidium sozusagen zu Hause, Lichtjahre entfernt vom heimatlichen Kioto seines Besuchers, der exotischen Tempelstadt, dem reinen Herzen Japans. Allerdings machte die industrielle Luftverschmutzung auch vor Kioto nicht halt, wie ihm Professor Suzuki soeben erzählt hatte, und verdunkelte den Himmel über makellosen Kopien buddhistischer Gebäude aus dem China der T'ang-Dynastie, die in ihrem Ursprungsland seit der Kulturrevolution nicht mehr existierten, aber im Land der aufgehenden Sonne als getreue Nachbauten erhalten wurden.

«*Ssaah*», sagte Professor Suzuki bewundernd, als er einen riesigen Graureiher entdeckte, der, die blausilbernen Flügel putzend, draußen vor dem offenen Fenster des Büros auf dem Ast einer hundertjährigen Ulme saß, seinen schlangenartigen Hals reckte und ein musikalisches Krächzen ertönen ließ. «Ein seltener Vogel!»

«Reiher sind nicht selten», entgegnete der Kommissaris. «Sie sind sogar eine Plage. In der ganzen Stadt. Sie sind so schlimm, daß wir die Bevölkerung mit Schildern warnen müssen, nicht unter ihren Bäumen spazierenzugehen. Ein ordentlicher Spritzer ruiniert jedes Kleidungsstück. Die Grachten locken Tausende von Reihern an. Und natürlich die Rezession. Wissen Sie, hier gibt es jetzt eine Menge Arbeitsloser, die gerne angeln, also füllt Amsterdam seine Grachten mit Elritzen, die Arbeitslosen ziehen die Fische heraus und füttern die Reiher damit.»

«*So desu ka?*» zirpte die mütterliche, junge Toshiko, zu erstaunt, um zu übersetzen. «So ist das also? Reiher sind in Japan *sehr* selten.»

«Ich danke Ihnen, Kommissaris-san», sagte Suzuki, «daß Sie den Mord an meinem Sohn aufgeklärt haben. Es ist wirklich schrecklich, wenn der einzige biologische Erbe einem Verbrechen zum Opfer fällt und seine Leiche mit aufgeschlitztem Bauch in einer Truhe schwimmend gefunden wird – in der... Brouwersgracht, hieß sie nicht so?»

«Ja», sagte der Kommissaris, der mit seinen Gästen in lockerer Runde Kaffee trank und gewandt das schwere Silbergeschirr handhabte: Kanne, Kännchen, Tassen. Er verteilte Kekse.

«*Oishiii*», sagten Suzuki und Toshiko. «Köstlich!»

«Brauersgracht», sagte Suzuki. «Vielleicht sogar passend, daß mein Sohn dort starb. Er trank wirklich gerne Bier.»

«Trinken Sie selbst Alkohol?» fragte der Kommissaris.

«Was?» Suzuki starrte über den Rand seiner Kaffeetasse. «Oh..., nein, ich mache mir nichts aus dem Trinken... Aber Koichi hatte das schlechte Erbgut von seiner Mutter. Sie wissen doch –» der Professor sprach nun mit übertrieben jugendlicher Stimme, die Toshiko sogleich in englischer Sprache imitierte – «*Kein Bier, kein Glück... Jedes Bier ist gutes Bier.*» Er sprach wieder in seinem eigenen Tonfall. «Die Lieblingsweisheiten meines Sohnes.»

Der Kommissaris warf einen Blick auf die Polaroidfotos, die auf seinem Schreibtisch lagen. Einige zeigten eine zerstückelte Leiche, auf einem anderen sah man Koichi, noch lebendig, wie er zwischen zwei Granitlöwen auf den Stufen eines Amsterdamer Giebelhauses stand und verlegen in die Kamera blinzelte. Der Kommissaris dachte, die mißmutige Miene des jungen Mannes könnte auch andere Gründe haben als nur eine Katerstimmung, Koichi wirkte beunruhigt – die Art, wie er den Kopf zur Seite neigte, als wolle ihn jemand schlagen, abwehrend erhobene Hände, ein allzu eilfertiges Lächeln. Ein geprügelter Hund, dachte der Kommissaris, ein bedauernswertes Geschöpf, das auf dem Rücken liegt und signalisiert: «Bitte, tu mir nicht weh!»

«Wofür sollte ich mich schuldig bekennen?» fragte Suzuki. «Bitte, Kommissaris, erzählen Sie mir der Reihe nach, was geschehen ist, von Anfang an, bitte!...Oh, Koichi, mein Junge...»

«Das habe ich bereits getan», erwiderte der Kommissaris.

Der Reiher in der Ulme hob die riesigen Flügel ein wenig, als wolle er gemächlich hinuntergleiten, um seine Füße drunten in der Elandsgracht zu kühlen; dann krächzte er nachdenklich. Die Ulme bot Schatten. Der Sommertag war heiß. Er konnte seinen Fisch auch später abholen.

«Ich erzähle es Ihnen, ja?» sagte Suzuki. «Koichi wäre von selbst nicht auf Reisen gegangen. Er tat nichts anderes als trinken, in üblen Spelunken. Deshalb wollte ich, daß er seinen Horizont erweiterte und reiste. Ich forderte Tadao auf, ihn zu begleiten. Er ist der jüngste Sohn meines Kollegen Sakai... eehm, Sakai und ich sind Professoren, Mediziner.»

«Und sie bezahlten den beiden die Reise – ihrem Sohn Koichi und dem Sohn ihres Kollegen, Tadao», sagte der Kommissaris.

Suzuki zuckte die Achseln. «Ich habe Geld. Ich investierte, anstatt auf meinem Gewinn zu sitzen, vor langer Zeit.» Er starrte den Reiher an, faltete die Hände und verneigte sich vor dem Tier.

«Es gibt also keine japanischen Reiher?» fragte der Kommissaris.

«Die einheimischen halten wir heute nur noch auf den Inseln. Die anderen Arten sterben in Japan aus.» Er schaute hinunter auf die orientalischen Teppiche des Kommissaris, dann hinauf zu den Ölbildern von alten holländischen Gendarmeriekommandanten, die mit roten Gesichtern herablächelten.

Ein Schweigen entstand, zunächst beruhigend, dann bedrückend. Toshiko brach es. «Nicht alle wild lebenden Tiere sind ausgestorben. Es gibt Reservate, Kommissaris-san. Dem Professor gehört die Reiherinsel im Biwa-See, in der Nähe von Kioto. Sie ist sehr berühmt.»

«Das Schneeaffenreservat auf Hokkaido ist berühmt», sagte Suzuki, «aber meine bescheidenen Bemühungen sind völlig unbekannt.»

«Ihr Sohn Koichi», begann der Kommissaris wieder, während er den Bericht der gerichtsmedizinischen Untersuchung aus einem Plastikumschlag schüttelte und die Blätter ordentlich neben die Polaroidfotos legte, «starb an einer Überdosis von reinem Heroin.»

«Ein neues Laster. Nicht genug, daß er trank. Ich machte mir Sorgen um meinen Sohn und dachte, eine andere Umgebung...»

«Hier in Amsterdam ist reines Heroin keine Seltenheit.»

«Sie meinen also, der Tod meines Sohnes sei ein Unfall gewesen? Das glaube ich nicht. Der Dealer Pierre wußte genau, daß Koichi diese Spritze nicht überleben würde. Böse Voraussicht, nicht? Sie raubten ihn aus, nicht? Pierre und Ninette. Haben Sie dieses Pärchen ins Gefängnis gesteckt?»

«Pierre liegt im Gefängniskrankenhaus im Sterben. Während des Entzugs kann das vorkommen. Die Süchtigen sind in schlechter Verfassung, sie haben lange Zeit nicht gegessen, nur von der Droge gelebt, und wenn man sie ihnen wegnimmt, ist der Schock tödlich.»

«Ninette auch?» fragte Suzuki.

«Holland hat zuwenig Gefängnisplätze. Wir haben sie in die Obhut ihrer Familie in Paris entlassen. Pierre schickte Ninette auf den Strich. Sie ist in einer Klinik und erholt sich gut.»

«Also im Grunde ein gutes Mädchen?» fragte Suzuki skeptisch.

Der Kommissaris hob eine dünne, fast durchscheinende Hand und lächelte freundlich. «Was heißt *gut*?»

«Gut ist, was für *uns* gut ist.» Dabei schlug sich Professor Suzuki an die Brust.

Der Kommissaris lächelte. «Für die überlebende Lebensform?»

«*Hai*!» Der Professor nickte.

«Die Lebensform, die die Umwelt zerstört?»

«Nun...»

«Nun...» sagte der Kommissaris freundlich. «Ich glaube jedenfalls nicht, daß dem allgemeinen Wohl gedient ist, wenn man Ninette einsperrt.»

Der Reiher vor dem Fenster hob, von der lauten Stimme des Professors aufgeschreckt, einen Flügel und krächzte durchdringend. Suzukis Gesicht zuckte, als er in seinem Stuhl nach vorn rutschte.

«Hören Sie, Herr Polizeioffizier! Ninette kaufte die Truhe mit einem Reisescheck, den sie einer Leiche weggenommen hatte, um eben diese Leiche loszuwerden. Die Leiche meines einzigen Sohnes. Das haben Sie mir selbst erzählt. Aus diesem Grund erwischten Sie Pierre und Ninette. Sie ermordeten Koichi in der Nacht von Samstag auf Sonntag in ihrer Dachkammer in der Bloedstraat. Pierre, ein gelernter Metzger, ließ Koichis Leiche ausbluten und zerstückelte sie. Sie sagten mir, die Geschäfte hier seien sonntags und montags geschlossen. Die Truhe, die man am Montag spät am Nachmittag aus der Brouwersgracht fischte, war neu. Ihre Beamten spürten den Verkäufer auf dem Trödelmarkt auf, der immer montags stattfindet. Er hatte von einer französischen Skinhead-Frau einen Reisescheck von *American Express* in Höhe von hundert Dollar als Bezahlung bekommen. Sie wußten es, weil Tadao Ihnen erzählt hatte, daß Koichi und er an dem Samstag, als Koichi verschwand, mit einem französischen Skinheadpärchen getrunken hatten, in *Schwarzbarts Bar* in der Bloedstraat. Die Verbindung war klar. Ihre Beamten folgten dem französischen Pärchen in ihre Dachkammer und fanden noch mehr von Koichis Reiseschecks.» Suzukis Stimme überschlug sich vor Empörung. «Stimmt das etwa nicht, Kommissaris-san, war es nicht so?»

Der Kommissaris hustete. «Bitte, entschuldigen Sie, Suzuki-san! Aber ich möchte wirklich, daß Sie dieses Geständnis ablegen.» Er schneuzte die Nase. «Entschuldigen Sie! Es ist besser für Sie. Sie werden sich erleichtert fühlen.»

«Sie wollen mich also festnehmen?» fragte Suzuki. «Sie machen wohl Witze... ehmm... Sie haben keinen Grund, mich festzuhalten. Ich war auf der anderen Seite des Globus, als Koichi starb. Wie hätte ich ihn töten sollen?»

Der Kommissaris lächelte. «Ich werde Sie nicht einsperren.»

«Ich bin Mediziner. Ich diene dem allgemeinen Wohl. Was werfen Sie mir vor? Daß ich meinen einzigen Sohn nach Amsterdam geschickt habe, in Begleitung eines Freundes, der auf ihn aufpassen sollte?»

«Ich will nur, daß Sie Ihre Motive auf den Tisch legen», sagte der Kommissaris. «Ich werfe Ihnen nichts vor. Außerdem», sagte er mit einer freundlichen Geste, «haben Sie nichts Ungesetzliches getan.»

Suzuki hob die Hände... Seine Augen glühten. «Also, warum dann dieses Geständnis?»

«Um Ihren Geist zu entlasten», sagte der Kommissaris.

«Zum allgemeinen Wohl?»

Der Kommissaris nickte.

«Ich kann Ihnen nicht folgen», sagte Suzuki. Dann wandte er sich an Toshiko, die mit heiterer Miene dasaß, und zischte ihr wütend etwas zu. Diesmal übersetzte sie nicht direkt, sondern sagte mit Nachdruck: «Suzuki-san versteht nicht, was Sie meinen.»

«Sagen Sie Suzuki-san, er habe mich sehr gut verstanden! Sagen Sie ihm, daß ich sein Geständnis will. Daß ich ihn nicht einsperren werde. Sagen Sie ihm, daß er nach Hause gehen darf.»

Suzuki erhob sich. «Erst das Geständnis», sagte der Kommissaris. Suzuki setzte sich.

«Vielleicht sollten wir die Ereignisse noch einmal durchgehen...» schlug der Kommissaris vor.

«Also gut. Wo waren wir stehengeblieben? Mein arbeitsloser Sohn Koichi und sein Freund Tadao, ein Medizinstudent, sind als Touristen in Amsterdam und besuchen eine Bar. Koichi trinkt, Tadao nicht. Schwarzbart, der Wirt, verkauft Koichi Marihuana. Kochi raucht Joints. Tadao nicht. Ein französisches Pärchen betritt *Schwarzbarts Bar*. Sie sprechen ebenfalls dem Alkohol zu und machen sich an die reichen japanischen Touristen heran. Pierre lädt zu Drogen ein, die er in seiner Dachkammer hat. Koichi geht mit den Franzosen weg. Tadao kehrt allein ins Hotel zurück. Koichi taucht am Montag morgen nicht auf. Tadao benachrichtigt unseren Botschafter, einen Mann aus Kioto, den ich zufällig kenne. Dieser alarmiert die Polizei.»

«Noch etwas Kaffee?» fragte der Kommissaris.

Suzukis zitternde Hand ließ die Tasse auf der Untertasse klirren.

Der Kommissaris goß nach.

«Was wollen Sie von mir? Ja, ich weiß, ich habe Tadao beschuldigt, meinen Sohn gekidnappt zu haben, als der Botschafter mich in Kioto anrief. Es war eine Überreaktion. Aber ich habe die Situation doch bereits erklärt: Mein Kollege Sakai hat an der

Börse ein Vermögen verloren. Er ist wieder verschuldet, hat sein Haus bis unters Dach mit Hypotheken belastet, und das Studium seiner Söhne ist gefährdet. Ich bin der Reiche. Erst höre ich, mein Sohn sei vermißt, dann wird seine zerstückelte Leiche in einer Truhe in einer Gracht gefunden. Von einem französischen Pärchen weiß ich nichts. Aber von Tadao. Vielleicht hielt er ihn in irgendeinem Keller gefangen und wollte als Gegenleistung für die Freilassung meines Sohnes, daß ich ihm sein Studium finanziere, vielleicht sollte ich auch für die Schulden seines Vaters aufkommen. Ich stellte mir vor, Tadao könnte Koichi aus Versehen umgebracht haben, etwa weil er ihn zu eng gefesselt hatte. Das hätte doch sein können, oder? Außerdem studiert Tadao Chirurgie – er weiß, wie man einen menschlichen Körper zerlegt... um Spuren zu verwischen.»

«Wirklich...» sagte der Kommissaris und schüttelte den Kopf. «Also wirklich, Professor...»

«Zu weit hergeholt, ich weiß. Tadao ist ein guter Junge. Außerdem war meine Annahme unwahrscheinlich, wie Sie mir erklärten. Es gibt hier keine leerstehenden Kellerräume, Amsterdam ist zu dicht bevölkert. Außerdem fallen Japaner hier auf. Wie könnte ein auffälliger Ausländer einem anderen etwas antun? Es wäre nicht unbemerkt geblieben, und man hätte Sie benachrichtigt.»

Der Kommissaris nahm einen Schluck Kaffee.

«Sie haben Tadao nicht festgenommen. Ich soll gestehen, daß ich einen Unschuldigen beschuldigt habe? Ist Eifersucht mein Motiv? Sehr gut. Ich gestehe.» Suzuki schlug sich aufs Knie. «Warum hat mein Assistenzprofessor Sakai, mein Untergebener, der verrückte Spieler Sakai, vier prächtige Söhne, die fleißig studieren, vier Erben, auf die er stolz sein kann – und ich, ich bin mit dem Versager Koichi gestraft!»

«Danke», sagte der Kommissaris.

«Kann ich jetzt gehen?»

«Das war nur der erste Teil des Geständnisses», sagte der Kommissaris.

Suzuki schrie: «Ich soll also zugeben, daß ich Koichis Tod manipulierte, indem ich ihn hierherschickte – nach Amsterdam, in die magische Stadt der Sünde, wo er unweigerlich mit gefährlichen Drogen in Berührung kommen mußte? Daß ich sicher war, Koichi würde sich Heroin beschaffen? Daß er diesem üblen französischen Pärchen auf den Leim gehen und ihnen sein Bündel *traveller's cheques* unter die Nase halten würde? Um sie zu seiner Ermordung zu provozieren?»

«Wir haben die Mordanklage fallenlassen», entgegnete der Kommissaris. «Es gibt keine Beweise für eine bewußte Planung. Solche Dinge geschehen meistens einfach so, wissen Sie. Es gibt keinen Beweis dafür, daß Pierre einem bereitwilligen Kunden absichtlich eine Überdosis verabreicht hätte. Wir haben Tadaos Aussage. Koichi brüstete sich damit, schon öfter Heroin genommen zu haben.»

«Pierre müßte bemerkt haben, daß Koichi nicht an der Nadel hing», warf Suzuki ein.

«Denken Sie, Pierre hätte Koichi nach Einstichen untersucht? In einer dunklen Dachkammer am frühen Morgen? Alle waren bereits betrunken und bekifft, und Pierre war eben durch halb Amsterdam gerannt, um Heroin und Spritzen zu besorgen – was selbst hier nicht ganz einfach ist?»

Der Reiher schaute Suzuki an. Dieser schlug die Hände vors Gesicht. «*Kudasai... kudasai...*»

«Bitte... bitte...» übersetzte Toshiko.

Suzuki ließ die Hände sinken. «Ich habe dich beschützt, vergiß das nicht!»

«Sie sind ganz nahe daran», sagte der Kommissaris.

Suzuki war ruhiger geworden und lehnte sich zurück; die Hände umklammerten die Knie. «Es schmerzt zu sehr, Ihnen meine Wahrheit zu sagen.»

Der Kommissaris lächelte aufmunternd.

«Wissen Sie, warum die Wahrheit weh tut?» fragte Suzuki.

«Vielleicht, weil wir sie wegstecken, wenn wir uns selbst belügen?» fragte der Kommissaris. «Aber Lügen sind durchsichtig. Die Wahrheit bewegt sich darunter, sie will ständig ans Licht.»

«Sie windet sich vor Schmerzen.»

«Wirklich?»

Der Reiher war weggeflogen. Der Kommissaris schaute zum

Fenster hinaus und winkte seine Gäste heran, dasselbe zu tun. Sechs Stockwerke tiefer stand der Vogel neben einem Mann mit rotem Hut, der eine Angelrute über der Elandsgracht schwenkte. Mensch mit Vogel.

«Ich liebe Vögel», sagte Suzuki. «Koichi haßte mich. Er wollte mich verletzen. Er war betrunken, fuhr auf meine Insel, schoß auf meine Vögel.»

«Was hatten Sie ihm angetan?» fragte der Kommissaris.

«Ich habe seine Mutter nicht geheiratet. Sie übergab ihn mir, als meine Frau mich verließ. Koichis Mutter haßt mich ebenfalls, aber sie dachte, ich würde ihm eine gute Ausbildung bezahlen. Ich habe alles bezahlt. Koichi war nie dankbar.»

«Hätte er es sein sollen?»

Suzuki hob eine Schulter. «Vielleicht setzte ich ihn zu sehr unter Druck? Trieb ihn zu scharf an? Wollte, daß er Erfolge vorwies? Um mit einem guten Sohn zu prahlen?»

«Danke», sagte der Kommissaris.

Suzuki tanzte, und der große Orientteppich des Kommissaris war seine Tanzfläche. Zuerst tanzte er Koichi, der betrunken, ausgeflippt, mit einem automatischen Schrotgewehr um sich schoß. Dann tanzte er einen verletzten Vogel, der zwischen Kiefern und Ziersträuchern umherflatterte, im Todeskampf kreischte und versuchte, seine zerschossenen Flügel auszubreiten. Dem Kommissaris fiel auf, wie sehr Suzuki selbst einem Reiher glich – mit seinem wehenden silbernen Haar, das er über den Ohren hochgebürstet hatte, so daß es in Büscheln nach hinten abstand, mit seinen langen Armen, die vollkommen die Flügelschläge nachahmten, und mit den engen Hosenbeinen und hochschäftigen schwarzen Stiefeln, die steifbeinig umherstelzten.

Der getroffene Reiher starb und fiel in den Sessel des Professors. Der Professor setzte sich schmerzerfüllt auf und krächzte: «Arrr...»

«Ich verstehe», sagte der Kommissaris.

«Was verstehen Sie?»

«Was Sie meinen. Meine Hausschildkröte steht mir sehr nahe, ein lieber kleiner Bursche, der in meinem Garten lebt. Er steht mir vielleicht sogar näher als die Menschen.»

«Nun erschießt Ihr Sohn die Schildkröte.»
«Und ich töte meinen Sohn?» fragte der Kommissaris.
«Was soll ich denn jetzt tun?» fragte Suzuki.

Beide Parteien trafen sich noch einmal, auf Suzukis Einladung, in einem Restaurant am Südeingang des Vondel-Parks in Amsterdam – ein paar Seen, umgeben von Bäumen und Sträuchern, ein optimaler Lebensraum für die vielen Vogelarten der Hauptstadt.

«Kommissaris-san, ich danke Ihnen», sagte Suzuki.
«Haben wir es hinter uns?»
Suzuki verbeugte sich. «Mein Geist ist befreit.»
«Das freut mich.»
«Mich auch.» Suzuki lächelte. Er berührte Toshikos Arm. «Meine Beraterin sagt, es sei an der Zeit, klug voranzuschreiten. Sie sagt mir ebenfalls, Intelligenz sei die Fähigkeit, aus einer gegebenen Situation das Beste zu machen. Ich besitze immer noch diese Insel, und die Population der herrlichen Vögel erholt sich. Nun, da Koichi tot ist, habe ich keinen Erben. Sie erzählten mir, daß Ihre Beamten, als sie Tadao in seinem Hotel aufsuchten, ihn beim Entwickeln von Reiher-Photos antrafen, die er bei Spaziergängen im Vondel-Park aufgenommen hatte.»

«Tadao hat es Adjutant Grijpstra erzählt, der als Hobby gerne Wasservögel malt.»

«In welchem Stil?» wollte Suzuki wissen. «Ehmm, vielleicht wie Hondecoeter, der alte Meister?»

«Jawohl», antwortete der Kommissaris. «Tadao erzählte meinem Adjutanten, daß Reiher in Japan die Fähigkeit symbolisieren, sich in höhere Sphären aufzuschwingen.»

Suzuki nickte.

«Ein sensibler Junge, dieser Tadao», sagte der Kommissaris.

«Mein Kollege Sakai wäre einverstanden, mir einen seiner vier Söhne zu geben. Es wäre für alle Seiten von Nutzen. Ich würde Tadao das Studium bezahlen und vielleicht seinem Vater etwas Geld leihen.»

Der Kommissaris, der wegen seines Rheumas leicht hinkte und sich auf einen Stock mit Silberknauf stützte, begleitete Suzuki und Toshiko durch den Park zurück ins Stadtzentrum.

Ein riesiger Graureiher schwebte ohne Anstrengung über ihnen, den langen Hals elegant zurückgelegt und die breiten Schwingen weit ausgebreitet.

Bildnachweis

Vorsatzabbildungen: Yoshitoshi (1839–1892); Seite 11: Drache, Bronze, 206 v. Chr. – 220 n. Chr.; Seite 25: Kunichika (1835–1900); Seite 57: Kiyochika (1847–1915); Seite 77: Hiroshige (1797–1858); Seite 89: Shunsho (1726–1792); Seite 117: Hakutei (1882–1958); Seite 143: Harunobu (1725–1770); Seite 159: Shunsen (1886–1960); Seiten 195 und 205: Hokkei (1780–1850).

Janwillem van de Wetering

«Seine Helden sind eigensinnig wie Maigret, verrückt wie die Marx-Brothers und grenzenlos melancholisch: Der holländische Krimiautor **Janwillem van de Wetering**, der mitten in den einsamen Wäldern des US-Bundesstaats Maine lebt, schreibt mörderische Romane als philosophische Traktate.»
Die Zeit

Der blonde Affe
(thriller 2495)

Der Commissaris fährt zur Kur
(thriller 2653)

Eine Tote gibt Auskunft
(thriller 2442)

Der Feind aus alten Tagen
(thriller 2797)

Inspektor Saitos kleine Erleuchtung
(thriller 2766)

Die Katze von Brigadier de Gier
Kriminalstories
(thriller 2693)

Ketchup, Karate und die Folgen
(thriller 2601)
«... ein hochkarätiger Cocktail aus Spannung und Witz, aus einfühlsamen Charakterstudien und dreisten Persiflagen.»
Norddeutscher Rundfunk

Massaker in Maine
(thriller 2503)

Kuh fängt Hase *Stories*
(thriller 3017)

Outsider in Amsterdam
(thriller 2744)

Rattenfang
(thriller 2744)

Der Schmetterlingsjäger
(thriller 2646)

So etwas passiert doch nicht!
Stories
(thriller 2915)

Ticket nach Tokio
(thriller 2483)
«Dieses Taschenbuch macht süchtig: nach weiteren Krimis von Janwillem van de Wetering und nach Japan.»
Südwestfunk

Tod eines Straßenhändlers
(thriller 2464)

Der Tote am Deich
(thriller 2451)

Drachen und tote Gesichter
Japanische Kriminalstories 1
(thriller 3036)

Totenkopf und Kimono
Japanische Kriminalstories 2
(thriller 3062)

rororo thriller

Sjöwall/Wahlöö

«Man konnte zwar schon 1963 die zunehmende Versumpfung der schwedischen Sozialdemokratie voraussehen. Aber andere Dinge waren völlig unvorhersehbar: die Entwicklung der Polizei in Richtung auf eine paramilitärische Organisation, ihr verstärkter Schußwaffengebrauch, ihre groß angelegten und zentral gesteuerten Operationen und Manöver... Auch den Verbrechenstyp mußten wir ändern, da die Gesellschaft und damit die Kriminalität sich geändert hatten: Sie waren brutaler und schneller geworden.» Maj Sjöwall

Die Tote im Götakanal
(thriller 2139)
Nackte tragen keine Papiere. Niemand kannte die Tote, niemand vermißte sie. Schweden hatte seine Sensation...

Der Mann, der sich in Luft auflöste
(thriller 2159)
Kommissar Beck findet die Lösung in Budapest...

Der Mann auf dem Balkon
(thriller 2186)
Die Stockholmer Polizei jagt ein Phantom: einen Sexualverbrecher, von dem sie nur weiß, daß er ein Mann ist...

Endstation für neun
(thriller 2214)

Alarm in Sköldgatan
(thriller 2235)
Eine Explosion, ein Brand - und dann entdeckt die Polizei einen Zeitzünder...

Und die Großen läßt man laufen
(thriller 2264)

Das Ekel aus Säffle
(thriller 2294)
Ein Polizistenschinder bekommt die Quittung...

Verschlossen und verriegelt
(thriller 2345)

Der Polizistenmörder
(thriller 2390)

Die Terroristen
(thriller 2412)
Ihre Opfer waren Konservative, Liberale, Linke - wer aber die Auftraggeber der Terrorgruppe ULAG waren, blieb immer im Dunkeln. Jetzt plante ULAG ein Attentat in Stockholm...

Die zehn Romane mit Kommissar Martin Beck
10 Bänden in einer Kassette
(thriller 2800)

«Sjöwall/Wahlöös Romane gehören zu den stärksten Werken des Genres seit Raymond Chandler.» Zürcher Tagesanzeiger

rororo thriller

Klugmann / Mathews

«Da werden endlich wieder Geschichten erzählt, die so intelligent und spannend sind, die zum Zittern und Lachen bringen. Allererste Empfehlung: die subtil anarchistischen Polizeikomödien der beiden Hamburger **Norbert Klugmann** & **Peter Mathews**.»
Lui

Beule oder Wie man einen Tresor knackt
(thriller 2675)
«Eine ins Absurde schweifende Geschichte, verzweifelt komische Charaktere und knappe, bitterböse Dialoge.»
taz

Ein Kommissar für alle Fälle
Polizeimärchen
(thriller 2700)
Am Anfang war der Schrebergarten, dann taucht Claudia auf, Kommissar Fleischhauer fängt Feuer und doch ist jemand schneller, als die Polizei erlaubt...

Die Schädiger
(thriller 2771)
Rochus Rose wachsen die Schulden über den Kopf und die Methoden des Geldeintreibers Sänger sind raffiniert, aber nicht ganz legal...

Tote Hilfe
(thriller 2973)
Rochus Rose sucht eine tote Frau und findet eine Verschwörung lebenstüchtiger Rentner mit Namen «Tote Hilfe».

Norbert Klugmann
Die Hinrichtung *Der erste Phil Parker-Roman*
(thriller 2837)

Der Dresdner Stollen *Der zweite Phil Parker-Roman*
(thriller 2891)

Das Pendel des Pentagon *Der dritte Phil Parker-Roman*
(thriller 2954)
«Norbert Klugmann legt ein wahnsinniges Tempo vor und ihm fließen mitunter Dialoge aus der Feder, gegen die hochgerühmte amerikanische Kollegen die reinsten Langweiler sind.» *Süddeutscher Rundfunk*

Krieg der Sender *Der vierte Phil Parker-Roman*
(thriller 3038)

rororo thriller wird herausgegeben von Bernd Jost. Ein Gesamtverzeichnis der Reihe finden Sie in der *Rowohlt Revue*. Jedes Vierteljahr neu. Kostenlos in Ihrer Buchhandlung.

Felix Huby

Ernst Bienzle, 37 Jahre alt, 1,88 Meter groß, mit Brille und Phlegma und Bauchansatz, mit einer Schwäche für Sauerbraten mit Spätzle und Soße, Kriminalkommissar und Leiter der Stuttgarter Mordkommission, verheiratet, ein Häuschen am Stadtrand...
Mit dieser Figur des schwäbischen Gemütsmenschen ist **Felix Huby**, ehemaliger Spiegel–Korrespondent, mittlerweile erfolgreicher Drehbuchautor, einer der bekanntesten deutschen Kriminalautoren geworden.

Bienzle stochert im Nebel
(thriller 2638)
Oberflächlich betrachtet tut Hauptkommissar Bienzle nichts: Er fragt ein bißchen, er redet ein bißchen und hört zu ...

Bienzle und die schöne Lau
(thriller 2705)
Einen Mörder, der sich beim Mordanschlag selbst ermordet, hat es in Bienzles Laufbahn noch nicht gegeben...

Bienzles Mann im Untergrund
(thriller 2768)

Bienzle und das Narrenspiel
(thriller 2872)
Männer Frauen und Kinder in den buntesten Kostümen tanzen durch die Straßen – und ein ausgebrochener Sträfling, der Rache nehmen will...

Bienzle und der Sündenbock
Kriminalstories
(thriller 2958)

Gute Nacht, Bienzle
(thriller 3066)

Bienzle und der Biedermann
(thriller 3077)
Fleisch, dessen Verfallsdatum kurz bevorsteht, wird in die Ostländer transportiert. Man macht Profit und kassiert Subventionen... Kein leichter Fall für Bienzle.

Ach wie gut, daß niemand weiß...
(thriller 2446)

Der Atomkrieg in Weihersbronn
(thriller 2411)

Sein letzter Wille
(thriller 2499)
Optiker Kissling kämpft gegen die Baumafia in seiner Kleinstadt – bis er eines Morgens mit einem Genickschuß tot gefunden wird...

Schade, daß er tot ist
(thriller 2584)
«... der beste Huby, der bisher erschienen ist.»
FAZ-Magazin

Tod im Tauerntunnel
(thriller 2422)

rororo thriller

Serientäter

Robert Brack
Die siebte Hölle
(thriller 2941)
Oldtimer bringen's besser als Bücher, meint der bankrotte Buchhändler Jercy Pacula, und überführt zwei Limousinen nach Lissabon...
Schwere Kaliber
(thriller 2967)
Psychofieber
(thriller 3058)

Frank Göhre
Schnelles Geld
(thriller 3048)
Der erste, seit Jahren vergriffene Kriminalroman von Frank Göhre, der mit mehreren Literaturpreisen ausgezeichnet wurde und als Kinofilm Beachtung fand. Neu bearbeitet und wesentlich erweitert.
Der Tod des Samurai
(thriller 2832)
Ein Thriller über organisiertes Verbrechen in Hamburg.
Der Tanz des Skorpions
(thriller 3025)
Letzte Station vor Einbruch der Dunkelheit
(thriller 2795)
Der Schrei des Schmetterlings
(thriller 2759)

Daniel Pennac
Wenn nette alte Damen schießen...
In Belleville, dem Kreuzberg von Paris, schneidet ein erbarmungsloser Killer armseligen Rentnern die Kehlen durch. Angst macht sich breit, gefolgt von einer kräftigen Paranoia. Ausgezeichnet mit dem «Prix Mystère de la critique».
(thriller 2921)
Königin Zabos Sündenbock
(thriller 3003)

30 Jahre thriller Jubiläums-Lesebuch
(thriller 3030)
Dieser Jubiläumsband präsentiert einen opulenten Querschnitt durch die Geschichte der rororo thriller- Reihe und bietet literarischen Nervenkitzel pur. Die Palette internationaler Autoren gleicht einem Who is Who der Kriminalliteratur.

Pacio Ignacio Taibo II
Der melancholische Detektiv *Drei Fälle für Héctor Belascoarán Shayne*
(thriller 3039)
Der Boxer Angel, Freund von Detektiv Héctor Belascoarán, wird beim Training im Ring von einem Unbekannten erschossen. Mögliches Motiv: eine alte Rivalität um eine Frau... Taibo liefert nicht nur ungewöhnliche Stories, sondern ein dichtes Bild von Mexiko, seiner Atmosphäre, seinen Problemen und seiner Faszination.
Das bizarre Leben
(thriller 2940)
Comeback für einen Toten
(thriller 3019)

rororo thriller